JA

グイン・サーガ外伝㉓

星降る草原

久美沙織
天狼プロダクション監修

早川書房

7073

THE STARRY STEPPE
by
Saori Kumi
under the supervision
of
Tenro Production
2012

カバーイラスト／加藤直之

目次

初出『グイン・サーガ・ワールド』1、2、3、4
(2011年5月、8月、11月、2012年2月)

星降る草原

第一話　薄荷の娘

草原に道はない。

群青の空のもと、見渡す限りただ一面どこまでもみどりだ。どちらを見てもほぼ一様の、果てなくつづく、草のじゅうたんだ。

そのいちめんのみどりを、さえざえと輝く雲とその影がゆっくりと動いていく。かすかな風が草を揺らす。見えない巨人が見えない筆でそっと撫でているかのように、草の色が変わる。

大地は凪の日の海のようだ。どんな穏やかな海でも波が完全にないということはないのと同じく、草原にも、ごくかすかな起伏があり、うねりがあった。ほんとうに凹凸があるのか、それとも、馬の背に揺られつづけたせいでそう見えるのか――慣れぬものにはほとんど区別がつかない。それらの丘は、登れば息を切らすほどの高さをもっている。

草原があまりに広く、視野のかぎり続いているために、たいして高く見えないのである。

　いずれもみどりと呼ぶべき範疇の色の種々雑多な明暗濃淡である丘、というか、ゆるやかな地面のこぶには、季節ごとに、さまざまな草が萌え、あらゆる種類のこまかな花が咲いたり茸が生えたりした。踏まれたり摘まれたり、まったく誰にも顧みられることがなかったりしながら、すべてはほどなく役目を終えて交代していく。草の生命は短いから、なにも留まらない。目まぐるしく入れ代わって忙しない。あらゆるものがいつも斬新で、いつも猛烈に急いでいる。それでいてぜんたいとして悠久なのである。

　ずしりと鈍く動かないものの上に、次々に生まれてはつぶれていく泡たちがさんざめいているような、功にはやって怒声を上げ死に急ぐ青い若者ばかりが入れ代わり立ち代わりする芝居のような、なにやらそんな土地柄だ。

　むろん、部《べ》の民は——草原に住まうものたちは——どこにいつ何がなるのか、どれが有用で、どれが見かけ倒しなのか、ちゃんと心得ている。役にたつものは手にいれることができるし、探しに行くのにまようことはない。

　——草原！

　なにしろよそものにとっては、あまりに途方もなく、とっかかりがない。良い馬を駆っても、走っても走っても、いっかな景色が変わらない。右も左も前も後ろもたいして変わり映えがなく、広すぎて、なんだかおのれがおのれでないような、足が地についていないような、宙に浮いていてもいるかのような、ふわふわと頼りない気がしてくる。

この茫漠と明るくあけっぴろげな癖にいたってそっけない大天地を前にすると、おのれというものの重心がぐらつくのだ。というか、からだから、重さというものが抜けおちていくのかもしれない。腕も、肩も、意識にのぼらなくなる。あってもなくても同じほどに。たかがひとがこの世に為しうることごとき、あまりに瑣末すぎ、ちっぽけすぎて、ただもう笑いたくなる。泣きたくなってくる。感情の種類区別など問題にならない。口をぽかんとあけて、大きく息を吸い込んで、赤ん坊のようにわあといってみたくなる。どんなに思い切って腹の底から大声を出したところで、なんということもない。たいして遠くまで届きはしない。果てなき草原と無窮の大空のかたすみのどこやらに、そんなものは吸われてすぐになかったことになってしまう。

いや。

なにかが聞いている。なにかが黙って聞いていて、見つめていて、くすくすくすと忍び笑いを洩らしている、の、かもしれない。

そんな気がしてくる。どんな瞬間に振り向いても、何度肩ごしに振り返っても、どこにも、誰もいないのに。草原には、いつも、たしかに、なにかの気配がする。なにか、いるはずがないけれどいるものの気配が。いや、かならずいることにきまっているけれども、いないことになっているものの気配が。ものしずかだけれど濃厚な、ひそやかで繊細だけれどもどこまでも懐の広い、もの。その微苦笑が……うれしいのか、おもしろいのか、あきれているのか……あざけるほど意地が悪くはなく、手とり足とり手伝うほど優しくはない……おさえきれない含み笑いを浮かべたくすくすとした顔つきが……低い丘の陰にさっと隠れたような、青空のどこかに透けてみえたような、たしかにそうだったと言い張るものたちも少なくない。

なにかがわたしたちをからかっている。たばかっている。それからすれば矮小な、わたしたちにとっては膨大で冗長な、おそろしいてまひまと時間とエネルギーをかけて、壮大な無駄を、ひまつぶしを、冗談を、まさに、いま、している最中。

これが草原。モスの大海だ。

道はない。……というのも一種のたばかりである。この地に暮らす遊牧民たちにとって、道はあった。じゅうぶんあるのだった。むろん、赤い街道のような形ある存在ではない。

季節の営地を移動する時、いっとき、確かに道のようなものができる。しろうと目にもわかる。たくさんのひとや馬が踏んで通るから、草はつぶされ、ひき千切れる。地面のはげたところが、地平線まで線を引く。まっすぐにつづくひとすじの痕跡をなす。なんのめあてもなさげな草原で、彼らは過《あやま》たずその道をたどる。みつける。

視覚ではありえない。微妙な嗅覚か。方角や距離を推し量るなにか特別の感覚でもあるのか。彼らに訊ねても、さあ、と首をひねるばかりだ。彼らにとってはふしぎでもなんでもない、ただ歩く時に足を動かすのと同じくあたりまえのことだからである。まるで渡りをする生き物のように、彼らは道を知り、おぼえている。

この遊牧民にのみ自明である道は、何昼夜もせぬうちに消えてなくなる。飽くなき豊穣の草どもが間髪をいれずに旺盛な芽吹きをはじめるからだ。追い抜きあい競いあって生い茂る種々の草花に、よってたかって攻められて、あっという間に覆い隠されて、道はたちまち見分けがつかなくなる。

年に数度の雨でも降ると少しおもしろい。水は低い場所をかぎあてる。流れができる。ごく浅い、ほどなく涸《か》れて消えてしまうせせらぎにすぎないものではあるのだが。踏み痕が浅すぎるので、水はそこに居つづけることができない。何本も何十本もに枝分かれをしながら大地にしみとおり、乾いた土をびしゃびしゃとひたし、あたりの景色をいっとき、尋常でないものにする。そうしてこの土地をわずかに湿す。まともな木々が育ちきるにはとうてい足りず、ただ、あまたの種類の頑丈で根の強い野の草たちを育むほどの水である。

草しか生えぬ土地にも、日はたっぷりと照り、季節はめぐる。ひとが生きる。家族と、家畜と、部族の血脈とともに。

ひとは草ではないから、日はありがたいばかりのものではない。さんさんと降り注ぐ日差しはあまりにも強烈で、なにかかぶっていなければすぐに髪が焼け脳が煮えてしまう。晴れはあたりまえすぎて嬉しいものではない。昼は長すぎて惜しむものではない。恋しきは夜明けや夕暮れ、溶暗のあわい。早暁や黄昏に生ずる影はあくまで長く、どこまでも長く、もっとも長くなった時には、あまりにべろりと伸びきってしまって、いったいどこからどこまでが影でどこからがそうでないのか、わからなくなるほどである。世界と自分がひとつにとけあうのだ。部の民たちはこの時を夢の時と呼ぶ。先祖たちのいいつたえで知る古代のあやしい物語の時と一様同様に。そして夜。優しく恐ろしく、強いもの。冷たくすがすがしい夜。さえぎるものとてない大空いっぱいに、数えきれない星が流れまたたく。遠く小さなものをよく見る目をした遊牧民たちの見あげる夜空は、けっして暗いものではなかった。それは天にいつもある蓋のあいた宝石箱なのだった。

そんな草原の――それは、とある早春の、朝まだはやい刻限のこと。

一面のみどりの中、黒いかたまりが、いま、ひくりと動いた。毛だ。耳である。顔である。もつれた黒い長い毛をした大きな犬《バゥ》の顔だ。

あぶらじみた毛は隙間なく全身を覆っている。目も鼻も真っ黒の小石をその剛毛につっこんで埋めたかのようだ。からだじゅう真っ黒で精悍で、犬というよりほとんど熊《バル》だ。

真っ黒な犬はどうぶるいをして立ち上がった。毛皮にたまっていた朝露が、ぱっと散る。犬は四肢を踏ん張って鼻を使った。風の匂いを嗅ぐために、舌をだして、はっはっ、と息をした。息は、白くなって少しだけたなびいた。

得心がいったらしい。

犬は太い尾をちょいと振ると、音をたてずに岩を飛び下りた。ボルガ、というのがこの犬の名であり、さっきまで寝そべっていた大岩の名でもあった。

みはるかす草海のただなかにぽつんと取り残された岩である。その昔、数百年に一度という大雨が三日も降りつづき降りしきって、この世の終わりの大洪水がきたかと草の民たちをたいそう慌てふためかせた時、どこやらからごろんごろんと流されてきて、ちん、と、座りこんでしまったものなのだそうだ。以来、ずっとある。ここにある。おとなの背丈ほどの高さを持つこの岩すら、少しばかり離れれば、草むす原に埋もれてしまう。あるかなきかの起伏のうちに、まぎれて見えなくなってしまうのだが。

それでも、他よりは少しは高い。

よって、見張り犬がここに付される。ボルガという名をつけて置かれる。

何十代めかの犬のボルガはもう、いちばん近い包《パオ》めがけて、一直線に走りだしている。

犬が行くにつれ、草原のあちこちで甲高い声がした。キャンキャン、キイキイ、遠くまでしって届く声は虫か鳥かと思われるが、そうではない。地面に穴を掘って住む鳴兎《トゥ》きりすたち《ルカリル》である。草葉の海に暮らす小柄な彼らは、大地を轟かせて駆けてくるものに泡をくって騒ぎだしたのだった。巣の入り口の掘り出されてかすかに盛り上がった土くれの上に後足で立ち上がって、あっちを向いてはキャン、こっちを向いてはキャン。りきんで鳴く勢いのあまり、巨大なバッタよろしく、そっくりかえって飛び上がったりするものもあるので、草原じゅうがひどい騒動である。なにかきたよなにかきたよ。なんなのなんなの。ちゅういちゅうい。けいかいけいかい。地這いどもの跳ね飛びと声の波は、ちょうど池に石を投げた波紋のようにざわざわとひろがった。

無駄に騒々しいことこの上ないが、ボルガは一顧だにしない。

朝露に濡れた草をつっきっていくので、彼の真っ黒な毛皮の表面は、まるで雨にでも降られたかのように濡れてくる。ふくんだ水が走るのに重たくなってくると、時に、どうぶるいをして、水滴を飛ばす。大きな水粒をたまさかびしゃりとぶつけられた鳴きりすが、キャンと言って昏倒した。ボルガはそんなことに気付いてすらいない。

何百という羊《フラー》の群れがもしゃもしゃと草を食んでいるところにさしかかった時には、少しばかり逡巡した。群れは巨大すぎ、無理に突っ込んでいったのではかえって割りを食いそうだ。しかたなく迂回することにしたものの、あくまで最短ルート、つまり羊たちの群れの縁を辿っていくようなコースを選ぶ。羊どもはむろん、動揺してメエメエいったり、愚かしくぶつかりあったりする。犬は無頓着に、強引に突き進んだ。なにせ羊たちときたら、とっくに災難が通りすぎたあとにようやく驚きはじめるのである。しかもそれがまちまちで、同じものをみても驚くものもあれば、驚かないものもある。驚きのあまりよろめいてぶつかってくるものに、はじめて怒りだすものなどもある。上の歯のない間の抜けた顔でせいぜい威嚇しあってもぞもぞする羊たちのすぐかたわら、丈の高い草の中を、まっ黒い毛皮でできた旗か幟《のぼり》のようなものが猛烈な勢いで横切っていく、その影響のひろがるさまときたら、高速ですすむ舟の水脈《みお》に揺らされる水の上の落ち葉のようである。

名もない羊飼いがひとり杖を地面に突いて、それに片足をかけるようにして立っていた。修行中をしめすその青い衣が、かすかな風にはためいた。遠くの羊たちのぼやけたつぶやき、たたらを踏んでぶつかりあう気配、不平そうにめえめえ言う声。そして、つっきっていく黒。羊飼いは一瞬、あっけにとられたように口をあけた。洗い晒して色がもうずいぶん抜けてかすれた青のターバンからそこだけギラリと覗けるラクダ《タンク》のようにまつげの長い目で、彼は、ぱちりと一度まばたきをした。それから、にやり、とくちびるをめくりあげて、笑った。めくりあがった唇をすぼめると、ほろほろほろ、と、ひばりのさえずるような独特の声をたてた。歌うような笑うような、笛の音のような、はるか遠くまで響く合図の声を。

羊飼いたちは点在し、つねに移動している。羊どもが同じ種類の草ばかりを食べぬよう、また、一ヵ所の草を食べ尽くしてしまわぬよう、そして、万一悪い病気にかかってしまった場合、群れから群れへそれを伝播させぬようにするための、それが何百年とつづいてきた用心だった。寡黙で孤高な羊飼いたちには彼らにのみ通じる符丁があり、ルールがあり、優先順位がある。争いをおこすような要因をはるか前に回避するべく、行動規範が決まっている。あわないほうが良いもの同士が行きあわぬよう、草がじゅうぶん育ちきっていないところに羊たちをつれていかぬよう、羊飼いたちは互いに連絡しあう方法になじんでいる。しかも、それを、互いと互いを遠ざけあったままおこなうのである。彼らはまるで磁石の同じ極同士のよう、あるいは、石と石を紐でつないで投げる、その石同士のようであった。そして彼らは少なくとも日中は、どの集落どの営地からもはるかに遠く離れて過ごす。

遠くとはいいながら、ころころとよく響くあの声が伝播する範囲のうちには、仲間の誰かが、ひとりふたりが、おそらくきっといるはずなのだった。あるかなきかの地面の起伏と、旺盛に伸びた草にさえぎられて姿はたがいに見えずとも、声は届く。空はひとつで、つながっており、音は風にも乗るからだ。誰かの聡い耳が天然にはありえない合図の声をたしかに捉《とら》まえ、意味を理解し、伝え、誰かがまた伝えた。

そんなわけで報せは、けんめいに全力疾走したボルガ自身よりもはるかにはやく集落に届いた。

それは、のんびりと、それぞれにそれぞれの務めにしたがって十年一日のごときうららかな日常を過ごしていたひとびとの尻をピシャリとひっ叩いた。

「やれ来たかっ！」

「聞いた？　聞きました？」

「ええ、聞こえましたとも」

「わぁっ、いまのがそう？　ほんと、もう？」

「まちがいないわね」

「いやあ、こいつはまいったな」

「まだまだ先のことかと思っていましたけれど」

おとなたちは口々になにか言い合い、誰しも、大慌てになった。

腰をかがめて包の周囲をそぞろ歩き、羊たちの乾いた糞をていねいに集めていた婆さまたちは、てんでに持っていたものを放り出し、どこやらへ走りだした。

朝餉《あさげ》の名残の火に膠脂《にかわ》をかざして道具の割れを継ごうとしていた爺さまは、報せに驚いてぶうっと吹いてしまい、火花を散らして袖に火をうつしてしまい、思わずその手をふりまわして、ボヤ騒ぎをおこした。

刃物を研いでいたものも、馬《ウマ》にブラシをかけていたものも、赤子に乳をふくませていた母親たちさえ、やりかけの作業の手をとめ、立ちあがった。まずはモスに感謝のしぐさをする、そのために。それゆえ本来ならば途中でとめてはいけない作業をうっかり中断してしまったり、なにかを大急ぎで終わらせようとするあまりかえってしくじってだめにしてしまったりといった椿事《ちんじ》が多々おこった。ふだんなら、とうてい許し得ないことだったし、およそグル族らしからぬことではあった。それでも、ひとびとはこの日ばかりはおよそ反省をする様子もない。どうやらそんなひまがないようだった。なにより大事な祈りだけはすばやく反射的に唱え終えると、みな、まずは、ほっと破顔した。安堵した。日焼けした顔を上気させ、涙をうかべて微笑み、胸をなでおろしたり互いに抱き合って背中を叩いたりしたのである。

かの単純にして短い合図は居合わせたものすべてが耳にしたのだったが、中には、その意味がわからなかったものたちもあった。

こどもたちは、目と目をかわし、互いに、困惑しきった顔をみいだした。

部族のこどもは男の子も女の子も働きものである。ごく年少の頃から馬の世話なり台所仕事なり献身的にふるまうものだが、まだ、たいしたしごとをあてがわれぬほど年齢の低いものたちも中にはある。彼らのしごとといったら、より幼いものが退屈のあまりなにか取り返しがつかないほどばかなことをしでかさないよう、目を配っておくこと、そして、おとなのじゃまにならないよう、どこか隅のほうにいってしずかにおとなしくあそんで時間をつぶしておくことぐらいである。

一報以来、おとなたちはみな遠雷でも聞いたかのごとく動きだした。声をかけあい肩を叩き合い、それぞれの用事にかかりだした。誰かを必死に呼びさがすもの、何人か鳩《きゅう》首《しゅ》寄せ合って相談をはじめるもの、とるものもとりあえず族長の包のほうへぞろぞろと向かうひとの流れも確実にある。かのなんだかわからないことには、どうやら、大がかりな準備が必要であるようだ。おとなたちは、いまからもう焦りまくって、ぶつぶつ言いながら走り回って、やたらバタバタと忙しげで、したがって、なにも説明してくれない。

「……気にいんねーなぁ」

ぼそりとつぶやいたのは、今年八歳になるガキ大将のギグである。

わんぱく小僧が無意識に指にかけて振り回している三叉紐《ゴドエ》は、夜の間、馬の脚にかけておく仕掛けだ。一日使役して、夕方、草原に放してやるとき、四本の脚のうち三本をこれで短く繋いでしまう。そうしておけば、朝またすぐにつかまえることができる。走れないから遠くへは行かないし、ゆるゆるとなら自由に歩けるから、食べるなり飲むなり排泄するなり、馬が自分で自分の面倒をじゅうぶんみることができるのである。

部族のものたちはすぐ目の前にみえる家畜の囲いへ行くにも、馬に乗る。広くない営地の中にいる時以外、自分の二本の足を使って移動することはほとんどない。朝、真っ先にすることといったら、その日乗る馬をつかまえること。歩くといったら、そこまでである。あとは馬という相棒の四本の脚に頼りきる。徒歩でもほんの何タルザンしかからないところまで行くのでも、馬に乗る。

グルたちは、三、四歳ごろには馬に乗る訓練をはじめ、六歳にもなれば一日の大半を馬の背で過ごすようになる。何人かの老人の脚は太くたくましい草原の野生馬の胴をはさむのに適したかっこうにすっかり曲がってしまっていて、自分の足ではヨチヨチ歩きしかできないほどだ。骨がらみ変形して固まってしまっているのだ。

馬に乗るとは跨《また》がることであって、鞍上にあることではない。筋力が弱すぎるか、まだ幼くて馬胴を挟む位置まで足が届かないうちは、ちょん、と、ただ乗っているだけの「お客さん」だ。馬が跳ねれば……いや、たとえばアブに刺されそうになったかなにかでほんの少し肩を振るっただけでも……あっけなく落ちる。ふっとばされる。落ちて走られたら、馬を失う。大洋のごとき草原の只中で騎馬を失ったら生命がない。馬に、認めさせ、愛され、従わせうる腕が——いや、ひょっとすると脚が——あってはじめて、馬乗りだ。

うまい誰かが訓練して、「へたっぴいな乗り手にも辛抱づよくつきあってくれるよう」おとなしく優しくしこんだお馬さんに、「乗せてもらう」ことしかできないうちは、つまりは、半人前、こどもなのである。グル族の一員を名乗るならば、小半時ほどの間に野生馬をつかまえて、何でも言うことをきくよう育てあげてみせるぐらい、とうぜんのこととしなくてはならない。男はむろん、女だってそうだ。いざという時にまるで乗れないでは話にならない。

グルは遊弋《ゆうよく》の民、遊牧の民である。季節ごとの営地をうつる時には、最低でも連続して四、五日は朝から晩まで馬に揺られなくてはならない。病気や出産前後や老齢でどうしても騎乗に耐えられないものは、しかたがないから馬車かもしくは簡素な馬橇《トラヴォイ》を仕立てていく。だが、それはあくまで体面の悪い例外である。乗馬する気のないもの、できないものは仲間ではない。馬が好きでないとか、運動が得意でないとか、いっていたのでは、ここでは生きていくことはできない。

さて、くだんのガキ大将のギグは、馬にならとっくに乗れた。年齢、体格のわりには、かなり達者なほうである。しかし数日前に、落馬し、したたかに全身を打ったばかりなのだった。右手が古布で吊ってある上、あばらにひびでもはいったか、揺れると痛くてかなわない。

少しばかり年かさの少年たちに挑発されて熱くなって、無理をして、鳴きりすの穴に蹄をとられたのだった。派手な人馬転倒をし、もうもうと埃がたった。

馬はすぐ立ち上がったが、少年が地面にうつ伏したままピクとも動かなかったので、質《たち》悪くからかったほうも、すわ死んだかと青ざめた。ギグは、恥ずかしさのあまり、いっそそのまま死んでいたかったのだった。

父親には、なんという愚かものか、貴様のせいで大事な馬を壊してしまったらどうするのかと、こっぴどく叱られた。罰として、まる一週間、馬にさわることも近づくことも禁じられた。

おかげで彼はここ数日、とっくに卒業したはずの洟垂《はなた》れの輪に混ざっている。ほかに居場所もなく、退屈しのぎもなく、いたって不愉快で不如意で不本意な時間を過ごしているのだ。

そこにもってきて、この騒ぎだ。

「ほんと、腹たつし」

彼はまた言い、なじんだゴドエを指から指へ、器用にぐるぐるとかけかえた。いささか手品めいたしぐさで。

「なにが」年少の男児、つまり、臨時の手下のひとりが、今度はちゃんとタイミングよく、尋ねかえしてくれた。

「ばかか。てめー」ギグは、袖でこすりあげて、ふん、と鼻をならした。「さっきの報《オル》せさ。いったいなんだあれは」

「知らない」

「かんねーよ」

よごれた顔の手下どもは、そろってふくれっ面をした。

「そういうギグは知ってんの」

「いや」あんがい正直なギグはたちまち鼻に皺《しわ》をよせた。「俺にもてんで見当がつかん。そいつがどうにも気にいんねえ」

「にいた、にいた」まだオムツのはずれない誰かのいもうとが、ギグの吊られたひじにぶらさがった。「にこちゃね。いーい？　おこちゃ、めー、ね」

「だから」ギグは真っ赤になった。「おい、なんだここはママゴト場か？　誰でぇ、こんな乳くせぇの連れてきやがって！」

「やー」幼い娘は洟垂れ顔をくしゃくしゃにする。「こわいのや。くる？　くるの？」

「うわあおい泣くな！　こら泣かすな！……って俺か！　たのむ勘弁しろー！　だれか。おい、なんとかしてくれよう！」

こどもたちは、ぶつくさ文句を言いながら、不機嫌な親分をまあまあとなだめ、怯える赤ん坊をあやし、そこらを歩きまわった。口々にとっぴょうしもない推論を披瀝《ひれき》しあい、嘲笑って否定しあった。しかし、どうもピンとくる話にならない。どこかに誰か、きっちりことをわけて話してくれるものはいないものか。こどもたちは、さがした。ひまそうで、理屈の通じそうな誰かを。

どこの包からも家畜の囲いからも離れたあたりに、簡素な石積みの作業台がある。染色をしたりチーズをつくったりする時につかう共同の場所で、特定の家に属するものではない。女たちが時おりあつまって、繕い物をしながら、なにやらひそひそ話をしていたりするところだ。

そこに、まだごく小さな赤ん坊を背中にくくった女がいる。エッダ。醜女のエッダだ。生まれつき、片方の頬が殴られて腫れでもしたかのようにおおきくふくらんでいて、反対側の目元が逆にえぐれたように窪んでいる。からだも背筋からねじれているから、馬に乗るのは好まない。おとなとこどもでいったなら、彼女はとうにおとなだが、グルではほんとうにはおとなでないことになる。一人前でないことになる。かわった立場にある、はぐれものである。そのエッダがひとり、やさしく鼻唄をうたいながら、どこかの赤ん坊をゆすっている。エッダの子ではないから、忙しい誰かにたのまれたのだろう。

ギグはエッダが好きではない。醜女なんて呼ばれるものと近づきになりたくない。エッダの顔は変形しすぎていて、表情が読めない。不機嫌なのか、上機嫌なのかもわからない。いきなり思いがけず息がかかるほどそばにいて、あんた、いくつになったね、馬に揺られてると、どっか硬くならないかい、と、唐突に言うので、ギクリとさせられる。

なるかよならねーよバカやろう！　と慌てて振り払うと、そうかい、そりゃ悪かったね、ギザキザの爪のはえた指でギグの頬をつついて笑う。慣れなれしいったらない。
ギグにはまったく理解できないのだが、エッダは、かならずしも疎まれているわけではないらしい。エッダの髪や胸には、高価な絹の飾り紐や、ジャラジャラしたものがたくさんかけてある。誰かの贈り物だろう。エッダが赤ん坊を揺すると、そのさがっているものたちが、それぞれの弧を描いてはずんで揺れる。ゆっさゆっさと、乳房も揺れる。これがなんとも、魔術的な、催眠術的な作用をするしろもので、つい目が吸いよせられてそのまま離せなくなってしまう。ギグの喉は狭く干上がる。それもこれも見透かされているようで、おまえってほんとたいした男じゃないねと値踏みされ揶揄《やゆ》されているようで、悔しくてならない。男の器量や順番をエッダごときに決められるなどまったく不当なことだと思うが、内心、たしかに彼女にならーー他のどんな女によりもーー正しい価値にしたがって、なにかを決めることができるに違いないという気もするのである。

エッダは好きではない。だが、背に腹はかえられない。しかたなくこころを決めたギグを先頭に、幼いこどもたちの集団が、おそるおそる近づいていくと、エッダはことさら意外そうに眉をあげた。ギグは不本意ながらていねいに挨拶のことばをつぶやき、会釈のまねごとに顎をひいた。物問う瞳でみつめると、エッダは、ほろほろほろほろ、と羊飼いの合図を真似て存外巧みに声をあげた。やはりわかっている。こどもたちが来ることぐらい——なにを求めて来たかぐらい——そりゃあとっくに知っている。

エッダが許すそぶりをみせたので、こどもたちは、おずおずと取り囲んで地面に尻をつけた。エッダはねじれた腰をぷりぷりとふりながら、あだっぽいまなざしでみなをみまわし、注意の糸をぜんぶたばねてたぐりよせるべく、たっぷり間をとってから、いともゆっくりと唇をひらいた。ひらくにつれ、ぶあつい唇が、ぺしゃりと湿った音をたてた。

「リーだよ」

「りい？」小さい妹が、すっとんきょうに問い返す。

「ああ。そうさ」醜女のエッダはみんなの耳と心に、ことばがしみこむようない方をこころえている。「そうともさ」

「……長《おさ》んちの？」誰かが尋ねる。

「そうとも。そのリーさ。ほかにいるかい？」エッダはさらに声をひそめる。「我等がマグ・ガンさまの、それは自慢の四兄弟の下の妹のべっぴんの、そう、あのリー・オウが、もどってくるのさ」

え？　と言う顔をしたこどもと、おおっ！　と理解の光を目に宿した子の差は、年齢だった。ここには、グルの百合と——夢の花と、星の娘と、虹、小鳥、その他ありとあらゆる素敵で愛しく貴重なものの名で――讃えられた美女リー・オウが居なくなってから物心ついたものたちと、そのリーを連れていく王軍の赤い幟を立てた兵士どもの背中が悔し涙にぼやける視界ににじんで見えなくなるまでずっと唇を嚙みしめて睨み続けていたものたちとが、混じっていた。

ギグはむろん後者である。

「もどるって、なんだよ。おい、まさか」ギグは言った。「離縁か？　いまさら飽きたから、いらねえ、かえしてやるとでも、えっ、言いやがったのかよ！……くッ」

痛んだのは、布で吊ってあった手指だ。思わず腰のあたりをさまよわせてしまったのだった。帯からさがっているはずの短刀の柄に伸ばしたつもりだった。いつも持っているそれは、いまは父親に取りあげられている。鳴きりすの穴に蹴躓《けつまず》くようなうすらバカには、剣呑なものは持たせておけないからである。

腕から背骨まで響いて痺れる鈍痛をこらえながら、ちくしょう、俺だけじゃねぇはずだぞ、とギグは思った。リーのためなら、あのひとを侮辱したり悲しませたりする者の胸に血の花を咲かすためなら、グルの男は誰だって短刀を抜くぞ。それはもう、一瞬たりともためらわず。

「ゆ、ゆ、ゆるせねぇ！」現にシロッコめも、つんのめる舌から大量の唾《ホーズ》をとばしている。「ステエンのや、や、やつめ、こ、こ、殺してやる！　ほ、ほ、包子にして、や、焼いて揚げて、くくく、食ってやる！」

「スタインだ」ギグは冷静に訂正した。「憎いアルゴス王の名は。ちくしょう、やっぱあのパロの女をさっさとやっちまっておくべきで……なに？」

言いかけてやめたのは、醜女のエッダがクックッと声をころして笑いながら、いかにもバカにした様子で、首をふったからだ。

「やれやれ。あんたたちときたら、なーんにもわかってないんだからねぇ」えらそうに、いかにも聡そうに、エッダは言った。「リー・オウはね、赤んぼを生んだんだよ」

こどもたちはぴたりと黙った。

誰も、息ひとつしない。

エッダは聴衆たちの感心な態度に、ヨシヨシ、そうでなくっちゃね、とうなずいた。

「これから、連れてくるところなんだよ。はじめての里帰りだもの。それにね、噂がほんとなら、生まれたのは男子だそうだよ。おとこのこ！　ははは、あんたらみたいに。ふふふふ、あのリー・オウの息子だ、さぞかし、佳い男だろうねぇ！」

「リー・オウに？」

「赤んぼ？」

「王の子か」

こどもたちは、みな、じいんと胸をあつくした。

家畜の群れとごく近いところで生きる遊牧民にとって、繁殖は、家業のいわばもっとも肝要な部分である。生き物の質と血統、かけあわせの妙、種付けから誕生に至るあらゆる場面に付随する寿《ことほ》ぎと禍事《まがごと》。

無事な誕生はこのうえのない慶事である。赤ん坊は何はさておきめでたいものである。だが、その周辺には、あくまでおおっぴらに口にしてはいけないことが存在する。特にこどもにとっては。

ああ、なるほど、どうりで、と、ギグは腑におちた。そういうことだったのか。あのリーに、そうか、こどもができたのか。おとなたちが、みんな頭がヘンチクになるわけだ。

「王の子で男だったら、王子だよな」

考え考え、ギグは言った。

「……つまり、将来もしかすっと、その赤ん坊、アルゴスの王さまになんだよね？　俺たち……グルの……同じ血をひく赤ん坊が！　それ……って……それって、なんかほんとに、すげぇこっちゃねーの？」

「まぁそうだね」エッダは言った。「おにいさんはもういるけどね。いつつむっつ違いかね。でも、すくなくとも、リー・オウの子は、そのおにいさんの次だ。王位継承権っていうんだが……いまの王さまの次の王さまになるかもしれない度合いが、まぁ、かなり、高い王子ってことだ」

こどもたちのうち、少しはものわかりつつあるほうの半分は、うわっと息をのみ、互いに仰天顔を見合せた。目から目へ、じわりじわりと、理解と驚きと期待と感動が、広がっていった。例の報せのひびきを聞いてからずいぶん時間はかかったが、まったくいまさらではあったのだが、誰かが、突然、おとなたちそっくりに、うひゃあわぁあっ、と叫び声をあげた。叫《おら》びはたちまち、全員に伝播した。まるで理解がおよばないものも、とりあえず、便乗したから。

こどもたちは、喉がつぶれるまで、ぎゃあぎゃあ叫びつづけた。他にどうしたらいいかわからなかったので。ギグも、他の子たちも、とりあえず、叫びつづけた。

エッダはこどもたちが興奮を発散しきるまでは待ってくれた。それから、にやにや笑いながら注意をうながした。こどもたちは泡をくい、肘でつつきあい、うろ覚えでわからないところは口の中でごまかすか小声で教えあって、モスの神に感謝の祈りをささげたのである。

☆　☆　☆

「リー・オウ、おいおい、リー・オウ……！」

冗談めかして笑いを含ませた声に、同時にせいいっぱいの思いやりをこめて、ギレンは、言った。説教臭くするなよ、うるさがられるだけだ、と、内心おのれに言い聞かせながら。

「そんなに激しく駆けさせるのはどうかな。ちょっとお転婆がすぎないか。いまはふつうの身ではないのだから、あんまり勇ましく走りなどして、万が一……」

「あら、平気よ！」

妹は、金粉をふりまくように笑った。騎乗している馬を後ろ側の二本の足だけで立たせ、軽く踊らせてみせさえした。

「安産だったし、もう三週間もたったのよ。どこもなんともない！……そんな顔しないでギレン。心配いらない」

「そういうが」

ギレンは口ごもった。妹のことでふたたびこうしてハラハラできることのこよなき幸福と光栄に、たちまち目頭が熱くなるのを覚えながら。

このところ、どうも涙もろくていけない。嬉しいにつけ、悲しいにつけ、腹立たしいにつけ焦るにつけ、嵐に揺られる小舟のように感情がいったりきたりする。そして、ともすると、不安やら心配やら後悔やら疑念やら、考えてもしょうのないことばかり、もこもこどこまでも膨れ上がって、わけがわからなくなる。

混乱ぎみなのは他でもない。実は、ついさっきまで、眠っていたからだ。あろうことか、ぐっすり熟睡していたのである。

王子殿下とその母上を『お迎えに』はるかアルゴスの首都マハールまで派遣すると言われた時には、驚くとともにいささか辟易《へきえき》した。選抜されたのは、若者十名、リー・オウのすぐ上の兄であるギレンとその朋輩たちである。王家に対する礼儀を失さぬべく、年配者も二名ほど帯同してはいたが、あくまでお目付役。しかも自衛のための短刀などは許されたが、基本的に武装解除されてのことである。警護には、その専門の、王の衛兵三十騎あまりが付与されねばならなかった。

正室ではないとはいえ王の寵愛《ちょうあい》をうける妃である女と、生まれたてのその王子を、だだっ広い草原のどこにあるやらマハールのひとびとにはとんとわからぬグル族の営地に里帰りさせる件については、誕生のはるか前から幾度も話し合いが持たれた。一触即発の場面も多々あったらしい。その時期、その経路、その規模、陣営などなど……あちらとこちらの都合やら面子やらが幾度も激しくぶつかりあって、落としどころがなかなか見つからなかった。たびたび、そもそものことの是非すら蒸し返された。

王宮としては暫時といえども王妃も王子もその手から離したくなかったのだが、グル族はその要求を容易に引き下がらせはしなかった。なにしろ、当のリー・オウが、いちど家に帰りたい、家族たちにこどもを会わせたい、モスの祝福をうけさせたいと連絡してきたのである！　グル族は、粘り強く辛抱強く懇願というか要求というかを繰り返し、王家は倦《う》むことなくならんいかんと撥ね除けつづけたのである。

その応酬がともあれこちらの思惑どおりに決着して帰郷が実現した。どういう経緯でそうなったのか、真相は知らぬが、きっとリー・オウ本人が、なんらかの手だてで、他でもない夫君の首をたてに振らせたのではないかとギレンは思う。

おかげで、守護は、とてつもない大任となった。長き旅の途上でもしもなにかあったなら——どんなささやかなことがらでも——、「それみたことか」と嘲笑われるに決まっている。なにごともおこしてはならない。

ちなみにこの里帰りの付き添いに年若いギレンを指名してきたのは王の側である。手強い長一族《グル》の他の誰かの関与を拒んだゆえの人選かもしれないが、あるいは、リー・オウが、この自分を名指しで求めてくれたのではないかとギレンはひそかに思っている。だったら嬉しいし、光栄なことだ。

そして、とほうもなく、責任重大なことである。

ゆえに、さんざん揉めたあげくの里帰りの隊列が王の都を離れ、草原に踏み込んで幾日かすぎ、もはや、振り返っても伸び上がってもマハールの「ま」の字も見えなくなり、都会の気配も匂わなくなって、左右すべてが美しきみどりの草の海となり、明らかに、王の軍隊が居心地わるるげに——自分たちの縄張りからはぐれてしまったことを意識しているらしい様子に——なったと確信できるや、ギレンはようよう、胸のつかえがとれ、肺の底まで息が吸えるようになった気がした。だからといって油断してはいけない、包《パオ》にたどりつく最後の最後の瞬間までが肝心だと思いながらも、ついつい寿《ことほ》ぎ、寛《くつろ》いで、ほっと安心してしまい、知らずしらず緊張がとけて……眠り込んでしまったのである。

グルは馬上で寝る。早駆けさせながら居眠りもする。馬を信じ、すべてをまかせて身をゆだねる。どこまで行ってもたいして変わり映えしない草原の景色の中、一定のリズムでうねる馬背に揺られていれば、自然、うつらうつらしてくる。

前後左右どちらを向いても地平線のかなたまでさえぎるものひとつないみどりの大地は、ギレンにとっては生まれた時から居つきなじんでいる自分の場所である。よその暮らしはよく知らない。マハールには何度か行ったことぐらいはあるし、このたびは何日か滞在させられもしたから、いわゆる町の「家」というものは知っている。あちこちの家に招かれて中にはいってみたりもした。簡単に分解して畳んで移動できる包とちがって、どの家も、ずいぶんと重たく、余分に頑丈なものでできている。建てたらその場にたてっぱなし、壁やら屋根やら細かく仕切って囲いこんで、まるで植物のように根をはりっぱなしになる。あのちまちました「家」というやつにくらべれば、たしかに、ここは、「家」と呼ぶには、広すぎるのかもしれない。だが、縦横無尽に馬で駆け回って使い倒す草原は、そのぜんたいが彼にとってまごうかたなき生活空間だ。つまり「家」なのである。

少々大きな我が家だが、家の敷地内で、もっとも親しき仲間たちと群れをなして、ちょっと移動をしているところだ。脱力しきって、油断しきって、熟睡してかまわないにきまっている。グルの血がそう言う。

だから、ここで——草原の只中で——ぐっすり寝入っていた。ギレンの神経には、ここらがそろそろ限界だったのである。

眠っていると、ふと風が抜けた。目がさめて、遠慮なく顎がはずれそうな大あくびをしながら目を配ったとたん、長い髪を宙に舞わせて馬を駆っている妹の姿が目にはいり、（ああ、リー・オウは可愛いなぁ）と思わずにんまりした、その次の瞬間、それやらこれやら思い出して、冷や水でも浴びたようにゾッとして、あわてて走りよったところである。

（心配いらない、だって？）ギレンは思う。（ああ、リー・オウ。ほんとうに本気でそう思うのか。いつだって、おまえはみんなをハラハラさせて、ドキドキさせて、心配をかけさせてばかりいるのに）

春まだ浅い草原。広い広い天と地。

そうして馬を並べて駆けていると、なにもかも、夢だったような気がしてならない。そう、ほんの三年かそこら前。まだリー・オウが家族とともに暮らしていたころ。あるいはそれよりもっと前。じぶんも妹もまだまだこどもで、おとなになるなんて、ずっと先だと思っていたところ……。

だが、夢想はすぐに破れる。アルゴスの兵隊どもがあたりを囲んでいて、その兜が陽光を弾いてやけにぴかぴかするのだから。

目障りだ。ギレンは鼻に皺をよせる。ギラギラして疎《うと》ましい。一度うっかり視野にいれてしまうと、残像がいつまでもまぶたにチラつく。

ついてきてもらったって、お荷物なだけなのに……

うっとうしい兵隊たちをギレンが横目で睨んでいると、妹は馬を駆って隊列からはみださせ、広い草原にとび出し、いきなり大きくその場で前肢旋回させた。

「よーし、よーし。そうそう、できるできる。……ああ良かった！　そんなに勘が鈍ってないわね」

「……お、おいっ！　こら、リー・オウ、リー・オウったら！」

軍人たちもあわててばらばらと列を乱したが、リー・オウは天衣無縫に気にもしない。きびきびとした斜対歩から側対歩へ、斜横足へ、そして、ぴたりとその場にとまったままの信地《しんち》駈歩《かけあし》へ。自在に馬を操るそのみごとさ美しさに、軍人たちの間から、思わず、ほほお、と賛美のため息が洩れる。

「見た、にいさん？」

パッと振り向き、得意そうに微笑めば、まるで大輪の花が咲くようだ。

「あたし、まだまだ、捨てたもんじゃないでしょう？」

長いまつげ、濃いまゆげ、金色に輝く頬。横顔の輪郭も、肩ではずんで揺れる黒髪も、すべてが華麗で、可憐で、愛しくてならない。

そしてなによりこの稚気。

――ああ、なんて可愛いのだろう……！

幼いこども同然のこのあけっぴろげな顔を目にしてしまうと、思考は蜜の中に沈む蠅となる。なんの抵抗もできない。なにもかもどうでもいい。ただ、こうして、いつまでも、うっとりと眺めて、たのしんでいたくなってしまう。

そう感じるのはギレンばかりではない。長兄のソンも、次兄のシンも、すぐ上の兄バンも、……そして、おそらく父のマグ・ガンも……いや、グル一族の全員が……この類まれな妹に、とことん魅了されているに違いないのだった。


思えばこの世にあらわれた十七年前、生まれ落ちたその瞬間から、リー・オウはあきらかに特別な児だった。四人も男児が続いたあとにやっとできた待望の女の子。ギレンより十五も上のソンからすれば、妹というよりも、むしろ娘のような存在であり、父からすれば孫娘のようであったかもしれない。

生まれたての赤子はふつう猿同然にまっかでしわくちゃでおよそ美しさなどあろうは

ずもないものなのに、この子ばかりはふしぎに愛くるしく、なんともみごとにととのって、ただならぬ光輝すらまとった目鼻だちをしているのだった。まぶたがあけば、青いほど白い白目の中に、どこまでも澄みきった瞳がある。ひたと見つめる強いまなざしには神聖さすら宿った。笑う声は、誰のこころをもとろかした。

そのリー・オウを生み落として、母は力尽きた。まるで、こんなすごい赤ん坊を生むのは生命がけでなければ無理だったのだといわんばかりに。あるいは、母は不死鳥のように、みずからを贄《にえ》にして再生したかのようでもあった。赤ん坊のかたちになって生まれなおし、最大限若返り、まったく別の人生をやりなおすために蘇ったかのようでもあった。さまざまな思いは、みなの魂を永遠に奪い、縛りつけた。母を思慕していた分、たいせつに思っていた分、思いを充分にかたちにあらわすことができず後悔した分などが、すべて、育っていくリー・オウに、差し向けられることになった。

この妹が生まれてくるまで五年の長きにわたってずっと末っ子だったギレンにとっては、うまれてはじめて持った「自分より幼い」家族であった。めんどうをみてもらう相手ではなく、みてやることができる相手だった。それまで生きてきた間に、父や兄たちや母にしてもらったすべてのことを、こんどは自分がこの子に返そう、注ぎこんでやろう、とギレンは思った。かわいがって、かわいがって、たいせつに抱っこしておんぶして接吻して添い寝して、馬になり盾になり傘にだって台にだってなんにだってなって、そう、どんなことだってしてやるのだ。

ギレンは、惜しみなく愛情を注いだ。欲しがりそうなものはなんでも与え、よろこびそうなことはなんでもした。

むろんギレンだけではない。誰もがそうだった。同じだった。リー・オウに夢中にならないものはなかった。ちやほやした。恋をした。目にいれても痛くなかった。家族も、そうでないものも。

独占はできなかった。どんなに深く愛しても。リー・オウは誰のものでもなく、みんなのものだった。

だってしかたがないじゃないか。自分はしょせん兄なのだし。それが自慢で、すこし悔しくて、いっそ他人だったらと思ったことも一度や二度ではなく、そして……。

ギレンは眩暈《めまい》をおぼえる。

いまだに信じがたいが……どうでも認めたくなく信じたくないのかもしれないが……妹はいまや、アルゴス王の妃なのだった。スタイン王には別に――先に――正室がある。正妃は数年前に、すでに息子のスタック王子をなしている。この第一王子が、とうぜん、王の第一後継者である。正妃の地位は安泰であり、将来は明るいはずだった。だが、妹に――リー・オウに――かなう女などいるわけがない。妹を目にして、欲しくならない男がいるわけがない。王もまた、むろん、まったく例外ではなかったのである。

アルゴスの正妃、まじない好きのネルなんとかいう女にしたところで、夫が、自分よりはるかに若く自分よりも圧倒的に美しい別の妻を得るのをじゃまをすることは、とうていできはしなかった。魔道に通じるパロ王室の高く尊き血の威光とやらをもってしても、先に妻という地位を得ていた女の権力をもってしても、妹の、若く美しく健康な、輝く魅力の前に、立ちふさがることはできなかった。

　そう思うとギレンなど、へへんざまあみやがれと言いたくなったりもするのだが、事実を謙虚にみつめれば、妹は王に、その権力に、無理やり奪いとられたのである。しかもあくまで二番目の女として。正妃の二の次。妾なのである。

　王の結婚は個人の問題ではありえない。アルゴスとパロにはいにしえより縁があり絆があり、二国が互いに二心なき盟友たることを証立てするためには、スタインは、どうでもパロの女を娶《めと》る必要があったのだった。それなりの地位にあり、血族にある女のうちから、妃を――跡継ぎの母親を――選ぶ必要があった。しかたなかった。高邁なるパロ、あやかしの力持つパロ、知性と洗練のパロと、彼は――そして草原は――がっしりと手と手を組んでおかねばならなかったのだ。

　そうしていったん娶った正妃を、ないがしろにできるはずがなかった。もっと好ましい女を見つけたから、その女を手にいれたから、などという、卑近で下世話な理由では。政治のしからしむるところ、たったひとりの女の幸福を中原の安定と引き換えにできるはずはない。

　かくて我等が宝石、グルの至宝、モスそのひとであるごとくあがめ、掌中の珠としてたいせつに守ってきた長の娘を、妹を、……娘ざかりの十七歳を！……われわれはおとなしく差し出さざるをえなかった。彼女を見いだした王の所望するままに、妾として。王は彼女をすばやく連れ去った。我等からもぎとり、彼の都に置き、……そして、孕《はら》ませた。

　孕ませた……！


「ああ、すてき！」

　リー・オウの声に、ギレンはハッと我にかえる。知らずしらずのうちにぎりぎりと噛んでいた唇が痛む。

　妹がくるくると馬ごとまわりながら、むじゃきなこどものように、空にむかって両手をつきあげ、両眼をつむって深呼吸をしている。

「んー！　おひさまが、わたしにキスをしてくる！　風が抱いてくれる。なんていい気持ち。ああ、草原。草原だわ！」

「おちるぞ」

「どっちにも、どこまでだって行ける。ひとりで、自由に、好きなだけ。頭をおさえつけるあのイヤな屋根もない！　壁もない！」

芝居がかって言ったかと思うと、妹は馬の回転をとめ、しゅんとした。

「ほんとは、包で生みたかったの」

「……ああ」

「でも、許してもらえなかった」

そりゃあそうだろう、とギレンは思った。

王の子を孕んだ女に好き勝手させるほどアルゴス王宮は寛容ではない。文明国パロの女を正妃に据えることを画策した側近どもなどは、グル族の住まいは貧しく不衛生で、そこでの出産は危険だと奏上しただろう。

彼らはグルが自分たちより健全で知恵者であるなどとは考えてみようともしないだろうが、分娩は、古来、大自然の叡知の司るところだ。幾千幾万年、母体となった女たちはおのれと嬰児の体力にあわせて本能的に正しい出産をおこなってきた。無事に生まれてくることができなかったとしたら、そのものはこの世に迎え入れられるべきではなかったのである。王の子であろうとなかろうと。男児であろうとなかろうと。それがひとの世のしてきたこと。草原の是、モスの理というもの。

「お城はきれいよ」リー・オウは鞍の上でからだを傾けて通りすがりに手を伸べて、さりげなくそこらの草を摘んだ。「数えきれないほどたぁくさんお部屋があって、カーテンとかおふとんとか毛布とか清潔で新しい布がいくらでもあって、水も、ううん、お湯だって、石鹼だってつかいほうだい。すごくぜいたく」

ミントの香りがする。

リー・オウは薄荷《ハッカ》を好んだ。草原には、野生の薄荷が群生している場所がある。それを見つけると、ちょっと摘んで、嚙む。だからリー・オウのまわりに吹く風は、いつも、涼しい。

ああそうか、とギレンは思った。さっきなぜ目がさめたのかやっとわかった。

たぶん、ごくかすかに、――とおりすがりに――妹の香りがして、それで起きてしまったのだ。

もうそばにはいないはずの、奪われてしまった妹の、香りが。

「ねぇ、ギレン……わたしって、幸福者ね。そう思わない？」

「なんのことだ」胸の痛みのあまり、平気を装うのがうまくいったかどうかわからない。

「みんなわたしを好き」ふふふ、とリー・オウは笑う。「わたしに、なんでもしてくれたがる。可愛がりたくて、甘やかしたくて、優しくしてくれたくてしょうがない。ひどいことなんて、誰にもできやしない。だから……不始末の罰が、よりによってお城で暮らすことになったりするのよね。……したくもないぜいたくを、させてもらうことになったりする。わかってる。文句なんて言えない。満足しないわたしが悪い。でもね、ねぇ、ギレン聞いてる？　夜明けにふと目がさめてね」

ミントが香る。

妹は馬を寄せ、ギレンの肩に肩をくっつけるようにして、小声でささやいている。

「お城のお部屋の高窓から、外をみるでしょう？　王さまのじまんの首都が……モスの大海にうかぶ白い海泡マハールが……一日のはじまりを迎えるところが見えるの。目の前いっぱいに、たまねぎみたいなかたちのおうちや、りっぱな銅葺きの屋根やなんかがぎっしり連なっていてね、とても静かなの。そのうちに、町並みがぜんぶ、桃色や金色に染まりはじめる。雲のかたちやお日さまの出てくる場所が違うから、どの朝焼けもおなじじゃない。光の帯の中を、鳩《ククー》の群れが飛び立っていくのを、わたしは見る。わたししか見ない、かけがえないもの。たった一度きりの、美しいもの。眺めているうちに、涙が出てくる。草原で見た別の朝焼けを……それもまた、そのたった一度きりだった朝焼けを……思い出して。あのときから、あそこから、あの場所から、もう一度やりなおせたらねぇ……！　でも、そんなこと、あるわけなくて、許してもらえるはずもなくて……わたし、まるで小さな子みたいに泣いてしまう。足も手もひどく震えるから、急いでしゃがまないと危ないの。うっかり、窓から落ちてしまうといけないから」

ミントが強く香る。危険な誘惑がすずしく香る。

妹の吐息の特別な甘さを、ギレンはまだはっきりと覚えていた。香りと、彼女の声。

朝焼け？　すべてが、まるで、いま起こっていることのように蘇った。

リー・オウのすべらかな額の丸み。自分のよりも高い体温、小鳥のはばたきのようにコトコト高なる鼓動。小さな可愛らしい宝を両腕に囲いこんで眠りに落ちる、至福。腕を痺れさせる愛しいものの、重み。

愛するものをこの腕に抱いていた、あの、刹那。

行くな。時。かえってこい。リー・オウ。このまま草原に残れ。もうマハールに行くな。

王の褥《しとね》になど、二度と戻るな。

口にできない思いを手綱ごとグイと握りしめた、そのとき。

「……あ」妹は、つと、目をさまよわせ、表情を一変させた。「いけない。起きたわ」

妹の、よく知っているはずの顔が、見知らぬ女の顔に——母の顔に——一瞬のうちになっていた。頬にうかんだ紅潮は、まだ慣れぬ立場への照れか、あるいは、誉れか？

すっと鐙《あぶみ》に立ちあがって後続を振り返る。視線のその先には、王賜《おうし》の馬車が——黒檀に黄金象嵌《ぞうがん》という派手なものが——あった。

正妃ヴァル・ネルラは、腹心なのだろう何人かの女を、二番めの王子づきの侍女やら小間使いやらとしてつけて寄越した。だが宮廷育ちの女たちには、草原への旅は過酷すぎた。揺れつづける馬車に酔い、何日もつづく強行軍と旅路の不便に疲れ果て、熱をだすやら消化不良を起こすやら、いずれも青ざめてグッタリしているばかりだ。まるで使い物にならない。

よって、この旅の間、実際に幼い王子の世話を焼いていたのは、ぴちぴちと健康体であり草原にも馬での移動にも慣れている新米の母親本人と、グル族の少女メネだった。

メネは、リー・オウが異国に嫁すことになった時、連れていくべく選んだ端女《はしため》だ。年は若いが聡明で、堅物なほど生真面目だ。産婦の補佐役も、慎重に真剣につとめあげるだろう。

リー・オウが振り返った、まさにその瞬間、馬車の扉がわりの前幕が内側からひらりとまくりあげられ、そのメネが小柄な姿をのぞかせた。首からさげた布帯《スリング》ごと、赤ん坊を、さしあげてみせる。赤子はあたりいちめんに響く声で、元気いっぱい泣いてみせた。軍人もふくめ、行軍する周囲のひとびとがみな、ちらちら振りかえるので、馬どうしがぶつかって、ブルル、と文句を言ったりした。

「ああ、おっぱいね。はいはい」

旅着の胸元をギュッとつかんで、若き母親はくすぐったそうな笑い声をたてた。

「ちょっと飲ませてくるね！」

リー・オウは返事もきかずに馬首を返し、速度をおとしもせずに馬車に近づいた。手綱をそばのグル族のひとりに無造作に投げあげておいて、身軽にからだをひるがえし、パッと馬車に飛び移ってしまう。母親のぬくもりを感じた赤子はたちまち泣き止んだ。招き入れるメネが幕をおろしきる間もなく、リー・オウは着衣の胸をくつろげたから、とろりとやわらかくしなだれ落ちる豊かな乳房が、陽光を反射して白く輝いた。むしゃぶりつく赤子の小さな手がその乳房をつかんだ。母をつかんだ。痛そうなほどしっかりと握りしめた。いかにも、これは自分のものだ、この女は誰にもやらん、俺のものだ、と言わんばかりに。

ギレンは苦笑した。

リー・オウの息子は、リー・オウそっくりだ。グル族そのものだ。アルゴス王家の血脈より、草原の民の血のほうがよほど濃そうだった。

赤子の名は、スカール。後に、草原の風雲児とも南の鷹とも呼ばれるようになる、あの黒太子スカールである。

☆　☆　☆

遊牧民の犬は愛玩用ではない。番犬である。敵に吠えかかり、見慣れぬものには立ちふさがる。

が、草原では、敵や見慣れぬものを目にすることはめったにない。一生に一度もないかもしれない。

畢竟《ひっきょう》、草原に飼われている犬どもの大半は、家族の包のそばの大地に寝そべって、四六時中うつらうつらしている。まるで大きなホコリまみれの毛布がほうりだされてあるかのようだ。幼児がふたり、たがいに競い合って背中に這い上がろうが、耳の毛をひっぱって歓声をあげようが、どでんとかまえて微動だにしない。家族に嚙みつくような血統はすでに淘汰されている。

その、無芸大食が未脱脂の毛皮をかぶったようなのが、ふいに、ぱちりと目をあけた。無造作に立ち上がるので、幼児たちがころころ滑り落ちる。毛質や体形はあの見張り犬ボルガにそっくりだが、眉や胸元にところどころかすかに白い部分のある犬だ。まぶしそうに目をしばたたくと、ぉん、と太い声で吠えた。

「来たか」

包からまろび出てきた老人は、手でひさしをつくって、遠い地平線をながめた。かげろう立って境目のはっきりしないあたりに、ちらり、きらり、と光るものがある。アルゴス兵の兜であることが、遠目にも判った。

「……ご到着は明後日の夕刻……いや、昼頃……か」

おじいちゃんおじいちゃんとまとわりついてきた幼児たちをよしよしとかまってやってから、酒を持っておいで、と老人は言った。お祝いだからな。赤い頰をしたこどもたちは、互いに互いのまわりを飛ぶ蝶のようにもつれあって、椀に馬乳酒《クミス》を汲んできた。

老人は、塗り椀を受けとると、まず中指に酒をつけ、天にはじいた。

「モスに」

　営地はいつになく混み合っていた。リー・オウとその子をひとめ見たがった者たちが、彼女の実家である長の包の周囲に、集まってしまったからである。ふだんは、もっと遠慮をして、はるか遠くに場所を選ぶものなのだが。今回ばかりは例外だった。そのへんも心得て、長のマグ・ガンは、ことに良い水場を持ち種々の草に恵まれた一帯に居留していた。馬や他の家畜たちに草を食べつくさせてしまわないよう、足跡や排泄物などで長とその家族の目を汚さぬよう、グルたちは、毎日朝早く起きだしては、せっせと遠出をして、なるべく遠くで用をたさせなくてはならなかった。

　そうして待ち焦がれていたのである。到着前から祝の杯に手をのばすのは、さきの爺さまだけではなかった。いよいよご到着だ、明後日だ、明日だとなって、女たちは歓迎の準備や料理でてんてこまいである。男どもの大半はうろうろと暇を持て余し、じゃけんにされて少し腐ってもいた。口実がなくったって飲む。口実があれば、もっと飲む。

　草原の風と日差しに晒《さら》されて、皺濃く味わい深い顔だちになった男たちである。日の高いうちは、ふだんどおり馬の世話などをしてまだおとなしく辛抱していたが、日が落ちかかるとさっそくいそいそと、灯火のまわりに集まった。数人ずつ円座をつくっては、まず指で酒をはじいてモスにささげ、後はひたすら、神妙な顔つきでさしつさされつするのである。営地いっぱいに、独特の発酵臭が強くかおった。

マグ・バン――長の家の三男、ギレンのすぐ上の兄――は、かがり火の間を縫い、簡素な宴の輪と輪の間をたどっていった。人好きのする笑顔を浮かべ、行きあたる誰かれに、親しく気さくに挨拶をした。声をかけるだけでなく、伸ばされた腕は握りかえしたし、たちあがってくるものは抱擁しかえした。あちらこちらから、干し肉や果実や椀がさしだされた。バンはひとつも断らなかった。恭《うやうや》しく感謝し、いちいち足をとめてうまそうに飲み食いし、どれもたいそう褒めた。男たちは、いいよやめてくれよと謙遜のかたちに手や首をふってはにかんだが、満足そうだった。

たてつづけに何杯もあおったものだから、父の包に近づく頃には、少し足がふらついていた。馬乳を蒸溜した酒は強いし、家ごとに風味が異なる。発酵の程度や菌の種類、蒸溜の具合に微妙な違いがあるのだ。急にたくさん取り込めば、胃腸に負担がかかる。

灯火が届かない暗がりにさしかかると、バンは顔をしかめた。歩きつづけながら、着衣の底にサッと素手をさしこんで、臍《へそ》のまわりをさすった。

バンは酒に弱かった。飲むとすぐ腹をこわしたし、頭ががんがん痛くなった。吐いてしまうことも少なくなかった。だが、ひとがくれるものを断るわけにいかない。バミサの酒は飲んだのに、オシグの酒は飲まないというわけにはいかない。

長兄のソンは下戸で一滴もやらないが、他はみな、酒好きだ。父はうわばみだし、シンや末弟ギレンも毎晩飲む。きょうだいが楽しげに、いかにも男らしく盛んに飲み続けている時に、自分だけ引き下がるわけにはいかない。

さすってあたためているうちに、切迫した痛みが、少しおさまった。バンはほっとして、袖布で顔の脂汗をぬぐった。汗じみて余計にくるくる巻いた癖っ毛をたんねんに撫でつけ、父親の包の、布戸をめくった。

ふわり、と顔に湯気があたる。

長の包は、あたたかく湿った空気でいっぱいだ。暖房兼用の料理用の炉床の上には、いつだって、なにか旨そうなものがコトコト煮えている。丈の高い鍋をかきまわしていた兄嫁のセツが眠たげな目をあげてバンを見た。かすかに微笑んで、会釈した。それから、ゆっくりと、問いかけるように、夫である長兄ソンのほうを向く。

服箱をかねた椅子に座布団を載せて腰をおろし、紫煙をくゆらせているソンは、妻の視線に気付いた様子すらみせない。なにか膝もとでいらいながら、姿勢もかえない。それでも、そのどこかに返事がよみとれたのだろう。セツは手早く火を弱め、慎ましげに目を伏せたまま、あとずさりした。

丸い包には隅はない。二本の柱で支えた丸窓から煙突を出すから、炉床はかならず中央にある。布壁の際までは、火あかりもそうは届かない。入り口から見て右側が伝統的に女とこどもの場、左が男の場だ。鍋や食器、食事の材料などが置かれた女の場のほうがどうしても雑然としている。その光のあまり届かぬ奥まったほうへ、義姉は、すばやく引き下がったのである。用があったらいつでも返事ができるよう、陰に隠れたのだった。

無口で、地味で、忍耐強い。セツは典型的なグルの女である。

バンたちの母が――長の妻が――リー・オウを生むと同時に身罷《みまか》った時、セツはまだ二十代になったばかりのういういしい花嫁だった。若くて未経験だったが、男たちはその資質を見抜いていた。相談の結果、後添《のちぞ》いを持たないことにした長の家の切り盛りも、彼女に任せることにしたのである。

女のすべきことは多い。たとえば朝起きて最初にするのは火起こしだ。炉にできた灰のうち調理につかうきれいなものはきちんと取り分けてしまっておく。それから新鮮な水を汲んでこなくてはいけない。遊牧民の生活は質朴で、三度の食事のうち朝昼の二回は、濃いミルクティーをすすって簡単にすませる。グル族が使うのは、真っ黒く干しかためたタン茶である。沸かした湯に削りいれて煮出し、しぼりたての乳で割って飲む。羊や山羊の乳をしぼるのも、洗濯も、修繕も、馬乳酒を醸すのも、むろん、みな女の役目だ。

　あらゆる作業が、隣り合わせに立てる包ふたつ分、ふつうの二倍あった。セツは家族の誰よりもはやく起き、誰よりも遅くまでくるくると働きつづけた。そうでなければ用がたりなかった。そうしながら、セツは、たくさんの子を生んだ。年子《としご》年子で七度孕み、うち三度は双子だった。女の子たちは五、六歳にもなれば母親をよく手伝った。

　ソンの嫁はとても良い嫁だ、と、年寄りたちはよく言う。この女を選んだ自分たちの卓見ぶりや、たくみな采配を誇って、うなずきあう。

　たしかにそうだ。そのとおり。義姉は良い嫁だ。

　だが、ソン兄は、ほんとは彼女を気にいってなどいない。いるもんか。

　バンは知っている。ぶっきらぼうで愛想のない長兄が、実は空想癖をもっており、繊細なこころで美しいものや珍しいものを愛していること、風変わりなものを好むことを。

　たとえば、馬乗りなら皆かぶるフェルトの帽子に、ソンは、キツツキの尾羽を飾っている。あざやかな赤が端を彩り、白地に黒の水玉が飛んだ、派手はでしい模様の羽だ。草原では手に入れにくいものである。

　また、ソンのブーツには、よく、小さな古い薄い本がはさんである。歩くのにはじゃまだが、馬に乗る分には問題ない。たまたまそこらにほうりだしてある時に、チラとながめたところでは、兄がたいせつそうに所持しているのは、詩や物語の本らしい。長い放牧のつれづれを、甘い嘘や、やくたいもない作り話を読んでうっとりすごしているのだ。

まるで夢みる少女のように！

まったく呆れたやつだ、とバンは思う。

義姉は、立派なひとで優秀な母親だが、あいにく少しも美しくない。満月のような丸い顔に、粘土にへらで切り込んだ痕跡のような細い目がほとんど埋まっている。表情こそ慈愛に満ちてやさしかったが、泥くさく平凡な顔だちで、華やかさや愛らしさ、優雅さからはほど遠かった。魅力にとぼしいから身形《みなり》にかまわないのか、高が知れるとあきらめて塗らないことにしているのか、婚礼の時以外、紅ひとつつけたことがない。年頃の娘たちには、服の縫い方を教え、たくみにビーズをさしたり刺繍をしたりしてやるのだから、めかしこむ技術やセンスがないわけではないらしい。だが、めめしい兄と真逆なことに、セツの興味はつねに現実にしかない。目に見えないものや手にとれないものには、関わらない、と、こころに壁をたてているかのようだ。

過酷な生活と繰り返された妊娠出産のせいで、彼女はいつも疲れはてており、実年齢よりはるかに老けてみえた。

兄はもっと美しい女を望んだはずだ、とバンは思う。家のことなどできなくていい、いや役にたつことは何ひとつしたことがなくてもいい、天女のような姿かたちをした娘に、魂を震わせるような恋をしたかったのだ。しかし、彼は最初からあきらめた。長の家の総領息子は、一族の長老たちの決めた安全で思慮深い配偶計画に、おとなしくしたがったのだ。抵抗することなく。愚痴ひとつこぼすことなく。遊牧民は、時にみずからすらも、家畜の一種であるかのように考え行動することができる。

けどな。

バンは苦笑する。

妻や娘には厳しくやかましくグル族の女としての節度を要求する兄が、末の妹のリー・オウには、好き勝手を許した。したいほうだいさせてきた。

これが何を意味しているか。あまりにあからさまではないか。ソン兄は、恬《てん》とすまして知らん顔だが。

兄やその妻を見ると、バンはいつも胃が焼ける。

あんた、それでいいと思っているのか、と、胸ぐらつかんで言ってやりたくなる。いつもいつも自分殺して、そうして生きて、いったいなんになるんだ？

誰だってみんな、いつか遠からず死んじまうんだぞ。ほんとうにしたいことをしないで、いいたいことをいわないで、人生に、なんの意味がある？　誰かのためになることばかり考えて、その誰かもまた自分ではない誰かのためになるために生きているんじゃあ、どこまでいっても堂々巡りではないか。

考えると、また胃が痛くなってくる。だから考えない。へんな考えは、端っこに押しつけて押しつぶす。そうしてなかったことにする。またぞろ、じわじわ痛みになってくるまでは。……そんなところ、実はバンは、本人が思ってもみないかたちで、軽蔑しているはずの長兄に存外似ていたりするのだが。

「いよいよだな」

バンは包の男の場のほうの床敷きのじゅうたんに腰をおろした。炉にかざして、こごえた手をあぶる。

「ギレンの野郎、ちゃんとやってるかなあ」

「やってるさ」

声は、背中のほうからした。

振り向くと、次兄のマグ・シンが微笑んだ。髪が半白で眉がふさふさした次兄は、上の兄ソンよりもいっそ年寄りめいている。あぐらをかき、足や膝で糸に張力をかけながら紐を編んでいるところなので、背中が丸くなっている、だから余計にそうみえるのかもしれない。

「シン兄」

バンはのけぞって、兄の手に自分の手をパチンとうちならした。

「もう来てたのか。はやかったな！　南方はどうだった？　高く売れたか。元気だったか」

「ああ……」

急き込んでたて続けに質問を発する弟に、シンは、かわいいやつだなぁ、とばかりに目尻をさげた。

「おかげさまで、いい商売をした。おまえさんの寄越してくれた馬たちは最高だったよ。みな、よく走ったし、あんなに長い距離を移動したあとでも、ほとんど痩せなかった。よく仕込んでくれた。ありがとう」

「なぁに」

バンは相好《そうごう》を崩した。兄弟でも、きちんと礼を言われると嬉しい。

「運びかたが良かったんだろ。シン兄は、経路を選ぶのがほんとうにうまいから」

「いや、それがそうでもなくてな。俺の勘も最近はどうもあてにならん。途中、寄るつもりだった泉が、ふたつもなくなっていた」

「泉が？」

バンは太い眉の下の大きな黒い目をぎょろりとさせた。

「涸れていたのか」

「ほとんどな」

「そりゃ大変じゃないか。みんな、泉をあてにする。あるはずのものがなかったら、馬が水をのめない。生死にかかわる」

「ああ。だから、早急に報せがまわるよう、手配だけはしておいたよ。南方へ旅するものたちが、頭の中の地図を描きなおせるようにな」

シンは紐を編みおわり、ちょいちょい、と糸を結んで、懐の短刀で房を切りととのえた。

「水脈はそうそう動くはずがない。証拠もなく他人を疑うのはよくないが、もしかすると、ランドスあたりで新しい運河か溜め池でも掘ったのではないかな」

「……カウロスか！」バンは罵った。「ダネインからきた泥食らいどもめ。アルゴ河の泥でも食らおうというのか！」

「水を蓄えるということは……軍隊を、あのへんに大勢配備したんじゃなきゃいいんだがね」シンはきれいにまっすぐに整えようとしている房から目をはなさない。「戦争になったら、あんまりまとまった数の黒騎兵は、相手にしたくないからね」

「戦などない」垂れ幕があがり、深く低いため息まじりの声とともに、大柄な男がはいってきた。「めったなことを口にするな」

この部族の長、長《グル》ガンこと、マグ・ガンだ。四人兄弟と末娘リー・オウの、父親である。兄弟は立ち上がった。

ガンは、膝に水のたまる病気をかかえている。歩行するとひどく痛むので、馬上にない時は、ソンの息子たち——長ガンにとっては孫たち——がかわるがわる、杖がわりになる。

いまも、そんな孫ふたりが祖父に肩をかし、脇を支えてきた。靴や上着を脱がせてやり、寝台に腰をおろさせて、世話をやいた。

「とうさん」

「おかえりなさい」

息子たちが敬いのしぐさをすると、ガンはうんとうなずいた。

祖父を定位置に据えつけ終えると、感心な孫たちはすぐに、引き下がった。小声でひきとめる母親のところに寄り、跪いて、なにかの指示をうけようとした。

「セツ、おまえも、もういい」ガンは言った。「朝まで用はない。いっしょにいけ」

兄嫁はすぐ立ち上がり、息子たちを伴って去った。長兄家族の包は、すぐ隣にたててあるのだ。

バンもシンも、それまで無関心そうな顔をしていたソンまでもが、明るいところに出てきて座りなおし、父の顔を仰いだ。女こどもを遠ざけたということは、なにか、真剣な話があるということだ。

「明朝、来客用に、包を三つたてる」

父は言った。

「場所はウワジ井戸周辺。護衛として派遣された王の軍隊や、おつきの宮廷のかたがたの休憩用にする。羊をあと何頭屠《ほふ》るかについては、人数や滞在予定について把握してからあらためて決める」

三兄弟は黙ってうなずいた。

リー・オウと生まれたばかりの王子のための包は、これとは別に、すでに立ててある。家族の包のそばに、報せを受けてすぐに組み立て、服箱、じゅうたん、鏡などを運びいれてある。リー・オウの持ち物のうち、営地に保管してあったものはみなそこで見つかるはずだ。

兵は野営に慣れている。こちらが何もしなければ、先方の都合に則ってことを決めるだろう。それより、提供することができる分をこちらから差し出したほうがいい。良い水場を貸し、当座の寝床になる場所を与え、食事のしたくまでしてもてなそうというのだ。グル族が王の軍隊を歓迎しなかったとは言わせまい、というかまえである。

父はこのへんの政治的なことがらを、長年アルゴス王宮とのつきあいを担当してきた仲間の古老たちに、相談し、確認し、決めてきたのだろう。

――だから、なんだ？

バンはむずむずする唇をひきしめた。

そんなことはどうだっていいんだよ。そんな話をするだけのことなら、セツやこどもらを人払いする必要なんかねぇじゃねぇか。おやじめ、何か、家族だけに……男だけ、俺たち兄弟だけに……言っておくべきことがありゃがるな。

リー・オウが戻ってくる前に。俺たちが、ふたたび、リー・オウを目にする前に。

釘をさしておこうというのか。

ちくしょう、焦らさずに、さっさと口にしやがれ。


長《グル》ガンは、静かに座っていてすら、嵩張《かさば》った。

大きな男なのである。小柄で痩せ型なものが多いグル族の中で、いつもひとり、図抜けて背が高かったし、胸も肩も厚くて幅があった。腰高で脚の長い体形は馬乗りにはことに適している。ガンはまだ若い時分から、他の誰の手にも負えない性悪な野生の荒馬を、つかまえて乗りこなした。また、そうして無理に探して訓練しなければ、度はずれて大きく重たいガンを乗せて走っても平気でへばらないような馬は、とうてい手にはいらなかったのだ。たくましい肉体は、よく響く器でもある。腹の底から発せられるガンの声は、草原の隅々まで轟いた。敵味方が接近し一触即発となった場面で、はっきり聞き取れる号令ほど役にたつものはない。

バケモノのように巨大な馬に跨がった見上げんばかりの男の姿ほど、敵をふるえあがらせるものもない。

大きく強くて見るからに特別な男は、虚勢を張らなくて良い。ことさらに、威張ったり、怒鳴ったり、着飾ったりする必要がない。これ見よがしな武器もいらぬ。ただ居るだけで注目を集めるし、静かにつぶやくだけで、ひとが耳をかたむける。

マグ・ガンは、生まれながらに、そういう得難い資質をもっている漢《おとこ》であった。前《さき》の長に見いだされ、重んじられ、その愛娘を嫁にもらった。その女が四兄弟とリー・オウの母である。

グルの族長はかならずしも世襲ではないし、死ぬまでつとめなければならないというものでもない。ただもっともふさわしいものがその地位をつとめる。ガンを得て安堵した前の長は、ならわしよりもだいぶはやめに引退をした。

実際、ガンを長《グル》にいただくようになって、グル族はぐんと大きくなったのである。近くで遊牧していた自由民を、何家族も取り込んだ。また、家族をもたぬ若者たちが、何人も加わって、グルの娘を妻とし、グルとなった。

慕って近づいてくるものたちを、ガンは厚遇し、尊重した。縁や絆も大切に考えたが、それ以上に、誠実さ、実直さ、公平さを好んだ。若者の跳ねっ返りをいなすのも、頑迷な古老に理を説くことも、それぞれうまかった。ひとの弱みにつけこむものや、かつての手柄にあぐらをかくものたちとはじっくりと時間をかけて話し合った。時と場合によっては迂遠なほうから手をまわし、少々狡い取引もし、そして、いつの間にか勝った。あるいは丸め込んだ。だから、多くの、穏健でまっとうで賢い民たちが、ガンを信じ、ガンに従うことを選んだのである。

遊牧の民のことであるから、一ヶ所に集結したわけではない。遠く暮らしながらも、グルの旗じるしをあおぐ者となったという意味だ。

草原には騒動が少なくない。馬や羊はつねに山賊どもに狙われているし、そうした凶賊に財産を根こそぎにされ家族を惨殺されて同じ修羅に落ちていく餓狼の群れもあった。そもそもの発端がいったい何だったのかもう誰も覚えていなくとも、長年仲違いしているから、というそれだけの理由で、そこまで憎まなくてもと思うほど強く反目しあい、殺し合うものたちもある。水場や縄張りの境界線をめぐって、あるいは何らかの余所者にはわからない動機によって、永遠の対立を約束された部族間の小競り合いは、季節ごと天気ごとに飽くことなく繰り返された。雨の一滴も降らぬ時期の真昼など戦闘に不向きな時にはどちらが合図することもなくパタリとやむが、ほどよく涼しい霧雨のおしめりでもあれば、またぞろどちらからともなく始まるのである。

争いを好まず、かといって、石づくりの町や砦に閉じこもることにも馴染むことができず、みはるかす空と大地の間を気ままに身軽に駆け抜けて、季節ごとの営地でのんびり暮らすことを好む騎馬遊牧の民は、つねに、望まぬ騒乱に巻きこまれぬよう、略奪者たちに侵犯蹂躙《じゅうりん》されぬよう、警戒していなくてはならない。

攻撃は奇襲であるほど成功する。ふさわしい時、短時間のみ集中すれば事足りる。が、守りの要諦は継続である。忍耐であり、規範である。どんなに平和な時にでも、倦《う》まず弛《たゆ》まず、用心を忘れないことである。

有能なリーダーのもとに意志統一し、数をひとつの武器として、おさおさ怠りなく備えておかなければ、美味な獲物にされるばかりだ。

……そうして群れを束ねてきた長《グル》ガンも、すでに、五十三歳。長となって、二十年余が過ぎた。むきだしの草原で風雪にさらされて暮らす遊牧の民としては、とっくに老境の年頃である。

頭髪はまだたっぷりと豊かだったが、だいぶ前からほとんど真っ白に近い灰白色で、額や頬にはいく筋もの皺が深く刻まれていた。大きく強くめぐまれた身体は、不自由になると痛ましく、時にはいっそ滑稽だった。改めて見れば、ガンは、大きすぎ、重すぎた。ひょいと立ち上がると包の天井に頭がつかえそうな男が、丸太のような脚をひきずり、背を丸め、腰を屈めてひょこひょこと動くのだ。その邪魔臭く醜悪な大きさすら……ガンのガンたる所以すら……なんだか近頃、縮んできたようだ。

親父め、老けこみやがって……

とバンは思う。

そろそろ引退を考えていい頃合いなんじゃないのか。まさか。これを契機に誰かに地位をゆずるって話か。誰に。やはり、長兄のソンか。

厭だった。それは、バンには、どうにも、厭でたまらなかった。

父ならしかたがない。バンにとっては、生まれた時から長といったら父、父といったら長だった。それは空が上にあって草原が下にあるようなものだ。

が、兄は違う。兄の言うことは聞きたくない。あのソン兄を、長と呼ぶのかと考えると、胃がむかつく。吐き気がする。

外見は、たしかに、兄弟のうちではいちばん父親に近いかもしれない。ちょうど、父をやや小ぶりにし、なんとか規格内におさめたようなかたちだ。だが、内面はまるで違う。ソンは独善家であり、夢みる少女のような愚劣な現実逃避的浪漫主義者である。つねにみんなのことを考える男としてずっしりと大地に両足を踏ん張って生きてきた父とは、まったく別種の、正反対のような人間である。そんなやつに、部族の将来をまかせられようか？　どうして忍従できようか？

ソンの莫迦よりは次兄のシンのほうが余程マシだが、篤実なシンには野心がない。正面きって対決し、雌雄を決しようとするようなところはまるでない。確かにそんなことら一族は動揺するだろう。ソンを贔屓《ひいき》するひとたちと、シンを買うひとたちが、ともに困惑するだろう。

温厚なシン兄がもっとも好まないこと、それは、ひとを困惑させることだ。まとまっている部族をささいなことがらで決裂させ、割ってしまうことだ。

では……俺はどうだ？ と、バンは考える。

そう、なにも年齢順である必要などない。もっともふさわしいものが長になればいい、それだけのこと。ふたり飛ばして俺が次の長になったって、悪いことはひとつもない。肌のあうシン兄には右腕になってもらい、折り合わないソン兄と俺の間をうまいことりもってもらえばいい。そのほうが、群れぜんたいが、うまくいくんじゃねぇか？

バンは、このとき、二十八歳である。じゅうぶんに大人だが、まだじゅうぶん若くもある。妻はない。子もない。天上天下に独り身だ。バンの心はつばめのように自由である。こわいものなしである。はやく誰かもらうこともできた。だが、来てくれそうなのは、ほんとうに欲しい相手ではなかった。だから話がくる前から態度でことわった。ふれることなく。傷つけることなく。すまんが俺にはあんたはもったいないよと笑顔で遠慮してみせたりして。こっそり遊んだのは、心得た後家や、年輩の女たちとだけだ。女のことなどで、足元をすくわれてたまるか。

バンは野生馬のように自由だ。グルの血である。この部族に属している。それ以外のなんのしがらみもない。未来にかかわる種々のことがらがみな未決定である。すべて、これからはじまるところなのだ。

長になれば、なんでも、俺の好きに決めることができる。

そう思うと、脳にちいさな稲妻が走る。バンの、真っ黒い、ドイタシの実のようにつややかな虹彩の中で、瞳孔がキュッと縮まった。

もしも、なんでも、したいようにできるとしたら……？

バンは知らずしらず乾いてひびわれていた唇を舌で湿す。

……そうとも。いちばん欲しい女を、ものにする。どうでもいい女じゃなくて。唯ひとりの女を。手にいれて、もう、二度と、どこにもやらない。


マグ・ガンは、最前からむっつりと黙りこくっていた。はいってくる月明かりだけでは、かなり暗い。居並んだ息子たちの顔はほとんど濃い影に隠されていた。その影の中を覗きこむようにして、ゆっくり、じゅんぐりに眺めた。そこから読み取れたものはあまり気に食わなかったらしい。ガンは、ますます渋いしかめ面になった。

包に、重い沈黙が落ちていた。火を落とされた炉で、薪がぱきりと折れてくずれる音がした。

それが、きっかけになった。

コホン、と、ひとつ咳払いをし、「……もう話は、すんだだろうか」ソンが口火をきった。「今日は少し疲れた。明日も、なにかと大変だ。かまわなければ、はやく休みたいのだが」

「すんどらん」

ガンがたたきつけるように言い、じろり、と長男を睨んだ。ソンはそっと肩をすくめ、座りなおした。

父は、眉間を揉んだ。できることなら何も言いたくなさそうだ。ぺらぺらと舌のよくまわるような種類の男ではないのである。よくよく考えて練っておいたことばを、思い切って、口にのぼらせた。

「明日、リー・オウがもどる。王の次男を連れてくる。家族に、無事にうまれた赤ん坊の顔を、見せておきたいという気持ちは、理解できる。だが、そこまでだ。甘やかしてはいかん。いつまで居るつもりなのか聞いておらんが、滞在を長引かせないように。できるだけはやく首都マハールに戻るよう、我輩はあれに言うから、そのつもりで」

「……けど！」

「黙れバン」

「でも兄さん俺は」

「シッ、いいから黙れバカ。話はおわってない。まず最後まで聞け！」

小競り合いする息子たちを、父はむっつりした目で睨みつけた。ようやく場がまた沈黙に支配されると、父はゆっくりと口をひらき、続けた。

「知ってのとおり、マハールには蛆虫が多い。尻から根を生やした連中の中には、なぜか知らん自分たちを騎馬の民より上等と勘違いしているものがある。奴らはグルを憎む。ほんとうは、グルを理解できず、グルに敵《かな》わないから、グルを恐れているのだが、何かを恐れているのだということをおのれの心のうちに認めることができない臆病者だから、恐れていることを自分にすら隠す。そして、その分、強く憎むのだ」

息子たちはうなずいた。このあたりのことは、グル族では常識である。父や、他の老人たちに、いつも言われていることである。

「グルを恐れ、憎むものたちに、いま、目の敵《かたき》にされているのが、ほかでもない、リー・オウと、その一人子だ。グルの土地で、殺させてはならない」

兄弟たちはどきりとしたように顔をあげた。

「そういう陰謀の気配でもあるんですか」ソンがかすれ声で尋ねた。

「まだない」父は頭を振った。「遠からずそういうことを思いつくものもあるかもしれぬと考えている。なにしろ、マハールには、あれを、いまだに王妃と認めたがらぬものが少なからずあるそうだ。蛮族のいかがわしい女だと、口に出して誹《そし》るものすら」

父は年を取って白濁してきた青灰色の目を上目づかいにして、三人の息子たちをひとりずつ見つめた。どれだけ理解しているか、どのような覚悟をしているかを見極めようとするかのように。

マハールというが、とりあえず注意するべきは、正妃の一党だな、とバンは考えた。パロとつながっている奴、あるいは、それらと縁続きになりたいと願っている奴らだ。

「王はどうなんです」シンが尋ねた。「スタイン王自身は？　リー・オウやその息子を、大事にしてくれているんでしょうか」

「そう聞いている」父はうなずいた。「部屋なり、したくなり、上の王子の時と同様に、公平に、扱うよう、布告しているそうだ」

「なるほど」シンは唇の端をにこっとさせた。「自分たちのほうが段違いに上等だと思い込んでいるかたにとっては、それだけで侮辱にあたる」

「我等が、王子を——王の後継者を——好んで営地に留めれば、まるで人質にとったかのように言われるかもしれぬ。善からぬことを企んでいるかのように誹られるかもしれぬ。よって、あたうかぎり速やかに、首都に帰すこととする。宮廷の蛆虫どもが何をどう勘繰ろうが知ったことではないが、我等はスタイン王に忠誠を誓ったもの。禍《わざわい》の種をまいてはならない。……話は以上だ」

もう行っていいぞ、と父は手を振り、だるそうに首を揉んだ。

長兄ソンは、ならば、とばかりにさっさと腰を浮かしかけた。

「ちょっ……待ってくれよ親父！　それじゃ、ぜんぜん話が逆じゃないか！」

気色ばんだバンが進み出ると、父は胡散臭そうに三男を眺め返した。長兄もまた、はっきりと、ああ迷惑な、という顔をして、座りなおす。

「まあまあ」

シンが器をだしてきた。

「そうカリカリしないで。南方みやげのナツメヤシです。上物ですよ。どうぞ。さあさ、たくさんありますから」

バンは無理やり受け取らされたものをエイヤッと口に放り込んだ。思ったより大きくて、嚙むとガリッと種にあたった。濃厚な甘味が、ねっとりと歯にからみつく。

なるほど旨いな、とバンは思った。栄養価が高そうで、良い糧食になりそうだ。見れば、父もソンも思いがけない味に顔をほころばせている。シンが手早く茶を淹《い》れて配る。渋味の強い茶がまたよくあう。家族でよその土地のみやげの甘いものをいただく。実にほのぼの和気あいあいとした図である。

バンは無理に口をひんまげた。贅沢すぎる！　こんな軟弱な、女こどもの好みそうな食べ物など。あまりの甘さで目が回る。きっとあとで胸が悪くなるだろう。ええい、こんなもので懐柔されてたまるか。

「バン、話が逆とはなんだ」父が尋ねた。「どういうことだ」

あまりに強烈な甘味と戦っていたので、バンは、うっかり素直に答えてしまった。

「だってそうでしょう。そんなに邪魔扱いされて、貶《おとし》められて、おまけに、いつ暗殺されるかもしれないだなんて。やつらの領分にいるよりも、草原においておくほうが安全でしょう。マハールの不愉快なやつらのもとに、なんでわざわざ急いで戻さなくてはならないんですか。そんなの、リー・オウ自身だって、気ぶっせいじゃありませんか。別の時じゃない、子を生んだばかりなんだ。なんの気兼ねもなく、のんびり休みたいでしょう。産後の肥立ちだの乳の出だの、良くなるにこしたことはないんじゃないですか」

父は、呆れたように口を開きかけ、やれやれ、話にならん、とばかりに首をふってしまった。まるで洟垂れ扱いだ。バンがカッとして、さらに言い募ろうとすると、

「やめろ」長兄が肩をつかんでとめた。「嫁いだ女は婚家のものだ。生家に長逗留は感心できない。単純にそういう話なんだ。グルは女を甘やかさない」

「なんだよ、前はそうは言わなかっただろ?」バンの声はひきつれて、甲高くなった。

「家族は運命を共にするべきだって、ソン兄だって言ったじゃないか。リー・オウは、一生誰とも結婚させない、みんなで面倒をみようって」

「それは」ソンは目を伏せた。「あれは……あの時は……あいつは、かあさんの生まれかわりみたいなもんだと思っていたから……」

「どちらがより危険かを言うのはなまなかなことではない」と、シン。「王宮にいる時

には、リー・オウや王子の身の安全は王の責任です。王がその懐で自ら守っているものを傷つけようとしたら、かなり知恵をつかわなければならない。露顕したり、失敗したりしたら、間違いなく、反逆罪に問われるのですから」

「その王が心底信用できるんならいいが」バンは鼻に皺を寄せて、ぶつぶつ言った。

「アルゴス人で、しかも、王族なんだぞ」

「いまさらなんだ、バン？」父はうなった。「この件はとっくに始末がついているはずだ」

ガンは、そうだな、みな異存はないな？　と言うように姿勢を正して息子たちをみまわした。

あるぞ。ちくしょう。あるとも。俺は大いに異存があるんだ。

バンはうつむいたまま、両手に力をこめた。頬の中で甘味の残滓が苦くなる。

前は、若すぎて、うまく言えなかった。兄たちをとうてい説得できそうになかった。

嚙み殺した恨みは、胸の底の竈《かまど》でぐつぐつと煮立って焦げついた。

その焦げのえぐみを思い知ったのは……思い出す。つい最近のようだが、あれは――

改めて数えてみれば――三年も前のことになる。

ここではない、この営地ではない。この季節ではない。もっと寒かった。だが、同じこの父の包だ。組み立てにつかう紐の余りの部分が、仰ぎ見る天井の骨組の間で、同じ竜の模様を描いていた。確かに覚えている。

兄弟は、似たような並び順でいまとそうかわらない姿勢で腰をおろし、肩と肩をぶつけ、顔と顔をくっつけあって、激論を戦わせたのだった。父もいた。いまここにいない末弟のギレンもいた。リー・オウ当人はむろんいない。いられるわけがない。

リー・オウは、十四で、父親のわからない子を生んだところだった。


運命の嬰児の姿は、バンの眼裏に焼きついている。

赤子はべっとりと濡れた毛束に包まれていた。産婆が羊水を拭うと、たっぷりとした毛が、ふわりとばかりにたちあがった。毛は雪山のような白銀色で、頭部から背中を経て尻までとどき、長くまっすぐな尾になってつづいた。背骨沿いに一列、まるでタテガミのようにそんな長い毛が生えているのだ。まるで、ひとと獣がまざりあったような姿だった。ざっと確認したところでは、その他は幸い――あるいは不幸中の幸いと言うべきか――人らしく見えた。顔のつくりも、手足のありようも、歯ならびも、獣ではなくまっとうな人間の――赤ん坊の――それであるようだった。男児である。ちいさなあどけない顔が、母親ゆずりに整って美しい。美しい小さな顔と獣めいた特徴が渾然ひとつになっているありさまは、なんともふしぎで、艶《なまめ》かしかった。その妖異のようなものが、ぱかりと赤いまだ歯のない口をひらき、弱々しい泣き声をあげかけた。

家族は、急ぎ、これを布で覆い隠した。セツに抱かせて、とりあえず包を去らせた。

「――なんと忌まわしい……罰あたりな……！」

産婆たちの監督をつとめた部族の老婆は、怒りと屈辱に燃えた真っ赤な目で、父と兄弟たちを睨《ね》めまわした。汚らわしそうに。あんなものは、炎で焼いて浄化してやりたい、とでも言うかのように。

「うたて、うたて。なんと転《うた》きことだろう。近すぎる血はときに残酷なことをしでかすと聞くが、これほどの奇態は聞いたこともないぞ。……ええい、この耳にいれたくもないが、一度だけ尋ねる。……いったい誰の子だえ？」

兄弟はみな両手でズボンの膝をつかんだ。誰ひとり返事をしなかった。顔もあげなかった。老婆は燃える目でぎょろぎょろと顔から顔へ視線をめぐらしたが、答えは得られなかったらしい。竜のような鼻息をふんとついた。

「……リー・オウはなんと言うとる？」

誰も答えない。老婆の息の音ばかりが、ごうごうとした。やがて、父であるマグ・ガンが顔をあげ、ため息まじりにつぶやいた。

「月毛の馬に乗ったそうだ」

「月毛の？」

「ひとりで草原を走っていたら、どこからともなくたくましい月白の馬がやってきたんだそうだ。自分のまわりをぐるぐるまわって、立ち止まっては顔をのぞきこんだとリー・オウは言った。どうもこっちにこい、俺に乗れ、と、言っているようだったから、騎馬を近づけたら、乗りうつらせてくれた。そのまま、どこまでもどこまでも風のように走ったのだそうだ。騎馬も必死においすがってきたが、そのうちに、はなされてしまったそうだ。それはそれは心地好かったと。そうこうするうちに、いつの間にか気が遠くなり、やがて気がつくと、なにやら明るい天国のようなところにいた。そうして、夢心地のうちに、子を授かったのだと。まったく夢のようなことを……あれは、言う」

　バンも聞いた。

　日に日に膨張する腹を威張るように突き出したリー・オウは、訊ねられれば誰にでも、この話をした。好んでした。その不思議な月毛の馬がどんなに美しかったか、優しかったか。愛しかったか。目を輝かせ、頬を紅潮させて、嬉しそうに話した。何度きいても同じことを言った。少しも恥じているような様子ではなく。むしろ、誇らしげに。

「ふん」老婆はまた鼻をならした。「なんの冗談か。あの娘は、頭がおかしいのか。それとも、自分を神話に出てくるような女だとでも思っているのか」

　バンとて、同じようなことは考えたが、他人にあからさまに罵られると、腹がたった。兄弟みながそうだったらしい。老婆は追い立てられて、包から追い払われた。そして家族だけが残った。

ちくしょう、頭がおかしいものか。バンは思った。リー・オウは正気だ。それに、まったくうぬぼれてなどいないぞ。実際、妹は、まるで神話に出てくるような女なんだ。あいつには、……あいつにならば……！　そんなことだって、ぜったいにないとは限らないかもしれないじゃないか！　神のようなものに愛されて、子をなしたと……いっそそっちを、信じたくだってなるじゃないか！

月毛の馬の話は、なるほど嘘にしては幼稚すぎ、ばかばかしすぎる。きっと、言えない事実を隠蔽するために考えだされた作り話なのだろうとバンも思う。あるいはなにか途方もない経験をして、浮世ばなれした頭にうかんだ由無し言、妄想か錯覚なのかもしれない。

グルはいたって実際的な考えかたをする一族で、まじないだの魔道だのといった胡乱《うろん》なことがらはあてにしないのが伝統だ。モスにささげる詠唱は、大地のめぐみに感謝し、自然を敬う気持ちのあらわれである。

月毛の馬の姿をした神などというものがそこらをうろついているとは、きいたこともない。

問題は、このバカな話が、意識的にしろそうでないにしろ、リー・オウ自身がひねりだしたものだとはどうも思えないというところにある。リー・オウはそういうことをする女ではない。誰かが彼女を騙して、そう信じ込ませたのではないか。

騙して、犯して。

カッと目の前が赤くなる。

とうぜん負うべき責任から逃れているのは、いったい誰なのだ？　無垢な娘を孕ませて、子までなして、名乗りもしない卑怯者は？

バンは、自分が子の父親ではありえないことは知っていた。そういうことをしたことはなかった。あと一歩どうにかしていたら、そうなりかねなかったことが何度も何度もあったけれども。

妹は、ときどき、おそろしいほど蠱惑《こわく》的になった。天真爛漫に、無防備に、いまにも落ちそうな熟れた果実のごときものに、なった。男なら誰だって、そそられてしまう。好きな相手に対する思いがにじみだすならあたりまえのことだ。困ったことに、妹の色香は、ところかまわず相手も選ばなかった。発情《ふけ》のきた牝馬が風上にいれば、牡馬はみな気がへんになる。それと同じである。リー・オウが魅力的になれば、たまたま擦れ違うもの、行き会うもの、そこらに偶然居合わせた男をも、軒並み虜にしてしまいかねなかった。リー・オウは、ただ無邪気におもしろがって、わざと誘ったり、あだっぽい顔をしてみせたりしたのだ。それでひとがまごついたり、当惑したりするのを、愉快がったのだ。そのせいで自らがなにか恐ろしい目にあうかもしれないとか、穢されるかもしれないとか、考えてみたことすらなかっただろう。というか、そういうことがらが、おのれを穢すものでありうると、いまだに、まったく思ってもいないのかもしれぬ。ふつうの女のふつうの感覚を、彼女に期待することはできなかった。

これまでは。

さすがの妹も、こんどというこんどは、きっと思い知ったに違いないとバンは思う。もう子どもではない。あいにくと。そして生娘でもなくなった。情をかわせば、生命がうまれる。おのれだけの問題ではなくなる。

幼くてまだ実をなさぬうちは、どんなにきれいでも、色っぽくても、かまわなかった。十をすぎるあたりから、リー・オウはあきらかに危険だった。そのことに、誰かが、もっとはやく、ちゃんと注意を向け対処するべきだったのだ。こんなことがおこって、とりかえしがつかなくなるまえに。フウと吹けばたちまち掻き立てられて、よりいっそう燃え立つに違いない欲望の炎に、誰かが翻弄されぬうちに。

認めたくなかったのだなとバンは思う。みな、自分と同じだ。失いたくなかったのだ。あの比類なき少女を。あの美しいもの、いとしいものを。時がゆけば、どうしても、とどめることができなくなるものだと知りながら。なんのしがらみもなく自由不羈奔放《ふきほんぽう》であることこそが、リー・オウであった。それこそ、まだひとを一度も乗せたことのない野生の若駒のように。ひとたび、誰かにふれられれば、もう別のものになってしまう。

本来のリー・オウではなくなってしまう。

美しさは受け取る側が感じるからこそあるのか、それとも、放つ側にもともとあるのだろうか。美しいものはわざと誰かをおびやかそうとして美しいわけではなかった。媚びているわけでも、誘っているわけでもなかった。だが、ひとは美に摑まれると、鼻面をふりまわされるのだ。

外見で。吐息で、体熱で、声で、まなざしで。ふとしたしぐさで。薄荷《ハッカ》の香りで――リー・オウは、美を、魅力を、惜しげもなくふりまいた。うまれつきそうで、そういう特別な存在のまま放置された。放任された。だから、遠慮会釈なくそのままでいた。リー・オウを見て目が釘付けにならない女はいなかったし、悩殺されない男はいなかった。あまりに公平で平等で、誰も――たとえば他家の女たちも、誰かの妻も――文句を言う筋合いではなかったのだった。

どの男が屈するか……禁忌を犯すか……思えば時間の問題だった。家族もまた、例外ではなかった。そばにいる時間がなまじ長いだけに、兄たちこそ、もっとも、厄介で、危険な存在だった。

ソン、シン、バン、ギレンの四兄弟は、その程度やかたちはそれぞれでも、全員、まちがいなく、妹を愛していた。溺愛していた。熱烈な崇拝者で、親衛隊だった。

だから……だから、おそらく……

なにが月毛の馬だ！

バンは怒っている。兄弟のうち自分以外の誰かが、なにかの拍子にふと熱に浮かされて、とうとう理性の箍《たが》を吹き飛ばしてしまったのにちがいないと考えているからだ。翻弄され、惑溺し、やってしまって、子ができて、きっとさぞかし後悔したんだろうが……あの嬰児の姿を目にして、その後悔が、恐怖になって、なおさら言い出せなくなったのだ。

あれこそ、濃すぎる血のちぎりの証拠に他ならないとバンは思う。許しがたい罪が、冒瀆された禁忌が、タテガミのある子というあきらかにひとからはぐれたもののかたちになって、一族につきつけられたのだった。

いったい誰だ。誰がやった。誰でもありうる。だが、

自分ではない。

バンは怒っている。

……まったく許しがたい……しかも、リー・オウはそいつをかばっている！　いまだに、誰なのか、ただのひとことも言わずに、かばってやっている！　そのことが、あるいはもっともバンの脳を煮立て、胃を痙攣させているかもしれない。こんな目にあってもなお、かばってやっているとは！

バンは、そいつが羨ましく、妬ましく、憎らしくてならなかった。

なぜ、それが自分ではないのか。

自分だったらよかったのに。

もし知っていたら。リー・オウが許してくれると、知っていたら、自分だって。自分こそ。欲望を抑えたりしなければ。恥じなければ。その必要がないと知っていれば。解放してもよかったなら。ただ一度のそのことのために残りの一生をなげうったってかまわなかったのに。どうして怯《ひる》んだ。どうして迷った。どうして。どうして。どうして。

バンが懊悩《おうのう》している間に、兄弟はさまざまな意見を言った。

長兄ソンは、自信なさげな、ぼそぼそした声で、リー・オウには、ずっとこの家にいてもらいたい、という意味のことを言った。ここで、このまま、一生家族と共にすごせばいいではないか。セツの助けとなり、自分のこどもたちの姉となって欲しい。タテガミと尾のある甥も、われわれで育てよう。罪はゆるし、忘れよう。

ずっと家にとじこめるだと？　誰かが言い返した。軛《くびき》ででも繋ぐのか。リー・オウがそんな暮らしを望むか。満足するか。ここにいろといわれたら「ハイ、そうします」というか。信じられるか。そんな女だったらこんなことにはなりはしない。

じゃあ、どうする？

みながしばらく黙りこくったあげく、シンが言った。誰かよい婿をさがして、ふつうに結婚して、幸福になってほしい、と。

たちまち喧騒になる。――よい婿って誰だ？　どこにいる。具体的にいってくれ。ふつうの結婚？　そんなことができるもんかあいつに。どこかの家庭におさまって、おとなしくなどしていない。そんなやつじゃ。

「なぁ、待ってくれ。みんな、ちょっと、聞いてくれよ」バンは顔をあげて、言った。「たとえば馬だ。馬のことを考えてみてくれ。どの馬も、それぞれだよな。荷馬車を引くのが向いてる馬もあれば、走りっくらが好きな馬もいる。資質にあっていないことを望んで押しつけても、苦しめるだけだ」

「それはそうだ。では、リー・オウはどんな馬だ？」助けるように、シンが合いの手をいれた。

「そこだ」バンはうなずいた。「ふつうの女じゃない。それはみんな感じてるだろ？　ふつうの家の奥さんや、おっかさんで、終われるようなやつじゃないんだ。グルにはグルの掟がある、女には女のさだめがある、だが、それはあいつにも、あてはまることなんだろうか？」

兄たちは驚いて息をのんだ。

「掟があてはまらない？」

「どういう意味だ？」

「だってそうだろ。わざとじゃない。悪いことだと自覚してやってるんじゃない。ただ、なるようになっただけ、あいつにとって自然なことをしてるだけだ。つまり、しかたないことなんだ。罪じゃない。だから恥じる必要なんかない」

「そうはいかん。掟があてはまらないものなどいない。集団には規範が必要だ」父が低く言った。「どんなものでも、規《のり》には従わなくてはならぬ。我輩は、近い身内に対しては、そうでないものに対する時よりも、いっそうの正しさを要求したい。信義や節度をもってふるまってもらうことを。天地神明に恥じぬものであることを。身びいきは卑しい。身内にのみ得を誘導するのは、恥知らずだ。まして我輩は長ではないか。自分の娘を、特別扱いするわけにはいかない」

「なら」バンは顔から火が出そうだったが、思い切って言った。「わかった。俺は、あいつをつれて、ここを出ていくことにする。リー・オウとふたり……いや、あの子もつれて……どこかよそで暮らすよ。……あいつが、あいつらしいまま、なにも損なわずに居られる場所で」

「それが本音か」ソン兄がせせら笑った。「おまえは、ただ、リー・オウを独占したいだけだ。他の男にやりたくないのだ」

「ばかな！」バンは座を蹴ってたちあがった。手はすでに短刀の柄にかかっている。

「そんな小さなことはいってないじゃないか。なんという薄汚い想像を！」

「やめてよ、喧嘩しないで！」ギレンが割ってはいった。「ソン兄もバン兄も、その手をはなして！　ちゃんと、仲良くして！」

　末の弟の泣きべそに、ソンとバンは鼻白んで、摑み合いかけていた手から、それぞれ、力をぬいた。

「そういうおまえはどう思う」シンが、布をだしてわたしてやりながら、ギレンに聞いた。「妹を、どうしてやりたいかね？」

「よそにはいかないで欲しいよ。だってそんなの寂しいもの」ギレンは鼻をすすった。

「でも、家族のためとか、だれかのために、犠牲にしたくもない。ぼくはリー・オウが大好きだ。かわいくてならない。だから、ちゃんと元気でいて欲しいし、幸せになって欲しいんだ」

　それはそうだ、と兄たちはうなずいた。

　幸福でないあの子を見たくない。

　でも、じゃあ、いったい、どうすれば？

　おまえたちの考えはわかった、と父親は言った。あとは我輩にまかせろ。

「ねぇ、でも、あの……赤ちゃんは、どうするの？」ギレンが聞いた。「さっきの……あの……タテガミのある……」

「羊飼いのモクルにやるつもりだ。前から養子を欲しがっていたから」父はすばやく答えた。とっくに、考えていたのだ。「リー・オウには、死産だったと告げる。われわれは、あの子のことは、なかったものとして、忘れる。以後、けっして口にするな」

兄弟は息を飲んだ。

「良いな？」

——良くない。

いま、バンは思う。

よくなんかない。冗談じゃない。ぜんぜん納得がいかない。

あの時、親父がひとりでくだした判断は、とんでもない間違いばかりだった。リー・オウを嫁にやることにしたことも、嫁入り先がアルゴスの王だったことも、生まれたこどもを引き離したことも、みんなみんな、ひどい間違いだ。

中でも、あの息子のこと。リー・オウの最初の子。

確かに異様な姿だった。それで、俺はすっかり動揺して混乱してしまって、ちゃんとした判断ができなかった。親父の決定も唐突すぎ、反対する間もなかった。けれども、あとになってよくよく考えてみれば、ちゃんと生きて生まれてきた子を、じゅうぶんに育つことのできる子を、死産だなんてごまかして取り上げる権利は誰にもないではないか。赤ん坊から母親をとりあげ、母親から赤ん坊をとりあげる権利は。そんなひどいことを……残酷なことを……してはいけなかったんだ。

なのに、いままた。

せっかくかえってくるリー・オウを、親父は、草原から追い立てようという。一刻もはやく送り帰そうという。まるで、いやなものを、遠ざけたがってでもいるかのように。

どうしてそんなひどいことができる？　いったいなにが親父をそうさせる？

父を睨みかえし、その老いた姿を目にしているうちに、ずっと心に封じこめ、胸に秘めてきたことを口にしてしまいたいという気持ちが高まってきた。バンは決意しようとした。どどっ。どどっ。どどっ。眼圧はあがり、心臓はひりついた。胃がねじれ、頭に血がのぼって、気分が悪い。

「お、俺にはわからないよ」

太い声で怒鳴ってやりたいのに、恫喝《どうかつ》してやりたいのに、でてきた声はむしろ、悲鳴だ。めそめそした女みたいな泣き声だ。

「親父も、兄貴たちも、なんでそんなにひどいことができるんだ？　なんでそんなに冷たいのさ？　なんで落ちついていられんのさ？　俺たち、最低だろ。ひどいことしちまったじゃないか。みんな、リー・オウに、あわせる顔なんかないじゃないか。這いつくばって謝らなくちゃならないのに」

バンは身悶えしたいほど恥ずかしく悔しく思う。こんなヒステリーみたいな話しかたをしたかったんじゃないのに。望むほどたくましく、どうしてなれないのか。もっと冷静で、強く、しっかりした男でいられたらよかったのに。ああ、俺はいつも自信と卑下に引き裂かれている。

「お、俺はいやだ。いやなんだよ。怖い。あいつに会えない。あいつの目を見て話せない」バンはこわれた水道のように、ぼろぼろと涙をこぼした。「だってあいつは俺を信じてる。なのに、こんなにひどく裏切ってしまった」

「うらぎり？」

「だってそうだろう」バンは言った。「リー・オウはいまだに知らない。あの時の子が死んでなんかいないってことを。こんどつれてくる王子に、にいさんがいるってことを。王宮のパロ女の息子のことなんかじゃないぞ。タテガミのある兄が、草原にちゃんといるんだってことを！」

「会うな」父は言った。「禁じる。バン、おまえは、リー・オウに会ってはいけない」

「いやだ！」バンはぶたれたように顔を赤くした。「あうさ。あうとも。禁じられてたまるか！」

「ばかめ」と、ソン。「おまえは度し難いほどのばかだ」

「とりかえしがつかないんだよ」と、シン。「時はめぐった。いまさら事実を知っても、どうにもならない。かえって可哀相じゃないか」

「やはりそうか」バンは血走った目をして立ち上がり、糾弾の指を父親につきつけた。

「みんなグルだったんだな。知ってたんだ。俺にだけ、隠していたんだろう？　知ってるぞ。わかるぞ。親父だろ。親父なんだろ。とうさんがあの子を孕ませちまったんだろ？」

大きな男マグ・ガンは、両手を膝の間にたらしたままのかっこうで、うっそりと目をあげて、三男の目をみつめかえした。

バンは、みっともなかった。きゃんきゃんと、飛び上がって吠える鳴きりすのようだった。自分でもわかっていた。でも、言わずにいられなかった。

「自分のものだからって好きにしていいのか？　恥ずかしいから、不愉快だから、罪のしるしに鼻先をうろついていて欲しくないから、だからさっさと羊飼いになんかやったんだろ。最低だよ。ひどいよ。吐き気がする！」

「黙れ」父はすわったまま言った。「黙れバン。それ以上くだらんことを言って唇を穢すな。われわれの耳を穢すな。そんな益体《やくたい》もないことを考えて、おのれと妹と父を穢すな」

「殴れよ。殴ればいいだろ。やれるもんならやってみやがれ！」バンは笑った。「あんたなんかこわくない。もう年寄りだ。死人なんだよ」

足の悪い父が椅子を頼りに重々しく立ち上がろうとした、その間に、長兄がサッと割ってはいり、立ちふさがった。ソンは、気色ばむバンの鼻先に憂鬱そうな顔をつきつけておいて、大きく目をそらした。顎に向けてブンと突き出されたバンのこぶしを、ひょいとからだを傾けてたくみに受け流した。たたらを踏んで前のめりになる弟の奥衿をつかみ、もうひとつの手で帯をつかみ、猫の仔のようにぶらさげると、そのまま、包の戸口まで運び、つまみ出した。

「やめろ！　離せ！　なにすんだよ」バンはばたばたと足を動かした。「ちくしょう、そんなに親父がこわいのかよ。この腰抜けが。腰巾着が！……うわっ！」

あばれる弟を地面にほうりだして、「行け。すぐに出ていけ」ソンは静かに見下ろした。

「とうぶんの間、戻ってくるな。リー・オウと王子がここにいる間は、けっして近づくな。営地まで二日以内の地面に立つな。もし戻ってきたら……おまえの姿を見かけたら」

ソンは一瞬まばたきをし、それから、言った。

「躊躇《ちゅうちょ》なく射殺《いころ》す」

バンは眦《まなじり》のきれそうな目つきで兄を睨み返した。

☆　☆　☆

里がえりの隊列は低い尾根にさしかかっていた。月夜に丸く白く、営地の包が見える。

もうそう遠くはなかった。あしたの朝には、たどりつけるだろう、とギレンは思った。

この調子なら、きっと、無事に、なにごともなく、たどりつけるだろう。とうさんやにいさんたちに、やっと会える。セツ姉のおいしいスープがのめる。甥っ子や姪っ子たちにまた会える。きっとあしたは大宴会だ。

重大な任務をどうやら無事果たせそうなことにギレンは満足し、安堵していた。このお役目を終えたら、たらふく食ってやる。倒れるほど飲んでやる。そう考えると、空腹と、のどの渇きが意識にのぼった。ギレンはグーと腹をならし、鞍上でもぞもぞとすわりなおした。

あしたは、みんな、きっと大喜びだ。赤ん坊のスカール王子はやんちゃでかわいくて元気いっぱいだし、若い母親になったリー・オウはあいかわらず輝かんばかりに美しい。

ああ、家族っていいな。

ギレンはついにやけてしまうのを抑えられなかった。

みんなが揃う。たいせつなひとたちが、みんなそばにいる。手をのばせばさわれるぐらいそばに。いつでも抱きしめることができるぐらいそばに。みんなが元気でにこにこわらっていて、仲良く、一緒にいる。なんてなんて幸福なことだろう。

そっと振りかえれば、妹たちを乗せた馬車の磨き抜かれて鏡面のようになった黒板に月や星々が彩りを添えている。小さな数えきれないほどの宝石を散りばめたようなその模様は、動くにつれ、揺れるにつれ、きらきらとさんざめき流れた。

王さまの息子の母親になろうが、なんだろうが。

と、ギレンは思った。

リー・オウ、おまえは、ぼくの大切な――たったひとりの――可愛いかわいい妹だよ。


スタイン王の兵たちが尾根を越えて下っていく。立てて持っている槍が、順繰りに月明かりを反射した。まるで、大きなウロコのあるものが、地面近くをしずしずと這っていくかのようだ。

あそこを行くのがおまえの母だよ、ハシクル、と、羊飼いは言った。

耳は聡いがひとのことばを解そうとしない養い子に、羊飼いは、ひとのことばではないことばで話しかけることができた。モクルはそういう男だった。羊たちや、蜜蜂や、雨や、雲、他のたくさんのものに話しかける時と同じ種類の、古い古いことばで話しかけることができた。

それこそが、マグ・ガンがこの子を一目みたとたん、モクルの手に預けるべきだと判断した理由であったのだが、そのことは、ガンとこの羊飼い以外誰も知らないことだった。

きっと、おまえの弟を抱いているよ。

ハシクルは金色がかった大きな野性的な瞳をまんまるくして、魅せられたように行軍を眺めている。腰に青い布をまいてあるだけの半裸なので、頭から背筋へとつづく銀色のタテガミは、夜の中でむきだしだった。先がくるりと巻いた尾も、草原の風の中で、むきだしだった。

馬車が行く。しずかに。平和裡に。こっそり見つめられていることなど知らずに。

赤ん坊がいるのは、あそこだろうな。あの黒い四角い馬車。おまえの弟のスカールは、きっと母親の腕の中で眠っているだろう。

羊飼いはささやく。

……会ってみたいかい？

ハシクルは口をあけて笑った。はっはっはっ、と素早く強く息をするように。薄荷が香った。少年は、香る草を好んだ。香る草を嚙んで、息をすうすうしたいい匂いにすることを好んだ。その好みがどこからきたのか、誰から受け継いだものなのか、まったく知らなかったけれど。同じ香りをまとうひとに、まだ一度も会ったことがなかったけれど。

ひととも獣とも言いきれぬ異形の少年は、しなやかにすらりとしていて、まるで夜の草原のあるじのようだった。さえざえと明るい星と月の光が、少年の頭部と背中を覆う銀色のマントのような毛皮を、神秘的な青みを帯びて輝かせた。笑う時に見える、ひとの子にしては少し大きすぎ目立ちすぎる犬歯も、小刀のかたちに磨きだした宝石のようにきらめかせた。

さあ、いこう。見たかったものはもう充分に見ただろう。羊飼いが言う。

降る星のもと、風変わりな少年と養い親は草の葉ひとつそよがせず、どんな小さな音もたてず、闇にとけた。

第二話　夢の時

どこまでも、どこまでも走る。

なにも思わず。なにも恐れず。なにに妨げられることもなく。

まっすぐ、まっすぐどこまでも。

じゃまだてするものはここにはないが、速度があがれば空気すら壁になって顔をうつ。冷えきった耳朶《じだ》はかえって熱く、そばでさかんにごうごう言うのは、風だ。うなっている。叱っているのか。それとも讃えてくれているのだろうか。批難がましいその声の下で淡々と一定の調子を刻みつづけるのは、行く手の草が馬の脚にあたる音。時おり馬具がちゃりちゃりと合いの手をいれ、鞍の革がぎゅうときしむ。

ひとつに括《くく》っていたはずの黒髪はとっくに解けてざんばらだ。汗と露にすっかり湿り、ほとんど濡れた鞭のようになって、パシリパシリと打ちかかってくる。別にもう痛くもないが、前が見えぬとまずい。だから、目にかかれば払いのける。

地を這う箒星《ほうきぼし》のように、噴出した火山弾のように、放たれた細い矢のように、どこまでもまっすぐまっつぐ、すっ飛ぶように突っ込んでいくのは、一頭の黒鹿毛《くろかげ》。背に男児《おのこ》。駿馬《しゅんめ》の名はテ・ガリア。男児の名は、スカール。

どちらも若く、いや幼く、強壮である。跳ねっ返りの生意気盛り、怖いもの知らずのやんちゃ坊主だ。共に全身から、かっかと放熱するように全能感をあふれさせている。こやつらは、世界をまるごと所有しているのだ。少なくともその気分なのだ。

その世界というのが、せいぜい手や蹄《ひづめ》がとどく範囲のことでしかなく、外側にはもっと大きくもっと途方もない何かがたくさんあるだろうということを、彼らは知らない。その外側のほうがずっとずうっと大きく広く変化にも富んでおり、想像を絶して波乱に満ちているのだ……ということを、まるでまったくわかっておらぬ。

だからこその完璧、平安、至福であり、だからこその無邪気さで得意の絶頂なのだったが、とにもかくにもこの人馬ほど陽気で闊達《かったつ》で怖いものなしであれば、その覇気に満ちた勢いのままに弾丸のごとく当たってこられては、やられたほうがたまらない。かくて災難が恐れ入って道を譲り、不運はここぞこそ尻尾をまいて逃げていくのだ。よほどの覚悟がない限り、立ちふさがるものなどありはせぬ。彼らが近づいてくるを知れば、ギクリとして、大慌てで、ヒラリと避けたくもなるにきまっている。

最高に危険で獰猛な連戦連勝の戦士……であるつもりの……実はまったくのところ稚《おさな》く愛らしい彼ら……を取り囲むのは見渡す限りどこまでも続く草原である。

偉大なるモスの版図は、早春の微睡《まどろ》みの中にあった。ゆっくり時間をかけて、長く厳しい冬から立ち直ろうとしているところだ。

去年の草が白っぽく立ち枯れたうら寂しい姿を残すところもまだ多く目につくが、湿り気がたまる窪地から、じわじわと、新芽や草や葉が萌え出はじめた。特に寒さに強い種類のものたちは、さっそく、みどりの領域をひろげる先兵となり、力強く貪欲に伸び広がっていく。遠からず、今年生まれの草花たちがどれもこれも出番を得て、入れ代わり立ち代わりそれぞれの盛《さか》りを見せてうつろって我がちに咲いたり伸びたりし、やがて、草原を、またいつものただ一面の鮮やかなみどりに塗りかえてしまうのだろう。

極上の薄布のような朝もやが、遠くの低い丘を流れていく。空はぴかぴかに青く、真上にある大きな丸い雲は端に隠した陽を透かして明るくまばゆく輝いている。例によって茫漠とまっ平らな草原地帯で、起伏があるといってもしれたもの、天山ウィレンからの雪解け水がちょろちょろ流れ来るせせらぎが淀んで、すっかり泥湿地と化している場所もある。

草を白銀に輝かせていた夜露が陽に溶ければ、景色がゆらぐ。湯気というほどあついものではないが、蒸発する水分がかげろう立つのだ。その、ゆれゆれとあわあわとかすれたような景色の中を、黒鹿毛が行く。まっすぐに行く。

「リキむな！」遠くから声がした。「前傾しすぎだ。何度言わせる！」

あわてて馬を抑え、キッと振り返った瞳は混じり気なしの黒だ。肩からグル族のマントが翻《ひるがえ》った。王子の着用するものにしてはずいぶん質素、というか、ほとんどぼろきれのような黒い革布だ。さんざん使いこまれ雨風に打たれて端がややすりきれたそれは、ダル湖周辺に生息する希少な蛮牛《モテム》を捕え、その貴重な皮をグルでも腕っこきの革細工師であるワンチグ翁が——中原にはいまだ知られぬ技で——鞣《なめ》したもので、肌ざわりは桃《エロル》のごとく柔らかく、どんな織物より緻密でありながら蒸れること少なく、軽くて頑丈であるうえに、寒さも雨もよくしのいだ。速度や風に高々となびくとき、それは、まるで、少年の肩甲骨から生え出《い》でた片方きりしかない翼のように見えた。

指南役のギグが駈歩《かけあし》で追い付いてきて、馬を寄せた。ギグの乗馬は連銭葦毛《れんせんあしげ》のもうじき十歳になるいたって穏やかな牡《おす》で、ルヴァという。馬ながら学者風というか、どっしりと落ち着いて冷静で、いとも考え深げな瞳をしている。若いテ・ガリアが歯茎まで見せて嘲笑し挑発しても、耳の毛ひとつそよともさせず、そ知らぬ顔である。

ギグはさっと下馬すると、ルヴァには好きに草を喰ませて、テ・ガリアの馬装のあちこちにふれた。たるみをとったり、場所やちょっとした角度を微妙に変えたり整えたりしながら、腹帯がどうたら、馬銜《はみ》がどうたら、騎乗姿勢がどうのこうのと解説し、注意点を指摘した。スカールはむっつりと黙っていた。やたらたくさんのことを、やたらに細かく、いちいちおせっかいに言われていると感じた。いちおう殊勝らしく目を伏せ、了解したかと尋ねられるつど肯いてみせてはいたが、内心、こんなことどうでもいい、はやくあっちにいってくれないかな、と思っているのだった。

じっとしているのはいやだった。走りたかった。また走り出したくてたまらなかった。ただ、それを態度に出すと、やりすごさなければならない叱責の時がよりいっそう長引くのを経験上知っていたから、せいぜいおとなしくしてみせているのである。

(どうしておとなはこうなんだろう)

と、スカールは思う。

(どうでもいいようなことばっかり、何べんも言う。しつこい)

(ひとがせっかく楽しくやっているのに、どうしてそんなにイジワルにケチをつけるんだろう。自分のほうがうまいって、思い知らせたいんだろうか。そんな難しいことば、そんなにたくさん、俺の頭には、詰めこむところなんかないのに)

ちゃんと乗れていた。走れていた。じゅうぶん気持ちよくできていたのだ。それのいったいどこが悪いのか、どこに不足があるのか、スカールには未だわからなかった。

だって俺は、……ほら、はやい、はやい、こんなに速いぞ……！

ようやく解き放たれたそのとたんに、スカールはまた疾駆した。自分同様、焦れてじりじりしていたテ・ガリアを、撓《たわ》めたバネがはじけるように走らせた。

いい子だテ・ガリア！　このままどんどんまっすぐ行くぞぉ！

速さはいい。加速感のもたらす高揚が、スカールはたまらなく好きだった。馬の速度にはまったくうっとりする。全身が痺《しび》れる。血が熱くなる。

見渡す限り一様で障害物ひとつなくどこまでもどこまでもまっすぐ突き進んでゆける草原は、だから、実に爽快な遊び場だった。快適で安全で、なんでもしほうだいなのだ。草原にいればいるほど、そこで走れば走るほど、心地好さが増した。まつわりつくうっとうしいものをみんな脱ぎ捨て、不要なものをみんな払いのけ、ただのからっぽの裸ん坊になる……！　最高だ。胸がすうっとする。気分が明るくなってぱぁっと広がる。まるで、草原と、世界そのものとひとつになれるかのようだ。

おっと。先生がまたなにか言ってるぞ。よく聞こえなかった。とまってみせないとまずいかな。

肩ごしにチラリと振り返ろうとしたが、見えやしない。しかたなく速歩に落として、馬首をまわしてみた。なにかどうせまた余計なおせっかいを叫んでいるのだろう。お目付兼指南役のギグとその騎馬は、想像以上に小さかった。

なぁんだ。あんな後ろか！

スカールは笑った。陽に灼けた顔でそこだけパッと真っ白な歯を見せて。ちょうど生えかわりの時期で、乳歯が抜けたあとがひとつぽっかり空洞だった。

ふん、あんな遠くなら、とうぶん追い付いてこないな。だいじょうぶだ。

よーし。今日は、とことん逃げてやる。あとはもう、ぜったいにつかまるもんか。そしたら……へへへっ、と、悪戯っ子のようにスカールは笑う。さすがのギグ先生も、褒《ほ》めてくれるかもしれないぞ。ようやく認めてくれたりして。

イヤまいった、おまえには負けた、もう先生に教えられることなんてなにもないぞ、とかって、おおー！　それで、もう二度と叱られなくなったら、うるさく言われなくなったら、いいな……いいなぁ、そういうの。

よし、決めた。

逃げまくってやる。

今日という今日は、本気でいくぞ。とにかく走る。先生に追い付かせない。思い切りどんどん走っちまうぞッ！　いいな、テ・ガリア！

心をきめると、少年は、馬の鼻先を師匠からもっとも遠い方角に向けさせ、全身の装束同様黒一色の立派な長鞭を腕と脇で強く挟んで、ぽんと両の踵で馬腹を蹴った。

さぁいけ、そらいけ。さあ、さあ、さあ。いけ、どんどんいけ。急げ。急げ。急げ！

ぜったい誰にもつかまるな。どこまでもまっすぐ、逃げろにげろにげろ～！

走る速度の快感が少年と馬をたちまちひとつの燃える黒い星にする。

だいじょうぶ。俺は速い。俺たちは速い。先生にも、ほかの誰にも、何にもぜったい、つかまらないぞ！

走るために生まれてきた全身の筋肉を美しく躍動させて、若く壮健なちからにまかせて走りに走る馬を、さらにあおり、急き立てて、スカールは走った。

走りに走った。どんどん走った。まっすぐ、まっすぐ、まっすぐに。もうなんだかほとんど飛んでいるようだ。そのうち、いつも練習に使っている範囲から出てしまったらしいことに気がついたが、走りつづけた。ここは草原。モスの庭。どこまでいこうが、どう使おうが、グル族であるかぎり許される。おかまいなしだ。

最初の高揚から醒め、少しサボりたい気分になってきた馬に、スカールは、覇気をそそぎこみつづけ、圧《お》しつづけ、けしかけつづけた。これはギグ先生との戦いでもある以上に、愛馬との勝負でもあるのだった。テ・ガリアが限界までへとへとになって、すみません降参です、これ以上は無理です、もう堪忍してください、というところまで、とことん走りつづけさせ、走りきってみたかった。そうしてやるつもりだった。機会があったら一度、そういうことをしてみたいと思っていた。そうすれば、誰が主人であるのか、はっきりわかるはずだから。

テ・ガリアは、馬のことを扱わせたら間違いなく他に抜きんでて世界でいちばんであるグル族が、彼らのたいせつな宝であるスカールのために、彼個人にあわせて仕立て育てた馬である。凡馬であろうはずがない。いずれ劣らぬ優秀牝馬に一族自慢の種牡馬をかけ、生まれてきた十数頭の仔馬たちのうちから、相馬眼《そうまがん》を持つ者が、馬格や性格を見つつ少しずつ候補を絞り、調教を入れつつさらに絞り、最後の最後にこれぞと選びだしたのがテ・ガリアであった。赤ん坊のころから別扱いで、それはそれはていねいに、手をかけ、目をかけ、育てられたうちの一頭である。おかげでやつめはすっかりうぬぼれで、利かん気で、強情で……そういう性向は、つまるところ鞍上《あんじょう》の若き主人となかなかよく似ていたわけだが……多少ふだんよりも長い距離を早駆けさせられたぐらいのことで、そうかんたんに音をあげてみせるはずはなかった。

（テ・ガリアを降参させたら、先生だってうなるぞ。グル族の中でもおまえほどスゴイやつはそうはいない、と、言ってもらえるかもしれない）

思わずこぼれる陽気な笑みを風にひびわれた唇をキュッとひき結んで押し殺した瞬間、スカールは、ふと違和感を覚えた。なにかがへんだ。妙にいやだ。あわてて手綱をひいて、馬をとめた。

周囲をぐるりと見回しても、ピンとくるものがみつからない。腰をひねったり伸び上がったりして、馬体のあちこちを検分してみた。脚が汚れている。ほとんどさかさまになるほど鞍からぶら下がってのぞきこむと、腹までさかんに泥が跳ね上がっている。こびりついた泥がところどころでだまになっているほどだ。これだ。これが、足どりを重くしていたのだ。

地面がずいぶん柔らかいらしい。そっと踏み出させると、蹄がずぶりと地面に沈んだ。蹄の半ばまでも埋もれてしまった。テ・ガリアはそれ以上進もうとしなかった。

（ひどい泥だなぁ。まさか底無し沼じゃあるまいけど……こんなんじゃ、走れないぞ）

（そうか、だから、練習に、いつもこのへんは使わないんだ）

自分で異変に冷静に気付くことができたのが得意でうれしくて、少し鼻の穴をふくらませながら、スカールは思い、耳のあたりを掻き、……すぐに別のことに思い当たって顔をしかめた。

（戻ったら、きっと、ひどく叱られるな。さっきからさんざん怒鳴ってたのは、たぶん、そっちに行くなってことだったんだ。危ないから、泥だからって。聞こえなかったけれど。先生が注意したのに、無視するからほらみろって……言われちゃうかな）

……悪かった、申し訳ない、と、思う端から、反発心が勝る。

行けないところがあるなんて、いやだ。どこだって平気なはずなのに、と。

草原は、どこもかしこも自由に使える遊び場でなくてはならなかった。

自分に走れないところなんてあるものか。危ないぐらいじゃなきゃおもしろくない。泥ぐらいなんだ。少し速度を落とし気味でいけばいい。汚れなんか、気にしない。あとで、ちゃんときれいに洗ってもらって、やる。

だから、がんばれ、テ・ガリア！　こんなとこ、すぐ抜けちゃおう！

ところが馬は言うことをきこうとしない。べちゃくちゃ粘るここらの地面がよほど嫌であるらしい。いくら脚を使っても、踵で蹴っても、不機嫌そうに鼻をならし、その場で足踏みをしたり、斜めにさがろうとしたりする。ちょっと締めつけをゆるめるとすぐに指示を無視して、勝手をする。ともすると、もときたほうに戻ろうとする。

スカールはめまいのような怒りを覚えた。

（こいつめ！　さからうのか）

しょうがないよ、と以前、ギグ先生が言っていた。

王子さんはまだ小せぇんだから。そりゃこの馬は、あんたの馬ってことになってるが、本当にはまだあんたの馬じゃない。馬自身がそう思ってないからな。誰の財産か、は馬はわからねぇ。はやく主人と思わせたいところだろうが、いきなりは無理だ。言ってきかせりゃきくってもんでもないしな。うんと時間をかければ、そのうち、だんだん、少しずつ馴染むだろう。あんたがはやく上手くなれば、それだけはやく、こいつも、あんたを主人と認めるだろう。ちゃんと尊重するようになるだろう。

だいじょうぶ、と、ギグ先生は笑った。

先生の左目の下にはギョッとするような大きな傷跡がある。戦《いくさ》のためではなく、部族の祭りで遠走りをした時にできた傷だそうだ。それ、負けたの？　おずおずとスカールが聞くと、どう思う、と言わんばかりに片方の眉をひくつかせるばかりで答えない。そのおっかない傷のある顔が、笑うと、皺《しわ》だらけのお爺さんみたいになる。何歳なのかさっぱりわからなくなる笑顔で、先生は言うのだった。心配することはない。なんたって、あんたにも、グル族の血が流れてんだから。

（もちろんだ、言われるまでもない）

その時も――いまのように――キインと耳鳴りがした。スカールが、感情を、こころを、したいことを、カーッとこみあげてくるものを、なんとか抑圧して我慢しようとすると、きまってからだのどこかが、いやだ、冗談じゃない、と吠えわめきはじめるのだ。解き放て、怒れ、自由を取り戻せ、と。

（俺はなにも心配なんかしていない。だいいち、そんなに小さくなんかない。そりゃ先生よりか小さいけど、こどもの中じゃ、むしろ大きいだろ。同い年なら、俺より背が大きいのはいない。グル族はおとなになってもわりとみんな背がちっこい。ウチのじいちゃんは特別デカい。だから、だから）

（だから、俺はデカくなる。ぜったいぜったい、デッカくなって、先生なんかすぐ追い越してやるんだ！）

「ほら、ほら、な。またリキんでる。悪いクセでてるぞ！」

思いがけずはっきり聞こえた声に驚いた。なんと、その当のギグが腕組みをして、右前方を軽やかに追い越していこうとしている。横目で睨んでいるが、まだ本気で怒っている顔ではない。呆れてみせているというところ。馬のルヴァまで、つんととりすまして、まるで王さままでも乗せてるような歩きっぷりだ。

いつの間にこんなに近づかれてしまっていたんだろう？

ちくしょう。このばか馬のせいだ。いうことときかない、泥地面のせいだ！

悔しかった。負けたくなかった。思わず長鞭を振り上げ、怒りにまかせて振りおろした。黒鹿毛の丸くツヤツヤした尻がピシャアンと鳴った。たくましい馬体の前から後ろにむけて、ぶるるっと、武者震いのようなものが走った。衝撃に自分までひっぱたかれたようになったスカールは思わず手綱を前後にしごいた。おとなたちがやっているのの見よう見まねであった。

すると、テ・ガリアは突然、すわこそ、とばかりに、すっ飛ぶような勢いで走り出したのだった。あわててからだを後傾させ手綱を引いても、引けば引くほどむきになって反発し、すげなく引っ張り戻された。どんどん速くなる。アッという間にこれまで体験したことのない速さになった。それはそれは恐ろしい速さになった。

速い！

スカールはあっけにとられた。なんだこの速さは。さっきまでとぜんぜんちがう！

どんなに急がせても、この半分までもいかなかったのに！　うわあああ、ちくしょう、だめだ、こんなの無理だ、抑えられない、飛ばされる！

　顔を起こしていられない。がくがく揺れて、はずんでしまう。前がどうなっているかまるでわからない。馬首に隠れ、がたつく鞍にしがみつき、できる限り縮こまるのがせいいっぱいだ。

　速かった。それはもうとてつもなく速かった。草の海がみどりの奔流になって次から次へ押し寄せ流れ去った。遥かな深みまで落ちていくような速度。制御などとうてい不可能な速度。

　肝が冷え、手足が萎縮し、がちがちになった。こわい。自分はいま怖がってる、速いのは好きだけどこれは速過ぎると思っている、そう意識した次の瞬間、跳ね上げられた。ふわり、あっけなく浮いていた。鐙《あぶみ》から両足がほとんど同時にはずれていくのが、みょうに鮮烈に、ゆっくりと、はっきりと、……その取り返しのつかなさに肝が心底冷える間があるほど……感じ取れた。

（……落ちる！）

（ああ、しまった、さっさと飛び下りとくんだった！）

　が、落ちなかった。いつの間にか鞍前に、馬の首筋に座ってしまっているのだった。

　馬は走りつづけているから、たちまち前後左右に揺すられる。あわてて脚をしめようとするが、するする滑ってどうにもならない。手を突くところもどこにもない。鞍に戻りたいが、とうてい無理だ。あわてて馬首にしがみつき、両手でぎゅっと抱きついて、叫んだ。

とまれ！　ばかやろう。落ち着けー！

テ・ガリアにか、それとも自分にか。けんめいに、必死に、言い聞かせた。ひしと回した手はもはやとうてい離せないので、頭突きをし、顔をこすりつけて、合図をした。威厳と迫力のある声で怒鳴っているつもりだが、実際にはどれだけ声になっていただろう。ただこころの中で祈っていただけではなかったか。

とまれ。とまれー！　とまれったら、頼む、とまってくれー！

馬は疾走した。泡を吹き、馬銜を咬みこみ、全身が黒く見えるほど汗をかき、首筋の手綱の擦れていたところだけは対照的に白い泡汗を浮かばせ、それをスカールの手足になすりつけながら、力の限り、走りに走った。

スカールの掌は摩擦で火ぶくれになっており、痛みと疲労でもう力が入らない。汗まみれの馬首はつるつるで、なにかの拍子にいまにもするりとはずれそうだ。ちょっとの風にも引き剝がされてしまいかねない。スカールは馬の首にかぶりついた。たてがみが口にはいったので、ぎしぎしと噛みしめた。もし、いよいよ手が使い物にならなくなっても、歯でくわえていれば助かるかもしれないと思ったのだった。首の皮も噛んだのか、この災難のどこかで自分で自分を噛んでいたのか、あるいは、ぐらぐらだった抜けかけの歯がこの間にちょうど抜けたのかもしれない。口いっぱいに血の味がした。

（狼って、きっとこんな気分だ）

　スカールは笑った。突然、怖さがどこかにすっ飛んでしまっていた。妙に愉快だった。ここが好きだ。大好きだと思った。自分はここの、ここのものなのだ。この大地に還るならそれでかまわない。草原で死ぬのなら悔いはないが、もしも生まれかわれるものなら次は狼がいいな、と、思った。いや、鷹もいい。飛んでみたい。

ああ。空はいつものまんまだ。

気がつくと、テ・ガリアの様子が変わっていた。むきになっていた感じだったのが、すっかりふだんの走りかたに戻っている。

　手綱をさぐりとって詰めると、なんということもなく歩度を落とした。

　ぶるる、ぶるる、と鼻や口が震えている。びっしり汗をかいた胴体をさかんに膨らましたりひっこめたりさせて激しく荒い息をついている。耳をひくひく倒しながら、抑えようとしてもこみあげる憤慨に思わずダンと足を踏みならしながら、それでもともあれまっすぐ立っていた。

　スカールはのろのろと顔をあげた。ふらつく頭を手で支え、首や額の汗をぬぐい、ふうと、ひとつ、大きく息を吐いた。

　泥かなにかで視界が塞がっていた。袖でこすったら、へばりついていた前髪がはがれて、ようやく見えるようになって、たちまち背筋がそそけだった。あたりは一面、ごろごろの岩だらけだった。ガレ場だ。川の、死骸のようなもの。かつて水量のかなり多い時代があり、もっとまともな川の底だったのだろう。運ばれた岩や石が留まったまま、累々と陽にさらされている。涸れ谷だ。草原のどこもそうであるように、ごくゆるやかな傾斜しかなく、谷と呼んでしまうと誤解を招くが。ここは、草原に数多くある伏流水の出口のうちのひとつなのだろう。ほとんど涸れかけてごく細いせせらぎになっているところに、偶然たどりついてしまったのだった。

こんなところで、もし鞍から投げ出されたり人馬転倒したりしていたら、どんな惨事になっていたか。怖いもの知らずなスカールにも、それは、さすがにわかった。

さかんな日差しに照らされてすっかり乾いた岩の間を、細くて、いまにもとぎれそうな水がひと筋、ちょろちょろと流れていく。それから、スカールは、目が離せなかった。きらきらと留まらず動いていくもの。まるで蛇のように。リボンのように。

（いきている）

痺れた頭に、考えの破片のようなものが浮かんだ。

（きらきら。きらきら。輝きながら、動いている。生きているから、動くんだ。動いているうちは、生きていられる）

（なんて公正で、なんて残酷な。でも、それがこの世界のきまり）

(なんてきれいだろう。まるで夢のようだ。でも、これはいまで、ここで、ここのいまに、俺は、いる)

(よかった)

ぼうっと綿のつまったような耳のそばで、ギグが真っ赤な顔でなにか怒鳴りはじめた。ギグはいつの間にか、馬を並べて、テ・ガリアの手綱もとって、二頭をゆるゆる歩かせつづけてくれていたのだった。それでようやく鞍に戻ることができた。ふつうに鞍上にあるのがどれだけ安心か、どれほど有り難いことなのか、こころのどこかではわかっていたが、まだそっちに気持ちを振り向けることはできなかった。師匠の声の合間合間にかたちばかり何度もうなずいたが、聞いちゃいなかった。

(……何も見えてなかった……)

こころは、ぺしゃんこに潰れていた。顔がむずむずし、髪の毛がみなざわざわした。なにか重たいものを思い切り放り投げて、ぶち割って、うわあと叫びたいような気分だ。ちゃんとできているつもりだったのに、少なくとも年齢のわりにはかなり上等な乗り手であるつもりだったのに、ぜんぜんそうではなかった、それどころか、謙虚に自分のへたっぷりを認めることもできないほどのバカだったのだということに、この時、はじめて、思い至った。それは、あまりに意外で、思いがけないことだったので、スカールは、落ち込むより、恥ずかしがるより先に、まず、心底、ぽかんとしてしまった。

そして、そのぽっかりとあいた空隙に、待ってましたとばかりに理解が生じた。ギグ先生がうるさいことや七面倒くさいことを何度も何度も口を酸っぱくして言うのがなぜなのか、ようやく、はじめて、腑に落ちたのだった。

するといろんなことが雪崩のように襲いかかってきた。

テ・ガリアが、さっきの爆発的な一駆けを別として、これまでただの一度も本気などだしていなかったということ、彼にとっては、鼻唄まじりで楽ちんでできる程度の走りかたしかしていなかったこと、どんなに手抜きをしようともどうせわからないスカールを乗り手として軽視し侮蔑していただろうということも、いまならわかった。あまりにへたすぎるから、呆れてバカにするまでもなく、そのへたさにあわせて、優しく手加減をしてくれていたのか。あるいは……このほうがより屈辱的なのかもしれないが……どこか自分の知らないところで、きちんと馬に言うことをきかせることのできる誰かが、やつをそう調教しておいてくれたのかもしれない。わんぱく王子にそこそこのスリルや冒険気分を味わわせて楽しく遊ばせはしても、けっしてほんとうに危険なことはしないように、どんなに急かされても「ほんとうに速く」は走らないように、じゅうじゅう仕込んでくれていたのかも。あるいは、あるいは……いつも、自分がどんなに乱暴でも、じゃけんにしても、めちゃくちゃでも、すぐそばに先生がいたから。ギグ先生が、舌打ちするとか、目でジロッとみるとか、なにかそういうことであの生意気な馬を牽制して、抑制して、御して、すべての危険から自分を守ってくれていたから、大丈夫だったのかもしれないのだということにも、唐突に、思い至ったのだった。

……そういう一切合切に、いまのいままでうすらぼんやり鈍感で、まったく気付きもしなかったということが、こうなってみると我ながらまったく信じられなかった。いったんそうと勘づけばいたって単純なことなのに、わかりやすく、目の前に大きな文字ではっきりかいてあるようなものだったのに。

鼻と喉の奥の深いところからずんずんと登ってきたものがじわりと目玉を潤しはじめる。まずいと思う。みっともないと思う。できればこらえたい。だが、その気力が湧いてこなかった。顔をくしゃくしゃにしてなんとか誤魔化そうとしたが、間に合わず、ぽとんと、大粒のがひとつ、腿に落ちてしまった。熱かった。

ギグはたちまち大慌てになった。叱り飛ばす声から一転、機嫌をとるような、なだめすかすような猫なで声になった。馬をさらに寄せ、からだをぴたりと吸い寄せ、腕をまわし、背を叩き、頬と頬をくっつけた。おろおろと、遠慮がちな抱擁が、やがて、乱暴な、力ずくのものになる。まだしょぼしょぼくすぐったいばかりのギグの髭の感触が、スカールのやわらかなこどもの肌をかすめた。涙でほとんど詰まった鼻に、ツンと酸っぱい匂いがした。

恐怖の、汗の匂い。

そっか、先生もおっかなかったんだ。

スカールはぼんやり思った。うんと冷や汗かいちゃったんだ。

（そりゃあそうだろう。俺を死なせたりしたら、たいへんだもの）

しかもそれは、ひょっとするとギグひとりのことではなく、草原に暮らす大好きなひとびと全体にとってひどく迷惑なことだったかもしれない。そういうおもんぱかりが、この時、スカールの、未だ幼くて、混乱していて、己のことでせいいっぱいである頭脳の片隅に、チラリと過《よぎ》った。

（俺は草原の民の長の孫だけど、アルゴス王スタインの次男でもある。とうさまに、ふたりっきりっきゃいない王子のうちの、ひとりだ）

（だから、俺は草原がこんなにこんなに好きなのに、ずっとここにはいられない。つまらないマハールの都の家なんかじゃなく、ずっとこっちで暮らしたいと思うのに、どうしてもそうはいかない）

（母者もほんとは草原が好きだ。でも、辛抱してる。がまんしてる。草原に行こう、また連れていってくれとねだると、うん、行きたいね、草原、必ずそういう。でも、ごめん、悪いけどいまはダメ。当分は無理、こんどまた、そうできるようになったら、必ず。そういう時の母者は、とても寂しそうで、申し訳なさそうだ。もっと小さかった時、俺は、もっとわがままで、堪《こら》え性がなくて、どうしても行く今すぐ行きたいと泣いて泣いて暴れたり物をこわしたりした。しょうがないと呆れた母者に、大急ぎで連れてきてもらって、母者のほうは一泊もしないで都にとってかえしたことだってあった。そうして草原に放り出してもらえば、好きなだけ冒険できれば、俺は、それはそれは嬉しくなって、幸福になった。じゅうぶん満足すると、しばらくは都にひきずりもどされてもおとなしくしていることができたのだ。……母者は、俺を草原の子にしたかったんだと思う。草原を知らない子にはしたくなかったんだと思う。俺が、都よりもだんぜん草原のほうを好きな子になって、よかったと、きっと、思っていると思う。母者だってどんなにかどんなにか草原を好きだろう。どんなに草原に帰りたかろう。こっちで暮らしていきたかろう。……だから、だから、俺を連れてきてくれた。赤ん坊のころから、何度も何度も草原に来た。連れてきてもらった。そうやって何度も来てるけど、しょっちゅう来て、大好きで、だからここが、こちらこそが、自分の居場所だと思っていたけれど）

（ああ。そうだ。考えてみれば、ここには『来る』のであって、『連れて来てもらう』のであって、『帰る』のではなかった。母者にとっては、いつだって、草原は、帰るところだったのに）

この自分は、草原の民から、どう見えていただろう。スカールは混乱しながらも考えようとした。血の半分しか一族ではなく、草原のこどもなら誰でもするようなしごとを何ひとつせず、当然のようにいい馬をもらって、好きなだけ乗って、遊んで、お目付役をつけてもらって、ぜいたくざんまいをして、長っ尻で、楽しんで、威張って、甘えて、いやいやながら都に帰らされても、また近々ふらりと草原に『来る』……

「ギグ……せんせい！」

スカールは指南役の胸をそっと押し、彼の目をまともに見、その手をさぐって、ぐいと握りかえした。

「ごめんなさい」

「え……え？」

「心配をかけてごめんなさい。俺、ばかだった。もっといい生徒になるから、ちゃんと教えて。グルの子ならあたりまえのことが、ちゃんとできるように。遠慮なく、叱って、仕込んで欲しい。そうしてください……お願いします」

「す、スカ……いや、お、お、王子さま？」ギグは、喉がひきつったような声をあげた。「よ、よせやい、よしてくれよ、なんだよ改まっちまいやがってぇ！……そんなん照れるじゃねぇか。勘弁してくれよ！」

「先生、俺、ふざけてないから。ほんとうに、本気だから」スカールはその夜のように黒い瞳で、ギグの目を間近にのぞきこんだ。「俺、ちゃんとまともに乗れるようにならないといけないと思う。うぬぼれのためじゃなく。楽しみのためじゃなく。母者と、それと、グル族のために。グルのひとたちに、なるほど、あいつは確かにグルの一員だ、俺たちのひとりだって、二心《ふたごころ》なく言ってもらえるように」

「……スカール……」

ギグはしばらく黙っていた。

スカールは、稚いこどもにしかできない純粋さで、ひたとまっすぐ見つめかえした。

周囲を風が通りぬけた。石の谷の脇に生えかけの草原の草たちがいっせいにおじぎをした。冷たい風だった。ギグの馬もスカールの馬も体を震わせ、足を踏み替えた。

ギグの表情がゆるゆるとほどけた。笑っているような、泣いているような。傷のところで段違いの、よけいに奇妙な顔になった。

「よし」ギグは言った。「よおし。わかった。そういうことなら、こっから教え方を変える。ほんとうの本気でやることにするぞ。覚悟しろよ」

「うん！」

「ばぁろお！」ギグは怖い顔をし、拳骨をかため、唾を飛ばして怒鳴った。「師匠にむかって『うん』ってやつがあるか！　はいだろ、はい！」

「はい！」スカールは姿勢を正した。「お願いします！」

☆　☆　☆

季節ごとに営地をうつる騎馬の民にとって、包《パオ》をたてる場所――しばらくのあいだ家族を住まわせることになる場所――を、どう選ぶかは、それぞれの家の裁量であり、自由である。それは、ぜったいに損なわれてはならない権利であった。

どこでも好きに選んでかまわぬかわり、そこに居を構えたことによってもたらされる善きことも悪しきことも、不便や不足や凶運すらも、おのが責任において引き受けなくてはならない。草原は果てしなく広く、そこに暮らす人の数はけっして多くはなく、適地はいくらでもあったからである。

水場からの遠近や草の善し悪しは多少あれど、誰もが充分に必要にかなうところをみつけることができるだけの余裕があり、しまったしくじったと思えば仕切り直しやりなおすだけの余裕と身軽さがあった。包の設置に関して、醜い争いや奪い合いがあったという言い伝えはほとんど聞かれない。

包とその周辺の使い方には、何百年か何千年か昔からこのかた変わらぬ様式が存在する。地形はどこをとってもほぼただ一面の平らであるから、決め手となるのは唯一、方角である。

北は家畜の場だ。

たとえば、仔を産んだ母馬である。人がいくら乳房を揉みしだいても、乳は出ない。母馬に仔馬を見せ、その匂いを嗅がせる必要がある。仔馬を近づけ、仔馬が幼いならば吸わせつつ人は別の乳頭から絞る。多少大きくなったなら普段は馬たちが貰えない穀物などで仔馬の気をそらしている間に、人が全部の乳頭から絞る。草地の遥か向こうに母馬仔馬が揃って行ってしまっては困るのだ。

あるいは、出産前後の雌羊やその仔たちである。普段は、大群を数少ない人が付き添うだけで遠い草地まで行かせ、草を喰わせる。そうでなければ太らせておくことはできない。狼や熊に襲われることもなくはないが、そうした損害は、雄同士の諍《いさか》いや、岩場で足を滑らせるなどで失われるものと比べて極端に大きいわけではなく、グル族たちは、むろん悲しみはするが、「モスへの捧げもの」と、割り切っているのであった。だが、出産期の雌羊やその仔たちは、ひとびとが普段はあまり気にしていない、烏《ガーガー》や狐《ブルペエル》、山猫《ピカリャ》などにも襲われることも多い。

そうした都合から、張り渡した綱に繋いだり、あるいは、囲いを張りめぐらしたりする。囲いといっても、それほど頑丈なものではない。実際にはたいして苦もなく飛び越えたり押し倒したりできるのだが、獣の本性として、おのずとその気にならない高さというものがある。そこを見据えて綱を巡らせば、それだけで、うまい囲いになるのである。樹木がほとんどなく、まともな柵を作ることのできない草原ならではの知恵であり、工夫である。

かくて、北側は、家畜たちの場所として、糞の臭いや鳴き声でやや雑然とした雰囲気を漂わせるのが常であった。

包の直近の東西は荷物や燃料の置き場だが、これは日の出日の入りの時にモスに詠唱をささげるために使う方角でもある。南東か南西のやや遠方を厠とする。真南はあけておく。塞《ふさ》がない。通ったり横切ったりするのはかまわないが、ものを置いたり、ごく一時的なものであろうと何かを建てたりはしない習慣だ。

自由を束縛されることや、迷信や魔道、儀式めいたものごとに支配されるのをことのほか厭《いと》う騎馬の民たちではあったが、長年続いてきたやりかたに関しては、異論はもたなかった。慣習にはそれなりの理由や経緯というものがあり、それは、ひとや世の中がよほど変わらない限り、そのままにしておくのがもっとも穏やかで安全だからである。営地の配置はまさにそうした慣習のひとつであった。

旅用の、寝泊まりのためにだけ使う包はもっとずっと小さいが、ふつうの包は、直径およそ五ターールの大きさである。親とその成人前のこどもたちが暮らしていくものであるから、そのくらいの広さは必要だった。円形の包を中心に、半径四十タッドから五十タッドはその家固有の領域として尊重された。

この範囲にその包で現に暮らしている家族以外のものが踏み込むことは、その家族を訪問することを意味する。互いの領域が食い込むかたちに包を設けることは普通ありえなかった。

実際のところ、すぐ隣の家というのは、見える範囲ではあったとしても、少なくとも一モータッドや二モータッドは離れているのがふつうなのだ。それ以下だと、近すぎる。気ぶっせいである。気配やら物音やらをうとましく感じるし、窮屈に感じる。よほど気のおけぬ仲のよい家族同士だったり、母親が姉妹であるなどごく近い親戚だったりして、毎日毎晩のように互いを訪ねあうとしても、そのぐらいの距離はおくのが自然だった。どこまでもどこまでもだだっ広い草原の中で、互いの住まいをせせこましくくっつけて作るなんて、ばかげている。自由気ままに使うことのできる面積を、あえて狭めることなどないではないか、というのが、遊牧民の感覚である。

しかしながら、このところ、グル族はやや特殊な状態にあった。一族の女が側室として王に召され、子を授かった。その母子ふたりを時に預かることになったため、部族ぜんたいの結束をこれまで以上に必要としたからである。王妃リー・オウや王子スカールが草原に滞在している期間には、営地は、ごく短期間といえども、マハール宮廷の離宮となる。送迎にたずさわる貴族やら軍人やらを迎えいれねばならず、また、不測の事態や万が一の襲撃に備えての仮初《かりそ》めの砦の意味をも持たざるをえなかった。

馬を愛し、草原での生活をすっかり気にいったスカール王子は、いつ、草原の「我が家」においでになるかわからない。不意の来訪に備えるということは、すなわち、不断の準備が必要ということである。

長マグ・ガンが男やもめになってからこのかた、長の包と、長男ソンとその家族の包は、例外的にごく近くに隣あわせて建てられるのが習慣であった。長であるゆえをもって、マグ・ガンは、長男ソン家の居候となるわけにはいかなかったからである。ふたつの包をひとりの働き者の主婦が面倒みなくてはならない以上、こうするほか、すべはなかった。王に嫁した長家の末娘リー・オウとその子スカールの帰郷に供する包もまた、いつしか、要は便利のために、ごくほど近くに建てられるようになった。

尊き南は大きく開放しておかなくてはならないから、長家の家族の包は東西まっすぐ三つ並んで建つこととなった。ちょうど、ウルンの三つ星——小狼星、女狼星、天狼星の三つが春から夏にかけて、よくめだつところで肩を組んでみせる聖戦士たちの星座——のように。

親族や、長年マグ・ガンと命運を共にしてきた長老たちの包は、この三つの包をとりかこむように設けられた。まるで手強い敵——たとえば狼——に襲われた時、野生の馬の群れがつくる陣形のように。幼児や病弱なものを中央の安全地帯に隠して堅固な輪をなし、三百六十度全方位を警戒し、耳をすまし目配りをするのである。

名にし負う緑の月に長い距離を移動してきたいま現在のグルの営地の最大の目的は、家畜たちを無事に出産させることである。

早春は、モスのめぐみがあふれだす季節。次第に長くなっていく昼や、生命のふしぎ、生き物たちの粘り強さを感じずにはいられない、希望のあふれでる時期である。が、同時に、それは、耐乏の時でもあった。冬じゅう彼らを養った干し草や保存食がそろそろ底をつきはじめているのに、もうひと月かふた月は、時季外れの寒風や遅霜がないとはいいきれない。はっきりと充分な芽吹きがはじまる前に蓄えを使い切ってしまうことを、彼らは恐れた。いよいよとなれば、まだ若く健康で乳を出したり仔をなしたりよそと交換したり高く売りはらうことができたりするほど肥え太ってくれるはずの貴重な財産のどれかを（あるいは順番に何頭かを）屠《ほふ》って、貧相に痩せ衰えた肉を食らわなくてはならないことになる。

それでも、春の営地には、春ならではの華やぎがあった。冬の営地と明らかに違っているのは、水の心配をしなくてよくなった、ということである。

草原じゅうに、にぎやかに、せせらぎが出現していた。大地を潤し、草たちを目覚めさせる小川たちである。

きらきらと川は流れ、さらさらと水の歌を歌い、春の訪れを祝った。

こうなると、渇水はもう恐れなくてよくなる。孕んだ馬や羊は水が不足するとひどく弱るものである。貴重な孕み雌たちを、もう水不足のせいで損なうことはないのだ、というのは、動物たちを愛し、動物たちとともに生きるグルの民たちにとっては、非常に大きな安心であった。家の主婦である女たちにとっては、もっと直截に現実的につらいしごとがひとつ減る意味もあった。毎朝、革製の水袋を馬背に振り分けに積んで、遠くの井戸か泉までいって水を汲んでこなくてもすむのである。冬じゅう、女たちが運んでくる水だけが、包の飲み水であり、生活水であった。その水が春はそこかしこに自分から流れよってきてくれるのである。重労働のひとつから解放されるかと思えば、女たちも、思わず笑顔がちになり、華やいだ。

水の豊かさにひとびとが慣れるころ、家畜たちの赤子が、次々に生まれ始める。はやいのはまず羊《フラー》、それから、野牛《ヤクディ》、馬《ウマ》といったのが順当な流れだ。むろん個体差はあって、重複する。

生まれたての仔羊は不意の寒さにやられぬよう、狐や鷲《アキュラ》に盗られぬよう、夜だけは包にいれてやることを許される。グル族のこどもたちは、この赤ん坊羊が大好きだ。あたたかく、やわらかいし、よく懐いて可愛らしい。春は、どこの包からも、まだ少しへたくそで、幼いはずなのにみょうに年寄りめいた羊特有のべえべえいう鳴き声とこどもたちのはしゃぎ声が聞こえてくるのであった。

マグ・シン——現在の長マグ・ガンの次男——は、そのような、いかにもこの季節らしさを満喫している風情の仲間たちの包の間を歩いていた。見張りの犬たちをいなしながら礼を失さぬ経路を過《あやま》たず通っていった。そして、きちんと並んだ包が三つ、ウルンの星座そっくりに見える位置まできて立ち止まり、いかにも感慨深そうに目をぱちぱちさせた。しばらくじっと――まるで、その光景をまぶたに焼き付けようとするかのように――ながめていたが、やがて、静かにまた歩き出し、まっすぐ真ん中の戸幕をめざした。

低い声で名乗り、布を垂らしてあるばかりの戸を、するりとくぐる。父の包である。前触れなく訪ねていくのではなく、父に呼ばれてきたので、中の者のほうから入れてくれるまで待つ必要はない。自分でめくりあげて、入ればいいのである。

家族の何人かが、円座を成して茶を喫していた。シンの、まだ若いのにむく犬のように長い眉毛が、意外な客人をみつけて、ひょこん、と揺れた。

ギグが、今日のスカール王子の乗馬訓練の首尾について訥々《とつとつ》と報告をしにきていた。ちょうど、『これからは本気にやる』宣言が出ることになった経緯を語っているところだった。

王子の希望に応じて、さっそく、地味で忍耐のいる練習をおこなわせてみた、と、師範役は説明した。途中休憩をいれながら三ザンほど、みっちりと基礎をお復習《さら》いし、ひととおりの技術は会得していることを確認した。それから、一ザンほど、王子が好きな早駆けを自由に楽しませながら並走し、乗りかたを観察し、すでにつけてしまったあまり良くない癖の数々をどのようにして矯正していくのがよいだろうかと考えているうちに、もう夕刻になり、今日はこれまでにしよう、ということになった。

「実際のところ、どうだ？」

ギグが一息をいれて、茶を啜る隙に、長兄のソンが尋ねた。

「あれは、うまいか？　そこそこか？　それとも、まったくモノになりそうにないか？」

「そうですね」ギグは茶の杯で手をあたためるようにして、しばらく考えてから、答えた。「王子さまは、たいへんお上手です。身体能力にすぐれ、勘がよく、恐れを知りません。でも、だからこそなのでしょうか、少し粗削りですし、万事いきあたりばったりです。それでなんとかなってしまうのは大したものなのですが、そこでよしとすれば次の段階には進めません。お馬はお好きだと思います。御意欲はたいへんわかりやすいです。はやすぎたり、やりすぎたり、くどすぎたり……なんでも『すぎる』傾向があります。また、……なにしろまだお小さいのですからしかたもないこととかとは思いますが……、苦手なことほど何度でもやってみるべきところを、なんとか避けて通ろうとするというか、うまくごまかして、もっと得意なことで補おうとなさってしまいますね」

「なるほど」

「たいへん負けずぎらいでいらっしゃるし、ご気性も激しくないとは申せません。機嫌を損ねてしまわれると、何を申し上げても全くお耳にはいりません。……でした。これまでは。でも、今日からは変わられるのかもしれません。では今日はこのへんで、と、いつものように包までお送りして戻ろうとすると、このあとはどうするのか、とお尋ねになりました。馬を世話しますよと申しましたところ、世話というのはどういうことか、どうやるのか、自分でしてみたい、と、王子さまのほうからおっしゃいました。なので、実際、体験していただきました。汗掻きをし、飼い葉をやり、繋ぎ場の馬糞の掃除も」

ギグの声は、長とその息子たちの反応をうかがうようにちょっとおずおずと低くなった。グルの子ならば至極あたりまえのことではあるが、恐れ多くもアルゴス王のお世継ぎのひとりである王子に馬糞掃除までさせて良かったのか、内心ハラハラしていたので。

だが、みなが、いかにも、そうそうそうでなくては！とばかりに、うなずき、破顔して認めてくれたので、ギグも安堵し、詳しく続きを話すことにした。

「世話をしながら、馬のからだのあちこちについて、尋ねられました。骨格や筋肉、蹄や目や耳や鼻など。どこをどう見るのか、テ・ガリアやルヴァにどういう特徴があるか、どこかに異常が出る場合はどうわかるのか、などなど、たいへん興味をもたれ、次々にいろいろな質問をなさいました。また、飼い葉についても、塩はなにをする、雑穀はなんのためかと、細かくお聞きになりました。いまの時期はまだ草原が冬枯れから回復しきっておらず柔らかい美味しい草が充分に生えていないし、テ・ガリアは育ち盛りで、……あのう……ほかならぬ王子さまをおもてなしするための馬だからです、と申しました。口が奢《おご》っていて、こうしたごちそうでないと食べようとしないこともあるので、干し草に塩と雑穀を混ぜた栄養価の高い餌と、水も新鮮なのを汲んできてたっぷりくれなくてはならないのです、と、そう説明いたしましたところ、そうだったのか、と、たいへん驚かれておられました。おまえも俺もずいぶんあまやかされてるんだな、特別扱いされてるんだな、などと、鼻面を撫でられて、テ・ガリアも、まんざらでもなさそうでした。ふだんは鞍からお降りになるとすぐにどこかに帰っちまうかたが、それはそれは、心をこめて、たしかに関心をもって、直接さわって手入れしてくれたのが、よほど嬉しかったのではないでしょうか。あれも自尊心の強い馬ですから、長いこと、誘いかけても反応がない朴念仁みたいだった相手が、やっとこっちを向いてくれた、自分の気分に注意してくれるようになった、大事にしてくれた、と感じたように思います。……いつものように、三叉紐《ゴドエ》をかけて放してやったのですが、しばらく、ぽくぽくと王子さまのあとをついて歩きました。いとも未練がましく」

「……そうか、そうか」

「少しの間、そうしておずおずついてきたので、わたくしめがさりげなく目をやると、王子さまも、お気づきになりました。そして、王子さまも、おお、と、目を輝かせておよろこびになり、なんだ、どうした、まだ一緒にいたかったか、可愛いやつだなぁ、ありがとうありがとう、また明日乗せてくれよ、と、こう、おっしゃって。まるでうぶな恋人同士のようでした。照れていて、ぎごちなくて、でも、いかにも別れがたくて。わざとのようにおざなりに首を撫でておやりになったり、わざとのように乱暴に鼻面を肩のあたりにこすりつけたりして、名残を惜しんで、じゃあな、じゃあな、と何度も言い言いしましたが、結局、王子さまの包のすぐそこまで、ずっとついてきたのです、テ・ガリアは。そうこうするうちに、王子さまは、ふいに、妙に真剣なお顔になられて考えこまれて、それから、わたくしめにおっしゃいました。グルの子がみな習うことや身につけることで、自分にできないことが、まだあるのではないか。そういうのは是非なくしたいから、これからは、馬以外のことも教えてくれないか、と」

「ほお」

しかし、王子さまはその実もう、ぼろぼろのくたくただったので、とギグは言った。そもそも、せいいっぱい背伸びをして馬の背の汗をあっちからこっちへ拭いている時から、いまにも眠りこみそうになっていたし、そこらの杭やら手桶やらにやたらぶつかり、何もないところでもすてんと転んだりしていたぐらいで。

みるからに気力体力の限りを使い果たした王子を、なかば抱え、なかば引きずるようにして、住まう包に連れ戻った。入り口まで送り届け、呼び出して、乳母のメネに預けた。あの様子ではおそらく湯浴みはおろか半歩踏み込むのがせいいっぱいだったろう。

背を向けたとたん、大いびきが聞こえてきた。汗と泥埃と馬糞に汚れきった着衣を脱ぐこともならぬまま、昏倒し、もう声をかけても揺すっても起きなかっただろう。

　そこまでを、時々ついつい、将来楽しみな教え子を持った師特有の少し気取りながら嬉しげな様子で語り終えると、ギグは改めて畏《かしこ》まった。自分のしたことが間違っていなかったかどうか、長の大事な孫を預かった大任にちゃんと応えることができたのかどうか、裁いて欲しい、というように、じっと待った。

　ソンは、兄弟を見回した。みな、ほころぶように微笑んでいた。父のマグ・ガンも、横たわったまま、重たげなまぶたを薄く開いてソンと目をあわせた。

　ソンは得たりと肯きかえした。懐の巾着から大きめの粒金をふたつみっつ選んでギグの手に載せ、（ギグは驚いて恐縮してなかなか受け取ろうとしなかったが、それでも押しつけ）、壁際に控えていた妻のセツに、自慢の馬乳酒《クミス》をだしてやれ、何かうまいものでもあったら食べさせてもてなしてやってくれ、と言って、すぐ隣のソン自身の包に連れ去らせた。

「彼にまかせて良かった」誰にともなく、その場に居合わせたみなに向けて、ソンは言った。「ギグは、年若いもののうちではター・フォンと並んで抜群の乗り手ですが……元ガキ大将ではあっても、あるいは、ひとになにかを教えるには向いていないのではないかと思えぬでもなかったのです。達者なものほど、誰でも自分のようにできてあたりまえだ、できぬのは、努力しないからだと思いがちですし……スカールが、あまり反感や劣等感を持つようだったら、考えなおさなければいけないかもしれないと思っていました。逆に……ギグの技量が……良さが、ちゃんとわからないような暗愚な生徒であったなら、おじとして恥ずかしいことですし、ギグにもたいへんすまぬことにもなるか、とも」

「あの」四男のギレンがおずおずと言った。「もし、そのほうがよかったら、たまには、ぼくがかわりましょうか」

「それはだめだな」シンは、馬乳酒に指を濡らしながら、笑って手を振り、敵愾心《てきがいしん》から言っているのではないことを強調した。「ギレンは、スカールにとっては、いつでもなんでも許して甘えさせてくれる優しいおにいさんなのだから。少なくともあれが成人するぐらいまでは、そのままでいてやってくれなければ。叱る役と、甘やかす役は、別々に割り振っておくほうがいい」

「これでもおじさんですよ」ギレンはちょっと口を尖らせた。「そりゃ、にいさんたちよりかは、年近いけど」

「家族が共に駆ける機会は先々いくらでもあるだろう」と、長兄のソン。「甥御王子はまだ幼い。いま必要なのは、仰ぎみる師ではなく、気さくに頼れ心から信頼することができる兄役なのかもしれません。ギグは相性のあった先達に見えます。彼自身、ついこのあいだまで、ちょうどいまのスカールのような利かん気のわんぱく小僧だったのですから、そういうものの考えの道筋は、掌《たなごころ》をさすようにわかるでしょう。こういってはなんだが、たしかにうまいが、あまりうますぎないところも、わずかに年長であるところも、なにもかもちょうどいい。とりあえず、遥かな高みをめざすより、誰かに何かを学ぶということとそのものの基本を養う時であろうし」

「あ、待って。とうさんが何か言ってる」

ギレンが、かたわらの布団に横たわっていたマグ・ガンを、ゆっくりと助け起こした。からだを起こしてしばらくは、ガンは、静かにして息をととのえなくてはならなかった。背はまるく、息子にささえられている手は、ぶるぶると細かく震えてとまらなかった。

「よい、子に、育った」かすれた息ではあったが、往年の活力を思わせる渋く深い声で、ガンは言った。「みな、に、感謝、する。リー・オウ、も、感、謝、して、おった」

兄弟たちはみなしずかに目を伏せた。

彼らの愛する末っ子であり、アルゴス王のふたりめの妻でもあるスカールの母はいま草原に居なかった。おそらく、一面のみどりを夢みながら、都にあるという白亜宮で過ごしているのだろう。こたびもまた、王の軍隊何十騎かの護衛とともに草原に来ると、生気に満ちた草原の空気を胸深く吸い込むゆとりもあらばこそ、愛息と、乳母と、スカール自身に仕えるわずかな侍衛だけを残して、ふたたび馬上の人となったのだった。

リー・オウにとっては、宮廷と営地の往復だけが、長時間の騎乗を楽しむわずかの機会であるらしかった。モスの大地を自由に走り回るのとは違う。街道があるうちは外れるわけにゆかぬし、歩度をあげて護衛たちを引き離してもならぬ。ただただ、決められた道筋を常歩《なみあし》で打たせていくだけの退屈さではあったが、それでさえ、彼女には、貴重な息抜きの時であったことだろう。

年の半分近く、そうして、彼女は、スカールを草原の家族たちに預けた。彼女自身がのんびり滞在できる機会は、めったになかった。次にそういうことがありうるとしたら、おそらく、マグ・ガンの葬式の時であろう……。

草原の申し子のようなリー・オウ、風のように気ままで、野生馬のように遠慮ない自由奔放が本領の彼女に、宮廷でいったいどんな用事があるものなのか遊牧の民にはまったく理解しがたかったが、帰らぬわけにはいかないのだと言われれば、そうかと肯くしかない。

家族がみなそばにいて、元気で、平和で、穏やかに、仲良く睦まじく暮らしていくことができるなら、ほかにどんな望みがあろう？　子ができ、孫ができ、家畜たちが増え、うまし糧をわかちあえるなら、どこに不足があろう？

しかし、夢の時はやがて過ぎる。赤ん坊はこどもになり、こどもたちは大きくなる。こどもの喧嘩ではすまない諍いをしたり、言ってはならぬことを口にしたり、恋してならぬものを恋したりする。堅固な材ほど、楔《くさび》ひとつ打ち込まれれば一気に深く割れるもの、きょうだいから、まずリー・オウが失われ、その亀裂がやがて三男のバンをもまた失うことに繋がってしまった。

熱血漢のバンは、妹のリー・オウに兄としては強すぎる思いを——あるいは道ならぬ思いに危険なほど近いのではないかと思われるようなそれを——抱いてしまった。それを隠しもしなかった。妹に近づくことを禁じられると、バンは居なくなった。一族のもとを去った。わずかな身の回り品だけ持ってふいに消えてしまって、以来、行方が知れない。いったいどこに行って何をしているやら、噂では——あくまで噂だが——東で、つまり、トルースのトルフィア近くのマオ族の営地で、見たものがあるとか。

マオ族は正式にはグル・マオと呼ぶべきものである。グル族からはるか昔になんらかの理由で離散した遠縁だ。たいそうな名馬を産するということだが、つきあいはない。あまりに少人数しかいない部族で、生産者として、対等な競争相手とはいいがたい。

（しかし、マオ族には天馬祭がある）

次男のシンは考えていた。

（年に一度のその行事では、黒の月の満月夜だかに、純白の馬を一頭屠って贄《にえ》にするという。あの時リー・オウの言った月毛の馬が、もし、この天馬のことだとしたら？……バンがそう考えたとしたら？　あるいは、月毛というのが馬そのものではなく、月毛の

馬に騎乗した者のことであったり、その祭で重大な役割をになう誰かのことであったとしたら）

（ハシクルは……あの背峰にひと筋、尾までもつづく、銀のタテガミをもった秘密の児、リー・オウ自身が知らない長男で、スカールの兄にあたるあの児は……あるいは、マオ族の）

なにやら剣呑《けんのん》なことを思いついてしまいそうで、ぶるっと震えて考えを振り払ってとめようとした時、シンは、かわりに、話すべきことがあったのを思い出した。

「おお、いけない。殿下についての話にすっかりひきこまれてついつい忘れるところでした」シンは、明るく声をあげた。「聞いてください。ケイロニアから大注文ですよ！」

「大注文？」

「ケイロニア？」

「そうなんです」

いぶかしむ兄弟たちに、シンは、懐にしまっておいた書状を開いてみせた。

「マハールの市へ行ってきたムルナムが、馬を飛ばして私の包に届けてくれたのです。自分は字はあまり読めないが、これは、グル族の長にあてられているものだという人があるので、と。確かに表書きがグル族長御一家宛と読めたので、勝手ながら、封蠟をあけて中を改めさせていただきました。……街道沿いに南へ南へひとからひとへ託されて首都までは無事に来たものの、営地に届けるすべがなく、グル族の誰かが顔をみせるまではと市場の親方が預かってくれていたそうで。親方の手元に、かれこれふた月はあったとか」

「して、要件は？　ケイロニアが、なんと言ってきたのだ」

「はい。それが……なんでも彼の国には十二もの騎士団があるそうで、そのうちの金犬騎士団というところから、軍用とするカルダー種の良馬百頭を注文したいが、受けてくれるか、という問い合わせなのです」

「百頭！」

「百二十でも百五十でもかまわないそうです」シンは書状をソンに渡した。「運搬途中で弱ったり失われたりするかもしれないから、余裕をもって多めに連れて来てくれるほうが有り難いのだそうです。また、こんどの馬たちに満足した場合、先行き末永く宜しくつきあいたいし、ほかの騎士団にも紹介せぬではない、と。金に糸目はつけないとか。金犬騎士団とやらは皇帝の近衛騎士団も兼ねているため、特に、見栄えの良い馬を揃えたいのだそうで。たしかに言い値は悪くありません。ただ、もしも宜しければ、とのことにて、代金の一部を、先方が所有している若い牡馬あるいは種牡馬との交換にしてもらえまいか、と、相談、というか提案をしてきています。同じ血を引く仔が増えすぎて、配合に悩み多いとか。性質も血統もたいへん良い馬ばかりだから、値打ちがわかり、掛け合わせるにふさわしい馬を多数もっている馬産家にとっては決して損のない取引になるはずと」

「それはたしかに悪くない話だねぇ！」ギレンは思わず弾んだ声で口をはさんだ。「百頭以上も連れていって手ぶらで戻るのはもったいないもの」

「ずいぶん北だぞ」ソンは文言を指でたどって確認しながら、ちょっと顔をしかめた。

「ワルド山脈の向こうだぞ。パロの倍も遠い。もうあと少しでタルーアンだ」

「まあそうですが」

「百も出して困らないか。マハールの常連や馬市にも頼まれておるだろう」

「むしろ、この数年やや過多になっておりました。品薄ぎみのほうが、商いには有利です。この取引が成功すれば、グルとその馬の評判はさらに上がりましょう。特に北方で」

「他国人にどう思われようと別にかまわん」

「反対ですか」シンは静かに尋ねた。

「いや。……そういうわけではない」ソンはていねいに畳んで、書状を返してきた。

「しかし、軍馬となれば若い騸馬《せんば》であろう。我らとしても、軽々に種馬はだせぬしな。家族として秩序ある牝馬と若駒の群れならともかく、それほど遠くまで若い騸馬ばかりを百の余も連れて行くというのは、なまなかなことではないだろう。おそらく、半年か……あるいはそれ以上はかかることになるのではないか」

「旅程そのものは、せいぜい三ヶ月、たぶん往復で五ヶ月で足りるかと思いますが、準備にはたっぷり……そう、できれば、半年ほどかけさせていただきたく考えています」

シンは言った。「あちらも急いでいるわけではなさそうですし。特にいつまでによこせと期限をきらず、どう思うか、できるかどうかと、打診してきたのですから、まず、書状で、こちらの考えを説明します。秋までかけて頭数を揃え、売るための馬だけの集団をつくって慣らし、中で強い数頭を引けば残りもついてくる群れとなします。同時に、じゅうぶん太らせておく。来年のいまごろならそれで間に合い、無事、到着できるはずです」

「それでは、見知らぬ北方への旅の途中で冬を越すことになるぞ。ケイロニアはずいぶん寒いところと聞くが」

「暑いよりはましではないでしょうか」シンはひょいと肩をすくめた。「馬にとっても、われわれにとっても。また売りものとして連れていくのとは別に、われわれの乗用馬や替え馬として、たとえばアルタやルセリを連れて行けば良いかなと。若馬たちを率いて落ち着かせてくれるでしょうし、グルの牝馬の素晴らしさを示すのも……あるいは将来に向けて、得策となりうるかもと」

「アルタか」ソンは笑った。「彼女《あれ》はそんじょそこらの軍馬よりよほど勇猛だからな。して、どういう経路を行くのだ？　街道を使うか」

「いやぁ」シンはむく犬めいた眉にほとんど目が隠れてしまうような笑いかたをした。

「それはいささか目立ちすぎます。うろんな連中に狙われてはかなわない。現時点では、カウロスを避けてアルゴ河の西を行くが最良かと考えております。ガブール大密林沿いのハイナムを北上すれば、いささか不案内な道ではありますが、ノルン海は見逃しっこありませんからね。海につきあたればケイロニア領内です。サイロンまでの道筋も、きっとなんとかわかるでしょう。返答のついでに、先方にも、北の地の事情をちょっと問い合わせしてみようと思いますが」

ソンは弟を見つめた。

「おまえ自身が行くつもりなのだな」

「はい」シンは素直に言った。「行かせていただけますでしょうか」

「誰を伴う」

「そうですね……いつものバスと、マリ・サンと、ショーテ、デクン、バシン、ルダ……それと、あくまで親と本人が承諾したらですが、グリムのところの長男と次男を借りて行けたらと思います」

「九人か」

「そうです。売り物の駒馬を三十頭ずつの群れにして四つ率いていくのに四人、先乗りして様子見をしたり物資を調達するのに二人、補佐のひとりとふくめてこの三人は交代要員でもあります。ここまで七人。加えて見習い二人。……無謀でしょうか」

「いや」ソンは首を振った。「過不足ない。問題は、……ケイロニアという国だ。尚武の国と聞くが、あまりに遠すぎるし、素性を知らぬ相手になる。信用していいのだろうか」

「そりゃあ心配がぜんぜんないといったら嘘になりますが」シンは少し笑った。「軍馬を欲しがるひとならば、あえてグル族を敵にまわすはあまりに愚かでは」

「うんと遠くから手紙が来たって話は」ギレンがひとりごとのようにつぶやいた。「きっと、噂になっているんじゃないかな。街道沿いとか、首都の商売人たちの間とかで。……ほら、ケイロニアと取引したいひとだっているでしょう。ついでに運んで欲しいものがあるかもしれません」

「なるほど。たしかに」ソンがうなずく。「噂は宮廷のお歴々の耳にまでも届いているやもしれぬな。スタイン王には、疾《と》く、ことの次第を知らせておいたほうがよかろう。あとから聞かされれば……あるいは、余所《よそ》から聞けば、まるで我らがわざわざ隠し事をしたかに思い、不実ととられかねぬから」

シンとギレンはちょっと目を見交わした。大切な妹を預けた相手の機嫌を伺わなければならないかのようなことは、草原のさわやかな広がりをこころの置き所とするグルの誇りのどこかに、なんとなくいやな感じをあたえるものがなくもないのだった。

それでも、兄のことばは兄のことばである。

「そうしましょう」

あえて反対を唱えることなくシンが静かにうべなうと、ソンも、ほっとしたように少し硬くなっていた姿勢を崩した。

「いやはや、途方もない話がまいこんできたものだな。わたしのように臆病で疑り深いものはつい不安ばかりを数えてしまうが、良馬を交換しようというのは確かに嬉しい提案だと思う。北方の良馬とは、いったいどんな馬なのだろう？　ぜひともこの目で見、乗ってみたいぞ。来年のいまごろは、ひとも馬もみな、腕まくりをして待ち焦がれているだろう。……そうですよね？」

ソンは長である父に尋ねた。老長は大きな身体を寝所に横たえたまま、黙って首肯《しゅこう》した。

☆　☆　☆

王冠離宮《ムムターズマフ》は名こそ宮殿だが、その実態は墓廟《ぼびょう》であり、公園でもある。四代前のアルゴス王スタロトが、二十四歳の若さで亡くなった愛妻ヴーヴマンドのために建てた巨大な霊廟だ。マハール・オアシスの小さな湖畔沿いの静かで風光明媚な直轄地《ちょっかつち》にある。

ヴーヴマンドはパロの聖王家の王女のひとりであったから、霊廟は彼女の魂が遠き故郷に戻っていってしまわぬよう、この地にいても楽しく憩《いこ》えるよう、つくられなくてはならなかった。その当時つとに名高かったパロの建築家に設計をまかせ、二万人を越える職人を雇い、二十年を越える歳月をかけて建造したというこの世紀の文化遺産に、スタロト王自らも、妻よりも六十数年遅く没してより今日までずっと、おのが遺言したとおり、石棺を並べて横たわっている。

特徴的なかたちをもった廟そのものは、遠目にはまるで華奢《きゃしゃ》なマリニアの楚々《そそ》とした蕾《つぼみ》のように見えた。ごく咲き初めのやわやわとした蕾だ。しかし近づけば、純白の大理石をふんだんに用い、黄金はもとより翡翠《ひすい》や碧玉《へきぎょく》、紅玉髄《カーネリアン》など、世界各地から集めた貴石や宝玉をこれでもかと埋め込んであるのがわかる。莫大な財産を注ぎこんだものだから、華美で壮麗なのはむろんのことだが、それでいて、どこか儚《はかな》げで、うら寂しくもの悲しい。これ見よがしな俗っぽさがない。なんとも高雅で趣味のよい、みごとな建てものである。

名君と知られた偉大な王に心から愛され惜しまれた若き王妃――最高の敬意を払われて当然な女性――にふさわしく、そのひとを喪失した王の無聊《ぶりょう》を慰め、こころのよりどころとなるべく設《しつら》えられたそこは、いわば、オアシスの水辺に咲く一輪の花であった。

南面こそ草原の伝統にしたがって大地と天空にたいしてひろく開放してあったが、のこり三面はパロのクリスタルの王宮のどこかしらをそれぞれ模倣して作られている。どちらから見ても美しく、どこに立っても景色になるような演出が施され、純白の霊廟を中心に、回廊や小宮殿、迎賓《げいひん》施設などが幾重にも並び、それぞれのあいだは、凝った意匠の庭園でなめらかに繋がれていた。庭のところどころには、亡き妃の信仰したヤヌス十二神の像や宮、拝殿、供物置き場などが配された。

しかし、美麗なサリアや雄々しきルアーはともかく、隻眼《せきがん》で山羊足のヤーンや、老人と青年の顔が表裏をなすヤヌス像などは、そうした神々に親しみのない南方のひとびとにとってはいささか理解に苦しむものだった。いくぶん、不気味な、恐ろしいものですらあったのである。

異国の神々を奉じ、堅苦しい決まり事を受け継いでいるのは、特殊な役職を引き継ぐ家系のものたちである。彼らは、ヴーヴマンド妃の輿入《こしい》れの際にパロから移り住んできたものや、この廟を建築した際に呼び寄せられた専門家の末裔《まつえい》にあたる。いまは庭園管理や施設の清掃などといったごく卑近な下働きをするばかりなのだが、それにしてはたいそう慇懃《いんぎん》で、やけに誇り高かった。当人たちとしては、自分たちは、このような辺境には貴重でかつ珍しい高潔で学識高く暦や月齢を読み魔道にも少しは通じた文明人であって、南方の蛮族とは人品骨柄《じんぴんこつがら》があきらかに違う、はっきりいって、圧倒的に上である、と、思って、周囲すべてを見下していたのである。

スタロト王の治世から百年が過ぎても、彼らはなお、賢王を讃え、亡妃を偲び、自分らがこの草原の（田夫野人《でんぷやじん》の）地にもたらした世界に冠たるパロ文明の片鱗を、失ってならじと奮闘していた。その洗練を誇りとし、美意識をゆるがせにもせず、傍目《はため》には仰々しすぎていささかばかばかしく見えるほどの儀式をぜったいのものとして重んじた。

たとえば、かくかくの暦の日には、しかじかの装束に身をかためた係のものたちが、羊耳草《セージ》の小箒《こぼうき》に火をつけて香りの強い煙をあげ、その煙る筆先で宙にルーン文字を描きながら風変わりな歩様《ほよう》であたりを歩き回って「場を清め」たりなどしなくてはならないとか。その日は、さかんにたちこめるいがらっぽい煙と、意味の聞き取れぬ祈りの声が、朝から晩までやむことなく続くこととなる。そのような行事が毎月のようにいくつもある。

この離宮が、ふつうのアルゴス人には敬遠されがちな場所となったのも、当然のことであったろう。遠くから眺める分には美しいけれども、すすんで訪れたがるひとびとはあまり多くなかった。たとえば家族そろって弁当をもって遊びに来るには、いささか敷居が高すぎた。

むろん、王家には先祖である亡き王や王妃の記念日に参内《さんだい》する習慣もあったし、外国の賓客に乞われれば案内をすることもあった。マハール湖畔に吹く風やミナール川の水にうつる霊廟のまるで蜃気楼のようにあえかに気高く凛冽《りんれつ》な悲壮美を楽しみに来る風流人も皆無ではなかったし、若い恋人たちはあいびきの場所にしたし、他人の耳や目のないところでさりげなく密会したい秘密をもったものたちなどにはむろん役にたった。そして、遠きパロに憧れるもの、パロを知りたいもの、あるいは、パロにいれあげてやまないものたちにとっては、文字通り聖地であった。

ゆえに、最近もっとも熱心な来訪者がパロ出身のスタイン王正妃ヴァル・ネルラとその子スタックであるのは、しごく当然のことであった。

うまれつき身体が弱く、なにかと熱を出して寝こんだり、ちょっとした気候の変化で節々《ふしぶし》がひどく痛んで寝つかれなかったりすることがある息子の、快癒《かいゆ》健康を祈願するため、正妃は、ヤヌスや医術を司るカシスの神に、おりおり供物を捧げに来た。

(やはり落ち着く)

王妃は今日も女官や侍女を十五人ほどひきつれてやってきて、いま回廊のひとつを歩いていた。淡紫色と金色で複雑な模様に刺繍《ししゅう》を施したパロ風の絹のカフタンの裾を引きながら、ゆっくりと。

(ここは好き……ここなら、まぁ、がまんできる)

白亜宮と呼ばれる首都にある王の居城のほうがむろんずっと大きかった。そちらはいたってアルゴスらしいどっしりと実用本位の造りではあったが、むろん、壮麗で堅牢で、南方の基準からみればじゅうぶんに豪華でもあった。公務やらなにやらの点からしても体面からしても、王妃はなるべく王宮にいるほうが良い。正妃や王太子があまりに頻繁に遠出し外出し留守をするのはいかがなものかと口さがないものたちは言う。責任とか、夫婦仲とか、王太子の将来などなどについて、見当違いなことをいい、好きに憶測するようだ。

わかっている。ネルラも気付いており、知っている。しかし大切な世継ぎの子に、その尊い生命の危機をまぬかれ、健康を助けるための祈りやら捧げ物やらがどうしても必要になるのだからしかたがないではないかと開き直っている。

パロ聖王家より引き継ぎし尊き血には、ときに、ひ弱な体質がもたらされる。おそらく、神々に近しいほど気高き魂をいれる器としては、この世のひとの身体は小さすぎ、脆弱すぎるのである。聞くところによると、今年七歳になる甥、すなわち、姉の子であるアルド・ナリスも、五歳年長の我が子スタックと似かよった体質に生まれついたらしい。学問の進んだクリスタルで世界一の医師団を自由につかえる甥と違い、過酷な気候と野蛮な習俗と未発達の文明しかないここアルゴスで、我が子がおりおり体調をくずすのは無理からぬこととはいいながらまことに不憫《ふびん》であり不安であり悔しいことだ、というのがネルラの言い分である。

赤子のころから、息子が癇《かん》の虫を起こしたり、苦痛やだるさを訴えて泣くと、ネルラはみずから伴ってきたパロの医者に診察を命じた。原因不明の発熱や、とまらぬ咳は、幼き王子をしばしば薬漬けにし、薄暗い病床に閉じ込めた。後に生まれし妾腹《しょうふく》の次男が、さんさんと陽の照る草原で好きなだけ駆け回るわんぱく坊主であったのと、それはみごとに対照的であった。グルの血を引く次男スカールが、真っ黒に陽に灼けあちこちに擦り傷をこしらえ、雨にも負けず風にも負けず泥まみれでも埃の中でもめったに風邪もひくことなくさかんな食欲をしめしてがっしりと育ち現地の貧民の子と（これはネルラの謂《いい》であるが）まるで区別もつかなくなるのに対し、遠きパロの聖王家の血をひく長男スタックは、肌青白く、ほっそりと華奢で優雅で、あたかも深窓の姫君のごとく、大切に庇護《ひご》され、囲いこまれていたのであった。

実際、スタックがそれほど虚弱な体質であったのかどうか。幼いこどもなどというものは、さまざまな病気にかかるものである。しょっちゅう転んで擦りむくし、かさぶたは自分ではがしてしまう。時には運悪く骨折をしたり、高熱をだして寝込むこともあろうが、そうして少しずつ強くなっていくものだ。不測の事態をおそれるあまり、おもてで元気よく遊ばせぬのはいかがなものか、なまじ過保護に清潔安全ばかりをもとめるとかえって抵抗力がつかぬ、むしろ体力の涵養《かんよう》をもとめたほうがよいのではないかといったことを王妃に進言するものは、ここにはなかった。なにしろネルラにとっては、息子が虚弱で哀れで病気がちで、ときに明日をも知れぬほど重篤な状態におちいって周囲をあわてさせ、母の必死の献身によってぎりぎりの際から蘇ってくれるような子でいてくれるほうが、だんぜん都合がよかったのである。

実のところ、ネルラ自身も、時々なんともいいようのない虚脱感や胸苦しさを覚え、黒蓮の粉による鎮痛や気散じを必要とした。あまりに薬に頻々《ひんぴん》とたよりすぎていると自分でさえ感じる時には、ここ王冠離宮に来て祈らずにいられなかった。ここに来ればパロに戻れた。クリスタルにいたころの自分に戻れた。こうした回廊をそぞろ歩きしている時には、錯覚できた。アルゴスから、草原から、蛮族から、夫から、自分がいつの間にか歩かされてしまった呪わしい運命の道すじから……身体はともあれ心だけでも……するりとうまく逃げ出すことができるのだった。

回廊のすぐ際がもう、あふれかえるような花壇である。草原の国の苛烈な陽光に負けず咲き誇る花々は、娘時代に住んだクリスタル・パレスの王女宮に植えられていたものとは種類が違っていて、ネルラにはその違いばかりが目についたが、刈りとのえかたや色の配置に関する配慮は、あきらかにパロ流、パロ好みをせいいっぱいに模倣したものだった。むろん、悲劇のヴーヴマンド妃を鎮魂せんがために、そうなっているのである。

ヴァル・ネルラは会ったこともない大昔のスタロト王というひとを、好ましく思った。ひとりの女をそれほどまでに愛した、愛しきったのだ、というところを。

（わたしの旦那さまもそんなひとだったら良かったのに）

つと手をのばしてそこらの花に触れると、甘く官能的な香りがたった。草原のオアシスに咲くこのグロリエアという花は、咲いて咲き誇って競って咲いて、落ちるとなるとこんどは潔く花ひとつ丸ごとボトリと落ちる。ほどなく萎《しお》れて腐っていくが、落ちてすぐのありさまときたら、まるで美女の生首がごろごろとそこらじゅうに転がっているかのようである。

いまもやたら絢爛《けんらん》にうるさいほどに咲いてみせているその花は、ちょっとはじくと、たちまち落ちた。つつけば落ち、揺すれば落ちる。いくつでも落ちた。

気がつくとヴァル・ネルラは、やつあたりのように、何か別なものにくわえるべき罰を与えるかのように、罪なき花々を夢中で叩き、次から次へと地面に落としていた。いくつもいくつも落として落として、やがて顔を赤くしはあはあと息をきらして手をとめた、そのとき、侍女たちが困って引きつった顔をおろおろと見合わせているのに気づいた。

「さあ、みんなも拾ってちょうだい」ヴァルは、侍女たちをみまわして、少しも恥ずかしいこと後ろめたいことなどないふうに明るく言った。「スタックの部屋に飾りましょう。大きな水盤にたくさん浮かべたら涼しげではなくて？　きっと良い香りもするでしょう」

ああ、なるほど、それは良いお考えです！　口々に――ホッとしたように――言いつくろって、侍女たちがしゃがんで拾いはじめた。安心して、ヴァルはまた叩いた。叩いてもしぶとく落ちぬ花をみつければ、ぐい、と、力ずくでもぎとった。おかげで花びらが潰れてしまったが、それが思いがけずなんともうっとりするような感触であった。憎い誰かの首をこじりとることができたかのように、爽快だったのだ。

いくつもいくつも、ぎしぎしと爪をたて、手が花の汁にまみれるのもかまわず、ネルラは花をむしりつづけた。

アルゴスのスタイン王に嫁して来てすでに十有余年を過ごしてはいたが、王妃ネルラの心の奥底は、いまだ聖なるパロの王室の稚き王女のままであった。クリスタルというこの世の要（と、彼女は信じて疑わなかったが）、中原の臍《へそ》、学問の府、三千年の歴史と伝統を誇る美と文明の中心地で生まれ育った彼女にとって、パロ以外の国はみな低俗で愚かしい野蛮人の国、辺鄙《へんぴ》で田舎くさく時代おくれの、どうでもいいつまらないものでしかなかった。

（ああ、……こどものころは天国だった。幸福だった。そう、さながら、夢の時。この地のものたちが言う、あのことば。世界が全部自分のものである時。ものがたりの中にしかないような。あれこそ、奇跡の時だった）

花の生命をむしりとりながら、ヴァル・ネルラは思う。

（わたしたちは、まるでお菓子でできた家のようなおとぎばなしに出てくるようなお城で暮らす、王女たちだった。ずっとそうやって、なに不自由なく暮らしていくのだと思っていた。宮殿のお庭に咲き乱れたアムネリアやルノリアやサルビオやなにやかにや。たくさんの花をつんで、拾って、糸でつないで、腕輪にしたり冠にしたり首飾りにしたりして遊んだ）

（わたしと姉）

（服を汚して、おかあさまに叱られたっけ）

（おかあさまの眉をひそめさせることが、最大の、おそれるべきことがらだった、あの日々。「こんなことは、もうおよしになってくださいね」。優しくそっといわれただけで、申し訳なさのあまり、胸がつぶれるほど悲しくて、もう生きていちゃいけないぐらい落ち込んで、ぽろぽろ涙がこぼれた）

（おさないわたし）

（姉は、自分が、後々ああいうことになるとはまだ知らなかったし、わたしも、いずれクリスタルを出なくてはならぬ運命であるなどということを、少しも知りはしなかった。あらかじめ知らされていたら、心の準備をさせてもらえていたら、むしろそのほうが……ああ！　でも、きっと、違う。あれはおとうさまおかあさまのせいいっぱいの愛情だったのだ。なにも知らず過ごす日々をもてたこと。あの、かけがえのない、小さなころ！……わたしたちは、どんなに、ああ、ほんとうにどんなに幸福だったことか！）

　ヴァル・ネルラ王妃は周到にけっして——どんなに長く側仕えしている侍女にむかってすらも——口にしたことはなかったが、心の中では、しばしば、いやこのところはむしろ毎日、姉であるラーナと自分自身のその後の境遇をひきくらべてみずにはいられないのだった。

　どちらがヤーンの慈悲をうけたか。どちらがよりサリアやゼアに愛されたか。どちらがより不幸か、幸福か、どちらが不遜でどちらが敬虔で、正しかったのか。もし、なんでも自分の好きにしてよくて、でも、どうしてもふたりの被ったさだめのどちらかのうちから選ばなければならないとしたら、どちらにするか。

（少なくとも）と、ネルラは思う。（伴侶として、まだしもましなのは、わたしの夫のほうだわ。これはぜったいにそうよ。譲れない。ラーナの夫はラーナにまったく興味がないし、ラーナだって、あんなやつ、大嫌いで真っ平御免って言ってたもの！　わたしはちがう。わたしはスタインさまが好きだわ。好きになった。好きにならなければいけないと思ったから、好いたほうが楽だと思ったから、だから、強いて鼓舞して好きになった。いまは……いまは、……いっそ、好きになんかなっていなければよかったのにと思うけれど。でも、でも、あの時は、ああするしかなかった。だって、ともあれ、ほんの一時だけだとしても、ほんとうに心のそこから好きだと思うことができなくては信じ

ることができなくては……とうてい……めおとのつとめのあんなこと、ぜったいに！　わたしにはできなかったのだもの）

「……ま、王妃さま……！」

「アッ、お手が」

ヴァルの手の中で、いつの間にか、強く握りしめすぎた花がよじれてつぶされて、血のように赤い液をしたたらせているのだった。

侍女たちは素早く分かれ、それぞれのしごとを果たした。花をうけとって運び去ったり、水つぼをもってきて王妃の手をすすいだり、海綿にカラム水をふくませたので拭ったりした。

その間、ヴァル・ネルラは——こういう場合、侍女なり小間使いなりに世話をやかれることに慣れた高貴な身分のひとがみなそうであるように——ただぼうっと脱力してされるがままになりながら、ゆらゆらと歩きつづけ、炯々《けいけい》と目ばかり輝かせ、おのが思いのうちに沈み込んでいた。

甥のアルシスと結婚せよと命じられたとき、姉ラーナの心は折れた。それまでは、陽気で勇敢な自慢の姉だったのだが。ごく普通に、よく笑い、よくしゃべり、いたずらもした。膝が泥だらけになるのもかまわず崖のぼりをしたり、蛙《ランダド》や蟬《キカド》や蛇《イーラー》をつかまえて女官たちを震え上がらせたり、水に飛び込んで泳ぐのも平気な、けっこうお転婆で活発な女の子だったのに。

　婚約のその日から、彼女はよろこびもかなしみも怒りも失望も、ひととしてあたりまえの感情をいっさい見せなくなって、ただ、放恣《ほうし》に、怠惰に、すべてをうっちゃり、遣りすごして生きるひとになった。まるで、ほんものの自分はとうに死んでしまって、ぬけがらだけ、なお未練がましくそこにいるだけのような。雲の上に住んで、ふわふわ、地上に影だけ落としているような。

　ラーナのところでは、何年も子がなせなかった。お世継ぎができなかった。もしや姉は王を拒んでいるのではないだろうか、この結婚はおおいなる失敗だったのではないか。ネルラは遠くから姉を思って気を揉んだ。父や母や、聖王家そのものに腹もたてた。このままではアルシスさまには未来がない。そうでなくても弟のアルドロスさまのほうが人望が厚いといわれているのに。

　姉が、あのかたと結婚するのがそれほどまでにいやだったのなら、いっそ自分が代わればよかった。代わってもよい、と、申し出てみればよかった。いやいや、そんなことをすれば姉はかえって意地になっただろう。長女として、いちばんめの王女として、国と父王のためになすべきこと決められたことに従わぬなら、それはもう反逆である。王女として失格であると暗に責められるようなことにもなろう。そのきっかけになれば、自分は憎まれようし、ラーナをますますかたくなにしてしまったろう。いつだって自分よりばかでぐずで見下していた妹が、ふたつも年下のネルラのほうが、もし、より高位の夫を得たら――将来、アルカンドロス大王の認可をえた王となったりすれば――あのひとはきっとそれはそれで、不愉快になって、我慢できなくて、誇りを傷つけられて、怒りくるっただろう。

（でも、……たとえば、……それでもどうしても夢中になってしまったと、アルシスさまに恋してしまったごめんなさいと、そういうふりぐらいしてあげることだってできたのに。ほんの少しの嘘で、大好きな姉さんがあれほど苦しまなくてすんだのなら。わたしは犠牲になってかまわなかったのに）

（そして、そうしていたら、わたしは、いまもまだ、パロで暮らしつづけていられた）

（そうして、そうしたら、そう、この草原に――遠い異国に――お嫁にきたのは、おお、もしかすると、姉さんのほうだったのかも……！）

（どちらが良かった？　どっちが幸福？）

（いったい、どっちが、上等な運命？）

姉からおくれることわずか数ヶ月でアルゴスに嫁いできたネルラ自身は、珍しい草原の風物を見慣れる間もなくスタックを孕《はら》んだ。最初のころこそ不安で押しつぶされそうだったが、産み月が近づくころには妊婦のこころははじけんばかりの多幸感で満たされており、その恍惚は、腹とともに、日に日により大きくなるかに思われた。生まれいでた赤ん坊はなんともふくふく愛らしく、我が身が国母《こくぼ》となったこと、王子の母となれたことはなんとも嬉しく誇らしく、王も臣民たちもこれで自分を尊重し大切にしてくれなくてはならなくなったということには、ほんとうに安堵したし、自信も持てた。

なかなか妊娠しない姉のところに王子を連れて訪問できないかと、そのころ、ヴァルは頭を悩ましたものである。赤ん坊というものがこれほど可愛いらしいのだと知ったなら、姉も、自分も子をなそう、生もう、生みたいという気持ちになってくれるのではないかとも思った。が、逆に、見せびらかしにきたか、そんなに優越感に浸りたいのかと、恨まれ嫌がられたかもしれない。夫のスタインも、妻や子をそばから離したがらなかった。パロに帰したがらなかった。だから、ネルラは細心の注意をはらって書状を書いたのだった。わざと無邪気で無頓着な鈍感ぶった筆致で、若き母となったおのが喜びと幸福をしたためた手紙をいくつも送った。それを姉がどうしたかは知らぬ。読まなかったかもしれないし、破って捨てて怒ったかもしれない。ネルラとしては、ひびのはいった姉のこころをより傷つけぬよう、あのばかな妹にすらできたことが自分にできぬはずはないとラーナが奮起してくれるよう祈っていたのだが。

返事は一度もこなかった。

スタックが立って歩くようになっても、喃語《なんご》を話すようになっても、ラーナはなかなか孕まなかった。ネルラは自分のことのように心配し、これといってしてやれることのないのを悲しんだ。たったふたりの姉妹であるのに、たよりにしてもらえない我が身を情けなく思った。しかし、……数年の差を経て……姉はついに！　ようよう、懐妊したのである。そして、ナリスを生んだ。あの甥を。次の世代には聖なるパロの王となるかもしれない、立派な男児を……！

王の妻たちが果たすべき最重要項目は、跡継ぎを生むことだ。

自分はとっくに、姉も遅ればせながらついに、その課題をこなした。こなすことができた。みごとになし遂げた。とすれば、人生の残りは、その英雄的行為に対するたっぷりとした褒美でなくてはならない。

わたしたちはどちらも、務めを果たしたものとして、きちんと役にたったものとして、称揚され絶讃《ぜっさん》されていいはずだ、と、ネルラは思う。たゆまぬ努力や忍従へのご褒美として、これからは、楽しいことだけ、素晴らしいことだけ、嬉しいことだけ、あるのでなくてはいけない。そうでなくては不公平だ。

王も国民も、もっと感謝し、奉仕し、称賛し、わたしを悦ばせるべきだ！

実際、ほとんどそうなっている、と、幸福にも錯覚することができていた。しばらくは。

（……あの女が来るまでは……！）

忠実な侍女たちが他の用事にとりまぎれているうちに、ネルラはまた無意識に花をむしっている。しかも、その赤い液に濡れた手で顔をさわってしまっていたので、まるで、血の涙を流しているかの姿になっていた。気付いた侍女が小さく叫んであわてて追いすがろうとしたが、なにごとか深く物思いに沈み込んだまま足早に歩きつづける王妃に手をかけることはできなかった。しかたなく、次に良い機会があったら、と、そろそろとついていくことしかできない。

歩きつづけるうちに、回廊が霊廟につきあたるその手前の拝殿に、ネルラは達していた。ここには、スタロト王とヴーヴマンド妃の肖像画がある。ひとりずつ描いた正式な肖像画の真ん中に、色浅黒くたくましい草原の男の片脚の太腿の部分に甘えるようにちょこんと乗った雛鳥のような妃の絵もあった。妃の両手は夫の首にまわされ、パロ風のいかにも美しい絹装束をまとっている。まつげの長い瞳は潤んでうっとりと夫の顔を眺めている。その夫は優しく微笑みながら、片手で楽々と妃の腰を抱きささえ、もう一方の手は王笏《おうしゃく》にそえて、どっしりと腰かけている。

いかにも仲むつまじい夫婦である。うぶなおとめが見たら顔をあからめずにいられぬようなしどけない、いかがわしくなるぎりぎり一歩手前の、雰囲気である。

夫に伴われてここにきて、この絵をはじめて見せてもらった時、ネルラも激しく動揺し、心臓がとまりそうになった。どうせよというのか、どうしたらいいのか、困ってしまった。きっと真っ赤な顔をしていただろう。

さぁどうする、と言わんばかりに、夫はまなざしで詰め寄ってきた。

覚悟がためされているのだ、と思った。草原の男は、パロの男とは違う。典雅にして微妙な誘惑にたっぷりと時間をかけることを楽しんだりしない。するのかしないのか、なびくのかなびかないのか、俺にしたがうか、組み敷かれるか。はっきりと問うのである。どっちつかずの態度をとったりしない。思わせぶりなことを言ってもみせないし、当意即妙な答えを期待もしない。そういう文明国ではないのだ。

だから、ネルラは、そっと深呼吸をし、頭に血がのぼせてもあえて思い切って、言った。

わたくしめも、この妃のような妻にしてくださいませ。どうぞ、可愛がってくださいませ……と。

口にのぼせるも恥ずかしいことを言わされて、膝から力が抜け、その場にくずれそうになった。泣くもんか。パロの王女は思ったのだった。泣いてはいけない。この男はたしかに蛮族ではあるが、その中ではましなほうなのだし、彼らの文化ではこれが男らしさなのだ。彼はなんといっても、王なのだからとうぜん男らしくなくてはならない。だからといって、山賊の親玉にさらわれておかみさんにされるんではない。だから、泣いてはいけない！

夫はあの時、どうしたのだったか。なんと答えたのだったか。笑ってくれたのか。抱いてくれたのか。それとも、なにか、優しいことをいっただろうか。ああ、もう何も覚えていない。あまりに昔のことで。とうに通りすぎてきてしまったことで。

どうでもよくなってしまったことで。

ふたつの肖像とその間の夫婦交歓の図を眺めみつめているうちに、ネルラの汚れた頬を滂沱《ぼうだ》と流れおちるなみだが洗った。

すわいまだ、とばかりに、忠実な侍女が近づいてきてサッと手巾《しゅきん》を使ったが、赤い汁はかえってひろがって、恐ろしい怒りの形相の隈取りのようになってしまった。

ネルラは思っていた。いかに若死にしようとも、ヴーヴマンドは悲劇の王妃などではない。なんと幸福なひとだったことだろう！　と。

妬ましいヴーヴマンドの面影には、こころなしか自分と共通するものがある。姉のラーナに、あるいは、ラーナの息子アルド・ナリスのほうには、もっと似ているかもしれない。

ごまかしてはいけない。たしかに姉のほうが美しい。ヴーヴマンドのほうが美しい。きっとナリス王子も美貌であろう。それはいい。それはかまわない。それは喜んで認めよう。パロはすべてにおいて最高峰の場所なのだから。世界でいちばん美しいひとびとが集まっているのだ。

しかし……

しかし……！

リー、なんとやら。名を思い浮かべるも憎いあの妾《めかけ》、蛮族の女、馬くさい、泥くさい、草原の女。

（そりゃあ、たしかに彼女のほうが若いでしょうよ。男はみんな若い女が好きね。でも）

（あんな女が、わたしの日常を脅かすなんて……！）

（あんな女に、夫がこころを奪われるなんて……！）

王が複数の妾を得るなど、どこにでもあることであり、ひとがその歴史をはじめて以来、何度もくりかえされてきたことである。夫が、自分より若く美しい（が、下賤な）女に自分にはみせたことのないような笑顔をみせたり、なにかというといかにも仲むつまじげに寄り添って立ちたがったり、いかにもいやらしくその腰を抱いていたりするのを、たとえおりおり偶然目にしたところで、無視すればいいのだ。ことさらうろたえさわぐべきことではなく、嫉妬というほど強い感情を持つべきではなく、ただ、正妃としてきちんと遇されているかどうかをこそ問題にすべきであり、男の浮気などすぐになおるはしかのようなものとして余裕でやりすごすべきことであった。が、聖王家の王女の自尊心には、これらのことが、どうしても耐えられなかったのだ。

（わたしは、もう用済みなの）

（だったらいっそ離縁して、パロに帰らせてもらいたい。こんなところには、もう一日たりと居たくない）

（だが、そうはいかない。だって、だって……）

おかあさまぁ、と、声変わりしかけの声がして、ネルラは我にかえった。

隣の回廊で、息子スタックが楽しげに手を振っている。息子がいるのは、マハール湖面に露台のように突き出した部分で、びょうびょうと風が吹き、遮《さえぎ》るものもなく陽光があたっている。あまりの眩《まばゆ》さに、息子は影絵のようにしか見えない。しかしその日差し。ぎらぎらの日差し。息子の白磁の肌を見苦しい赤焼けにしてしまいかねない日差し！

「スタック！」

ネルラは悲鳴をあげ、花を踏みしだいてつっきった。

「なにをしているの、そんなところで。頭が焼けるでしょう、はやく日陰にはいって！ああ、誰かある。誰か日傘を！　冷たいカラム水のおしぼりを、はやく！」

「だいじょうぶだよ。こうしていると気持ちがいいんだ」

息子は大理石のテラスにじゅうたんを敷かせ、いくつものクッションを重ねて、ゆったりと横になっている。周囲には王太子付きの小姓や女官たちが控えて、芭蕉の葉で風をおくったり、冷たい飲み物をいつでもだせるように捧げ持っていたりする。

「だっておまえ。熱は？　咳は？　寝ていなくていいの？」

「寝ているじゃありませんか」スタックはくすりと笑った。「でももう平気。こうしてやすんでいたら、すっかり気分がよくなりました。……ねぇ、おかあさま。ちょっと舟遊びをしてはいけない？」

「舟？」

「ほら。あそこ。なかなか楽しそうだと思わない？」

指さす先、マハールの湖面に、幾艘かのボートがあった。競って漕いだり、釣りをしたり、ただぼんやりとたゆたっていたりする。

「舟！」ネルラが震えると、その頬肉もぶるぶるっと震えた。「冗談ではありません。あんなちいさな舟はかんたんに転覆するんですよ。水に投げ出されたら、おまえの心臓など、かんたんにとまってしまいます！」

「……たしかに、泳ぐのにはまだ水が冷たそうだけど」スタックはおっとりと手をのばして、係のものがさしだす干し果を手にとった。「じゃあ、もっとあったかくなったら、泳いでみてもいいの？」

「おお、スタック……スタック！」

母は両手を揉みしだいた。

「おまえはどうしてそう残酷なの。哀れな母を苦しめて楽しいのですか？」

「泳げないより、泳げるようになっておいたほうがいいと思うんだけれど」スタックは、喧嘩腰にならぬようあくまで穏やかに、苛立ちを笑みに隠してつぶやいた。「ねぇ、どうか、そんなに心配ばかりしないでください。僕はもうだいぶん大きくなったんだし、あんがい丈夫になりましたよ。スカールなんか、グル族の包で、あの一族のこどもたちといっしょに寝起きして、毎日お馬の稽古をして、世話もして、拳闘や剣術も習ってるそうですよ」

ほら、と、弟から届いたばかりの手紙をさしだしたが、母は、そんな恐ろしい汚らわしいものに触れるなんて冗談じゃないと言わんばかりの顔をして、サッと後退《あとじさ》った。

「ぼくも、一度、行ってみたいな。草原の、彼の家に」スタックは小さな声で言ってみたが、母は無視した。

「いつ、戻ってくるのあれは」

「わかりません」スタックはかぶりを振った。「楽しそうだから、まだまだ当分戻ってこないんじゃないかな」

いっそのこと二度と戻ってこなきゃいいんだわ、とネルラは思ったが、黙っていた。

腹は違えどふたりきりの兄弟である。反目よりは協調のほうがいい。他に適当な遊び相手のいない王宮のこどもとして育つ身としても。そもそも心根のやさしい息子の手前、あまり意地悪なふるまいをしてみせるわけにもいかなかった。

どんなにうとましく思っていても。憎い女の子であっても。

スカールには、一生スタックの右腕でいて欲しい。忠実な補佐になって欲しい。あくまで弟として、臣下として、けっして差し出がましくでしゃばらない範囲で。あれがもう少し成長して、話がわかるようになったなら、よくよく言ってきかせなくてはならない。半分蛮族の彼が、聖王家の血を引くわが息子の競争相手になど、しょせん、なりようはないのだと、思い知らせておかなくてはならない。おとなしく、聞いてくれればいいが。

（もし、どうしてもじゃまになるようなら……いっそ、毒でも……）

まだ考えたくないことの裳裾《もすそ》のほうが、ネルラの思考をかすめた。だが、いまのところ、スカールは、その母ほど不愉快で許しがたい存在ではない。なにせまだ幼い。病みがちのスタックのよい遊び相手であり、話し相手だ。あの子がいなければ、スタックはもっと孤独になってしまう。

ただ、あえて心配を言えば……スカールが、スタックに、なにかというと自慢していること。草原がどんなに素晴らしいところなのか、どこまでもまっすぐ馬で走るのが、どんなにすがすがしく気持ちいいことなのかを、さかんにまくしたてること。純粋で疑うことを知らないスタックが、羨ましさに瞳を煙らせて、いいなぁ、行きたいなぁ、やってみたいなぁ、というのをネルラもとおりすがりに耳にしたことがある。じゃ、次は、一緒に行こうよ。案内するし、馬も貸すよ。だいじょうぶ、にいさんだってすぐできるようになるって。ぜったい楽しいって！　おもしろいやつらに、紹介するし！

弟は、いかにも無邪気そうにいうのであったが。

（そうして、余計な憧れを抱かせて、不満を募らせて、草原に拉致《らち》するのか）

（そこでグルの誰かに暗殺させる？　馬から落として大怪我させる？　草原のどこかで行方不明にさせて、蠍でもけしかけて事故にみせかける？　まったく、冗談じゃないわ！　その手にのってなるものですか）

「さぁ、もうそろそろ、お城に戻りましょうか」ネルラは張りつけたような笑顔で息子を、というよりも、その取り巻きたちをうながした。「おまいりもすんだし……花もたくさん摘んだのよ！　王宮のおまえの部屋に、水盤をつくって浮かべましょうね」

「花なんかいりませんよ、お姫さまじゃあるまいし」

スタックはつぶやいたが、すなおに腰をあげた。思い込みの激しいこの母親に、面と向かって逆らえば騒動になるし、聞きたがらないことを納得させるのはまず無理だと、すでに思い知っている。

☆　☆　☆

ケイロニアに届ける駻馬百二十頭の準備がととのったのはそれからおよそ半年の後、

いよいよ出立となったのは、青の月のルアーの三日のことであった。この時もまた草原に来ていたスカールは、師範のギグと伯父のギレンと共に、行程の最初の二日分ほどを同行し、遊牧民のしごとの一端をかいま見る機会を得た。

馬たちは、統率力のある牝馬に騎乗したグル族のてだれの馬乗りたちの誘導にしたがって、整然と行軍した。よく統制がとれ、ゆるやかなひとかたまりになって動いた。三十頭がひとつの群れで、四つのまとまりが、おりおり後先の順番をいれかえた。大群で動くのは、そのほうが、かえって、小規模の夜盗などの類から、手をだされにくいからである。これとは別に先発組がおり、塩や穀物を各所で手配し、さまざまな情報を仕入れた。草を食めば生きていける馬といえども、長旅となれば、行く先々で生えているものだけでは健康をそこねるからである。このさきがけを別にすれば、基本的には町や人里には近づかずに進む。敵対している国や民、交流のない他部族の土地は避けて、遠回りをすることもある。

特になんということもなく過ぎて二日目の朝、スカールら三騎は、さらに北へ、もくもくと出発していく一行を見送った。百を越える足音、まいあがる砂。ぷりりとつややかな馬の尻で揺れている尾。

最後尾についたシン伯父が、鞭を持った腕をあげて、行ってくるよと合図をした。

「みごとなもんだ」ギグが言った。「まさにグルの誇りだ。サンカ族とか、カシン族やムラート族にみつからないといいんだけど」

「それは誰？」と、スカール。

「野蛮で残酷な、山賊みたいな連中だよ。泥棒したり、略奪したりして、草原のおとなしい種族をしょっちゅう悩ませてる」

「シン兄のことだ。むざむざやられるとは思わないけど……襲撃されれば、どうしてもせっかくの馬を損なう」とギレンも言った。「ケイロニアはずいぶん遠いからね……行程は長いんだし。何があるかわからない。そんなところまで、わざわざはるばる商売をしに行って戻ってこようというんだから、偉いよ。モスのご加護を祈ろう」

「ギレン、震えてる。怖いのか？」

「もちろん怖いとも。だって、地平線の、向こうの向こうのそのまた向こうの草原を越えて、知らないよその国までもいくんだよ」

「ふうん」スカールはそっけなく言いながら、遠ざかる馬群を眺め、目を細めた。「俺はちっともこわくなんかない。ケイロニアがどれほど遠いか知らないけれど、そこだって、ひとが住む国なのだろ？　誰かがいるんだ。俺に行けぬはずがない」

どこまでも、どこまでも、ただまっすぐに。

なにものにも妨げられることを潔しとせず、ただひたすら魂の求めるまま、遠くへ、もっと遠くへ。

ウィレンを越え、ケス河を渡り、はるかノスフェラスの砂漠のかなたへ……いまだかつて誰ひとりそこから還ってきたもののない場所、地図の描かれえぬ場所、魑魅魍魎《ちみもうりょう》たちや怪物たちしかいないところへすら……ただ、ここではないどこかへ、どこよりも遠いどこかへ、誰も見たことのないどこかへ。自ら進んで出かけて行きたがり、そして、やがて、「ヤーンの目なる星」を見て、戻ってくる……。

草原の黒き鷹の熾烈にして過酷な運命は、彼がまだところどころに抜け落ちきらぬ綿羽をくっつけた雛鳥であったこのころから、すでに決まっていたのかもしれぬ。

漆黒の瞳は、いま自分をおいてどこか自分の知らぬところへ出かけて旅立っていくものたちの姿を、食い入るように見つめ続けていた。ひたむきに。熱心に。激しい憧憬を、隠しもせず。

テ・ガリアの鞍に跨がって、いまはもうおのが皮膚のようになじんだ愛用の黒マントの端のすりきれたところを、ぱたぱたとなびかせながら。

草原には、きょうも風が吹いているのだった。

第三話　禍の風

縄ばしごは細く長く、ひどく揺れた。慣れぬものにはのぼりにくかった。焦りと怯えのせいもあって、ファタハは何度も足を滑らせた。

見張り櫓《やぐら》の上板に這い上がると、思いもかけぬほど冷たい風が髪をなぶり、吹き流した。陽光そのもののような黄金色のファタハの長い髪を。

若い姪《ファタハ》が来たのを知ると、ブズ叔父は無言で腕を伸ばす。

示す先を見ようとする。

逆光だった。ノルン海の照り返しがまぶしくて、どこを見ればよいのか、はじめわからなかった。やがて、海の手前の薄暗い森の際からもくもくと湧き出てくるものに気づいた。武装した男たちの隊列である。歩きのものが横一列に歩調をそろえ、ひとかたまりになってひたひたと押し寄せてくる。周囲には馬に跨がったものもいるようだ。兜《かぶと》や槍穂《やりほ》が朝まだきの光をきらきらと反射する。かなたの水面の漣《さざなみ》とそっくりに。

「ムラートだ」老人はかすれた声で言った。「とうとう来た。やつらのいわゆるサジタ、リオを奪いに」

ファタハは心臓を氷の手で握りつぶされたように思った。こらえかねた涙が、頰を滑り落ちる。

カウロス北方の辺境を根城とするムラートは荒くれた小部族だ。略奪と戦いに明け暮れ、野蛮で残虐で、男も女もみな醜悪で不潔だから、ファタハのドゥマ族はじめ、この広い草原のあちこちに暮らすたくさんの部族のほとんどから、『鳥の巣頭』『泥炭顔』『岩くれ』と、ばかにされ、避けられ、忌み嫌われている。

ムラートは風変わりな儀式を多々持っている。どうもヤヌス十二神よりさらに古い時代の多神教の名残りであるらしい。つまり彼らには文明の曙《あけぼの》がまだ訪れていない。ムラートは、まっとうな人間というより、ノスフェラスに住まうとされる伝説の獣人たるセムやラゴンに近いものなのではないかと囁《ささや》くものすらあるほどである。

ムラートが珍重する祭事のひとつが、神矢《サジタリオ》の射手の儀式である。天高く放てば必ず怨《おん》敵《てき》を貫き通し全滅させてくれるはずの神矢の射手は、半人半馬でなくてはならなかった。人馬一体、鞍上《あんじょう》人なく鞍下《あんか》に馬なしとは馬術のたくみを讃えることばだが、ムラートは、これを字義どおりに受け取ったのである。

サジタリオの日には、馬の首をひとの上半身とすげかえた神話めいた存在が、ほんとうに居なくてはならなかった。馬は何歳でもよく、また何色でもよく、ひとは男でも女でもどちらでもよい。ただし、弓矢がひけなくてはいけないし、若々しいほうが好まれたから、おおむね十代、せいぜい二十歳すぎぐらいまでの若者が犠牲となる。無理やりつなぎあわされるのだから、むろん馬もひとも生き延びられはしない。仮拵《かりこしら》えの半死半生の血まみれの贄《にえ》は、儀式の神矢をひとつ射させられれば、あとはいつ死んでもかまわない。祭りの間のみ、恭しく飾られ、あとは燃やされるやら食われるやら、誰も見て帰ってきたものがいないのだからわからない。

傍迷惑なことに、ムラートはこの神矢の射手の材料となる人馬に、美をもとめた。日照りやら、獲物の枯渇やら、病害やらがあると、より良いもの、尊いものを犠牲にしなくてはならぬと思い詰めた。美しいものは手近になかったので、余所から奪ってこなくてはならない。見つけられるうちで、もっとも希少な、できればたしかに神に近い存在であると信じることができるものを捧げんと、彼らは希求し、熱狂した。このあたり、あるいは、マハール近隣のグル・マオ族の天馬祭と遠く一脈のつながりはあったのかもしれない。グル・マオのひとびとによってモスに捧げるために育てられる月毛の馬は、翼こそなけれ、まさしく天馬と呼ぶにふさわしきものであったから。

かくて、ムラートが、神矢の射手を欲しがりはじめれば、近隣はみな肌栗立てずにはいられなかった。急ぎ包《パオ》を移して隠れるぐらいは当然のこと、定住地を諦めてどこへやら去っていく部族もあった。目をつけられることがないように、美しいものがわざと醜く装いつづけたり、よりつきづきしいものとしてよそのよく知らぬ誰かれのことを無責任に名指ししたりすらした。謀略、戦闘、小競り合い、裏切り、虐殺などなど、あざといことがらが数かぎりなく起こった。

モスの草原に住まうのは、今ではなかば定住している部族であっても、ほとんどの場合、その出自は遊牧民である。多くは馬を愛し馬とともに生きるものたちである。アルゴスに連なるものも、カウロスやトルースに朝貢するものも、どの国家にも与《くみ》しようとしないものであろうとも、他族の魂の平安のために、自分たちのたいせつな馬をすんで差し出すはずがない。もし、ムラートがもっと恐れられていたならば、馬や、射手の上体となるべき生贄の誰かを、籤《くじ》引きで選んで差し出すなどの方便を考えだしていたかもしれないのだが。

ひとりの、または一頭の贄だけがひそかに攫《さら》われるのならまだ良かった。射手狩りはそれ自体、祭りであったから、ムラートは隠れもしない。血気にはやって押し寄せてくる。数をたのみに、命がけで。こうなると、誇り高き草原の民としても、真っ向から迎え撃たぬわけにはいかなくなる。やられてなるかと悲壮な覚悟になる。ひとたびムラートにかかわれば、きのうまで穏やかで平和な日常を営んでいた小さな集落が一瞬にして変貌する。一族ことごとく倒れようとも、怨敵を討ち、悪しきものどもを殲滅《せんめつ》せんとて、無理にも戦いを挑み、結果、あっけなく蹂躙《じゅうりん》され、攻め滅ぼされ、焼きつくされて跡形もなくなった村も、ひとつやふたつではない。

せめてもの救いは、傍迷惑きわまりないこの残虐な祭りが十数年に一度しかなかったこと。

ファタハの不運は、その選りによっての災厄の年に、花の盛りを迎えてしまったことであった。

熊の体毛のようなちりちりと縮れて分厚く積もる髪をしたものしかおらぬムラートにとって、流れる黄金のような髪はそれだけでも喉から手が出るほど欲しい、神事にふさわしき美質である。ファタハが生まれ、このような希少な髪の持ち主であることが明らかになったころ、年かさの女たちは心配して言ったものである。あまりにも美しい髪だ、美しすぎる、短く刈っておくにかぎる、せめて布でいつも覆って隠しておけ、と。だが、ファタハ本人も、家族も、笑い飛ばしてしまったのである。ムラートなんて来るものか。ここらではずっと見かけたこともないし、ドゥマは、大ケイロニアのラサールなどを主たる顧客とするゆたかな穀倉地帯にして牧羊地だ。にぎやかな海辺と森林地帯の交点にあたり、たとえば、漁労者と、木挽《こび》き炭焼きを生業《なりわい》とするものたちの通商の場でもある。生活は彩りゆたかで安定しており、たくましい男たちも大勢いる。卑しき蛮族ごとき、恐れる必要はない、と。

　ファタハは十三歳、いまはまだあどけなさを残していたが、遠からずアムネリアの花のごとく咲き誇るに違いない派手な見かけの娘である。ドゥマの村民はみな、ブズ叔父――村を統べる大地主――の係累であるか、使用人か小作人で、血のつながりはともかく、暮らしの上では大きな大きな家族のようなものである。ファタハはその家族みなの自慢の人気者であった。親は、農耕のかたわら小さな商い宿を営んでおり、娘の美貌と愛嬌を巧みに商売に利用した。ひとめ見たら忘れられない顔だちと、猫のように驕慢《きょうまん》で物おじしない態度は、宿を賑《にぎ》わせた。魚や貝を運んでくるものたちも、材木を切り出してゆくものたちも、まだごく小さなおませでしかなかったころから、才走るファタハを若女将扱いして持ち上げ、贔屓《ひいき》し、面白がり、可愛がった。生まれてこのかた大勢にちやほやされて育ったのだから、おのが外見に愛着を、性格に強い自尊心を抱いてもしかたがなかったろう。

　よほど運が悪くなければ来るはずもない凶事のために自らを枉《ま》げておくことなどできなかった。わざと貶《おとし》め不細工に見せかけておくことなど、我慢ならなかった。つぼからあふれだした蜜のような黄金の髪を短く切っておくのも業腹《ごうはら》だったし、布やターバンにくるんで隠しておくなど悔しいではないか。もう少しおとなになったら、娘組仲間と連れ立って、アンテーヌの市場や、できれば噂に聞く大都会サイロンやパロにも行ってみたい、行って、そこでどんな運命に出あうか、自分にふさわしいどんな未来がやってくるかを見つけてみたいと思っていた。それには、じゅうぶん、美しくなくてはならぬ。恵まれた資質を損なってはならぬ。

ようするに、ファタハは恵まれてはいるもののごくありきたりの、平凡な、この世の恐ろしさになんの身構えもないおとめであった。

その結果が……

地を這う不吉な雲のように、次から次へと湧きだしてくる異国の恐ろしげな軍勢である。

どこで見られたか、いつ知られたか。あるいは、どこかの誰かが情報を売ったのかもしれない。災厄が自分のほうにふりかかってこないように……。

ファタハは見張り櫓の上で、つっぱった腕と腕の間に頭を垂れ、膝をつかんで泣いた。いま、自分がすすんで出ていけば、ドゥマは被害を被らずにすむのかもしれない。ひどい目にあうのは、自分ひとりですむ。しかし、自分は、どうなるか？　ことばもろくに通じないかもしれない不気味なやつらの塒《ねぐら》に、遠く連れ去られる。人馬《ひとうま》の姿にされる前になにがあるやらわからないが、きっと、痛い、恐ろしい、恥ずかしいことばかりなのに違いない。そうして、やがて、臍《へそ》から下をざっくり断たれ、馬の胴体に縫い合わされる。おそらく、全裸で、みせものになる。腹から下をなくしたら、ひとはどれだけ生きているのだろう？　ほどなく死ねるのだろうか？　それとも、ずいぶん長いこと、耐えなくてはならないのだろうか。

まだ、なにもしていない。人生はこれから。わたしは、若くて、きれいで、素敵な楽しいことはこれから幾らでも起こるはずなのだ。

生きていたい。

嫌悪と恐怖のあまりがちがちに強張った顔に煮えるような涙を滂沱《ぼうだ》と流しながら、ファタハは、生まれてはじめて、こんな外見でなければ良かったのにと思った。

ブズ叔父は無言でそんなファタハを見ていたが、やがて、ひくい声で、逃げろ、と言った。

「神矢の射手にされたくないのなら、はやく消えろ。時間を稼ぐから、どこか、遠くへ逃げのびろ。はやく行け」

「……で、でも……！」

「ドゥマは鬼畜に贄は出さぬ」ブズ叔父は不機嫌そうに……あるいは痛ましそうに……顔をそむけた。「おまえを売って安全を買えばドゥマは鬼畜以下になってしまう。そんな後生が悪いことはイヤだとみなが言う。おまえの父も母も、姉たちも兄たちも、それより戦うと言った。おまえを奪われぬためにこそ戦うのだから、誰が死んでも、おまえだけは、なんとしても助からなくてはならない」

「…………」

あふれだす熱い涙を、ファタハは腕でぬぐった。頭では、ちがう、だめだと思っていた。うなずいてはいけないと知っていた。みんなを戦わせてはいけない、村を災難にあわせてはいけない、ただ自分ひとりがおとなしく犠牲になればすむのだ。そのほうがいいのだ。だが、どうしても、どうしても、そう言うことができなかった。

「いま、いま、いっそ、ここから、飛び下りれば……」

しゃくりあげながら言うファタハに、老人は顔をしかめ、それから、少しだけ笑って、そっと頭を撫でてやった。

「神矢の射手は、少なくとも矢を射るまでは動かねばならぬ。どれほど求められておろうとも、潰れた死体では役にたつまい。かえって怒りを招くだけだ」

ファタハは黙った。

「生きろ」

老人はしゃがれ声でささやき、ファタハの頬を、乾いた大きな皺《しわ》深い手でくるんだ。

「全力で。それがわれらがおまえに望むただひとつのことだ。モスのめぐみがあらんことを」

食事を終え、休息のために、かんたんな布一枚敷いた仮寝の床に横たわっていたマグ

・シンは、ふと訝《いぶか》しい顔になって、身を起こした。そばで、バシンとルダが、やはり肘をついて起き上がっている。マリ・サンは、すばやく音もたてずに物見に出た。手近な樹木にするする這い上《のぼ》る技は、草原育ちには、もとからできるはずもない。この旅程で身につけたばかりのものだ。

日暮れだ。地面からはもう熱がだいぶ奪われた。伏していれば草や根かたはまだ見えるが、高い木々の梢はたがいに混ざり合った影絵となって空を切り取るばかりだ。星々は明るいものから順にまたたきはじめ、西の空は雲を紫紺《しこん》に茜《あかね》に染めながら、今日の日の最後のひとしずくを滴《したた》りおとそうという刻限である。

黄昏。鳥や小動物は急ぎ塒に戻り、肉食獣たちがそろそろ餌取りに出かけようと、目を開き、うっそり起き上がる頃合い。

馬たちは、その体軀の逞しさに反し、本来捕食者の側ではない。なんとはなし不安そうで、落ちつかなげである。

グルの男たちも、息を殺し、まず、自分たちの注意を喚起した気配の正体を見極めようとした。

族長マグ・ガンの次男シンとその仲間たちの、若駒百二十頭を率いての行軍は、そろそろ九割かたを果たそうとしているところである。先駆けて様子見をしてきたショーテとムス・グリムが、明日の夕刻には海が見えますよ、と、心躍る報せをもたらしてくれたばかりだ。そこらにドゥマ村という感じのよいところがあって、たいそう親切なひとびとがいたそうである。名高いグル族の軍馬を目にすることができるのを楽しみにしてくれているとかで、飼料や食料を気前よく安価に分けてもらった。おかげで、みな、ひさびさに、豪華なうまい糧《かて》にあずかった。

ノルン海沿岸に出れば、ほどなくケイロニア領にはいる。大事な商品の受け取り手である金犬騎士団は、三十騎ほどの小規模な出迎えをアンテーヌという小都市に滞在させて、連絡を待っているはずだ。きっと歓迎してくれるだろう。肩の荷もおりよう。

長く苦しい往路は、残りもう一旬《じゅん》を切った。安堵するにはまだ早いことはむろんみなわかっていたが、暗中模索の時期を乗り切り、終着点に近づいている喜びは感じずにいられない。

思えばハイナム北上は長かった。長すぎた。ダル湖やダネイン大湿原あたりまではまだしも土地勘があり、近在の知人や親しい他族の援助も受けられたのだが、これまではとんど縁のないガブール大密林の際にそろそろと踏み入ってから、いったい幾夜過ぎたろう。カラヴィアやカレニアの郊外に点在するごく小さな村に立ち寄って水や飼い葉をわけてもらってからというもの、ひとの気配はとんと絶えた。包《パオ》を張るものも、定住するものも、自由開拓民もこない地域にはいったのである。こうなると、ばったり出くわす可能性があるのは、変わり者の毛皮猟師や金鉱探し、夜盗山賊のたぐいか、何らかの理由があって他人目を避けているものたちのみである。北上するにつれ、しだいにみどりが豊かさ鮮やかさを失い、石くれだらけのごつごつと荒れて乾燥した部分が増えていくのと、人間の足跡を感じることが乏しくなっていくのが、ほとんど、同じことであった。

モスの大海もここらあたりまで来ると、草原と呼ぶも忌まわしい荒れ野である。みずみずしい草にはまったく乏しく、岩と苔とみすぼらしい低木ばかりの野原が、小砂利まじりに続く。そしてそれすらも、やがて、どこまでも暗い針葉樹の森に浸食され、飲み込まれていくのだ。ガブールの巨大樹林は行けども行けども果てしなく続く、入り組んで薄暗く、いつ何がとびだしてくるかもわからない森である。太陽が隠されてしまうので、すぐに方角もわからなくなる。不案内なものが迷わず突っ切るのはとうてい不可能であったから、シンたちは、遠回りでも、森の縁をたどって進むこととなった。影濃い場所に生える黴臭《かびくさ》い下ばえよりは、カサカサにしょぼくれた荒れ野の草のほうが、まだしも馬たちの好みにあう。

馬だけではない。グル族の男たちも、森には正直かなり辟易《へきえき》し、鬱屈《うっくつ》し、神経をまいらせた。誰も弱音ははかないが、そもそも、彼らにとっては、樹木がたくさん生えている、うんざりするほど立ち並んでいる、というだけでも相当に嫌気がさすことがらであった。草原のどこまでも広く明るい解放感が魂の基幹にある彼らにしてみれば、じめじめとした土やら苔やら、ひねこびた根っこがくねくね這い回って歩きづらいことやら、そしてなにより、空が蓋され、前後の視界が遮られ、光と陰がまだらになってものがよく見えないということが、落ち着かなくて不愉快でならない。

ことに不安がる若者たちには、シンは、樹木は、材になり、薪になり、暑さの時は木陰もつくってくれる、なんともありがたい財産なのだよ、と説いた。なにせ草原には樹木はほとんどない。オアシスに少々の林や灌木が繁ったり、ごくごくたまに、鳥の糞に種でもあったのか、茫漠とした草原のただなかにぽつんと何やらの若木が生えて、ひょろひょろっとたまさか育って、珍しがられるぐらいである。それもたいがい二、三年ももたずに枯れる。草原の保水力は樹木を長期養いえないのである。だが、地元でどんなに貴重でありがたい木であろうとも、こう大量にうんざりするほどあるのを見れば、ちっとも大切に思えない。

見なれぬものだからいやなのと、たくさんありすぎるからいやなのと、疲れているからいやなのが相乗して、迷妄がはじまる。すぐ目の前の樹木の陰になにかが隠れていはしないか、と、ふと思いつくと、たちまち首筋の毛がざわざわする。そもそも年経た樹木そのものの姿が、正直言って不気味である。およそ迷信や魔道のたぐいを信じぬ草原の民ではあったが、いかにもこの自分よりはるかに長い時を知っていそうな樹木の枝ぶりやらウロやらの、ある方向から見た感じが、苦悶するひとの姿のように見えてしまったりするのがたまらない。錯覚だ、気のせいだと自分に言い聞かせて振り払おうとするが、そういうのに、何度もあう。ふと気づくと、何十も、何百も、何千もあう。なにせ樹木は見渡すかぎりにあるからである。樹木どもは、みな、陰鬱に押し黙ってそこに埋まったまま、何十年もの時をただじっとしていやがる。しかも生きて。生き物が、生きながら、じっと立ったまま土に埋まっているというのは、草原の若者にはどうも耐えがたかった。そんなかたちの生命が存在するということが理解を越えていた。生きているからには、こいつらも、たまには自由に動きたくなるのではないか。実際、夜の真っ暗な中などでは、もぞもぞと呪縛を解いて動いているのではないか。闇の奥で光る目がこちらを見てニタリと笑ったりすることだってありそうではないか。

尽きせぬ迷妄はともあれ、森というものはそもそもどこまでも変化にとぼしい迷路のようで、同じところをずっとぐるぐる回らされているかのような徒労感が拭《ぬぐ》えない。どんな豪胆なものにとっても、この、どこまでいっても願わしいところに辿り着かない感じというのが堪《こた》える。苦役は、負担そのものが実際にはたいしてひどいものでなくとも、それが、永遠に無限に続くかに思えてくると途方もなく鬱陶《うっとう》しく厭《いや》なものになる。

茫漠とした景色に区別がつかないのは彼らの故郷である草原だって似たようなものだが、それはそれ、慣れかたがちがう。

草原であれば、進めば進むだけ、前方の丘は近くなり、いずれ越えることができる。

またすぐ、そっくりな次の丘が現われるとしても。

　彼らの馬も森に関して感じるところはほぼ同様であったから、ガブール大密林の踏破は、つまり、びくびくして不機嫌な馬たちをかき口説き宥《なだ》めすかしながらのものとなった。

　それでもマグ・シンは、選べる時にはいつも森側に踏み込んだ。樹林や灌木があれば、必要とあれば即座に散開して隠れることができ、たいせつな商売ものを守って戦う陣形をとることができるからである。不案内な土地で無防備な部分を進めば、悪しきたくらみをもって待ち受ける誰かの罠に陥るかもしれず、遭遇するかもしれない正体不明の何者かに、はやくから容易にこちらを発見させてしまう。

　それよりは……どんなに厭でも……森をたより、樹木のたすけをかり、木の間隠れに、進むほうがましだ、と、シンは判断したのである。

　風向きによってはレントの潮の香りがせぬこともない大草原でもかなり南に寄ったほうにある部族の本拠地から、はるか北方のケイロニアまで、良質の軍用馬百余頭を届けること——今回の任務は、部族の将来に大きく影響していくに違いないことがらであった。規模も大きく、はじめての経験で、戸惑いも多く、やや冒険的なのは否めない。だが、容易ならざることであるゆえにこそ、成功は、大いなる果実となる。良好な関係を保つべき顧客の信頼を得ることになるのももちろん、アルゴスにグル族あり、良馬のあしらい生産飼育そして輸送に関して、まさに信頼できる達人たちである、と、改めて広く内外に知らしめることとなろう。

馬事において、中原に比肩すべきものなし！

控えめで慎ましく辛抱強く、およそはしゃいでうわついたところのない、虚勢をはることも外聞を気にすることもないグル族にとっても、そのような称号や評判は、やはり嬉しい、面はゆい、みながひそかに心の支柱とすることができるものになろう。

シンの性格がまた、そのグルのうちでも、いたって慎重で、愚直というべきほどなものだった。ものごとを舐《な》めてかかって痛い目をみたり、功名にはやったり、いちかばちか賭けてみたりすることがとんとない。いぶかしいものがみつかれば、大事のために小さな何かを諦めることを、いささかも躊躇《ためら》わない。そんなシンがこれだけ大規模な、いわば山師めいた話に興味を覚え、なしとげようと決意したのだから、よくよくの熟慮と覚悟があった。いや、いかな慎重居士《こじ》のシンといえども、族長の自慢の息子のうちのひとりとして、なにがしか、おのれ固有の矜持《きょうじ》とすべきことをなしとげなければならない若さを、持っていたというべきか。

彼が選んでつれてきた部族の仲間はみな、そのシンに口答えひとつすることなく従うものたちであったから、一行は、とうぜんのこととしてこれまで、無謀を避け、冒険を慎み、それはしずしずと、進んできたのだった。どこぞの街道の無頼な盗賊団の輩など

が、もしも、彼らの話をきいたなら、お城育ちのお姫さまじゃあるまいし大の男がな

にをビクビクたらたらやってんだ、と呵々大笑《かかたいしょう》したかもしれない。誰に笑われようとて

気にするシンたちでないことは言うまでもないが。

　よって……

　彼らはみな、すぐに、いっせいに気づいたのだった。近くで、なにか、ふつうでない

ことがあったようだ、と。

（走っている）シンは地面に手をあててその振動を感じようとした。耳は、まだよく聞

こえない遠くの物音を計り知ろうとし、鼻孔は、吹く風の中になにかのしるしとなる匂

いを嗅ぎ取ろうとふくらんだ。

（馬ではない。徒《かち》だが、十人以上……二十人ぐらいか。それにしてもずいぶん獰猛《どうもう》な足

音だ。なんだろう。もう日が暮れようというこんなおりに……強盗なら夜明け前のこち

らが完全に寝入っている時を狙ってきそうなものだが。あるいは、ここらを縄張りにす

る狩人たちなのだろうか？　無断で侵入してきたと怒っているのだろうか）

　木に登って遠見をしてきたマリ・サンが、すべるようにしてシンのかたわらにより、

報告した。

「体格の良いものが十数名、槍らしきもの、弓らしきものを持っているようです。たい

まつはありません。夜目がきくのか……向こうが我等の焚き火に気づいて、とるものも

とりあえず見にくるのか」

「だろうな。あと何タルザン？」

「もっとも近いものが、おそらく、もう五タルザンもなく」

「そうか」

シンは立ち上がり、仮寝の臥所《ふしど》にしていた布をくるくると巻きながら、自分を注視する仲間たちを見まわし、おいおい、とわざと口元をゆるめ、むく犬めいた眉を下げて笑ってみせた。

「そんなに怖い顔をするな。肩のちからを抜け。初手から喧嘩腰になってどうする。あるいは、ここらを根城にしている猟師たちかもしれないよ。山鳥か猪でも買わないかという話なのかも」

「馬をどうしやしょう」警戒をとかぬまま、バスが低く言った。「遠ざけますか」

「土地勘は相手に圧倒的に分がある。妄動は避けよう」

男たちは目と目で合図しあい、そっと立ち位置を整えた。バスやバシンは闇にすべりこむように姿を消す。群れを統率する役割の牝馬《ひんば》たちを連れて、騸馬《せんば》の群れを落ち着かせに行ったのだろう。目的地まであと少しのところまでこうして無事に辿り着いたのに、せっかくの売り物を損なうのは最も避けるべきことだった。

やがて、がさごそと遠慮なく荒々しい足音をたて、剝きだしの短刀をわざと見せびらかすためのように蔦や茨を切り払いながら、見知らぬ男があらわれた。大柄で、いかつく、眉も髭も獣のように毛深い。単純な兜から分厚く黒い縮れ髪が、もしゃもしゃはみだしている。ずっと急ぎ足できたためか興奮のためかやや息があがっているが、炯々《けいけい》と光る目で、いったい誰をどう問い詰めようか迷っている。自信満々の、不遜といってもいいほどの態度である。力自慢、戦自慢だな、とシンは思った。

「こんばんは」

静かで穏やかな声で、笑顔を浮かべながら、シンは言った。

「長い長い旅をしてきたものです。この土地をこうして使わせていただいていますが、すぐに通りすぎます」

相手の苛立たしげな罵りめいたつぶやきは、グルム、あるいは、グラナム、と聞こえた。ハイナム北方に暮らす蛮族が、グル族をそう呼ぶことがあるのをシンは知っていた。

「はい。わたしたちは、グル族です。みなさまがたは？」

そのころまでに、毛深い男の脇や背後にどんどん似たような仲間が集っていた。闇も深まり、男たちのぎらぎらした目の白い部分ばかりが目立つ。彼らが増えると、むっとするような濃い体臭があたりに満ちた。掲げている槍穂のうちには、ごく最近のものと思われる血汚れをまだ拭ってもいないものがあった。シンは槌《つち》のように握りしめたくなる手を、わざとぶらんと垂らしたままにしておいた。敵対心をみせたら、その瞬間に戦闘になりかねない。

　さいぜんの問いかけには誰もこたえようとしなかったが、彼らはムラート族というものかもしれない、とシンは考えた。少なくとも、旨いものをわけてくれた海辺の感じの良い村の人間とは同じ種族ではないようであった。訝しいのは、こういうものたちが出没するなら、その危険性をなぜ彼らが知らせてくれなかったか、だ……。

「おんな、いない？」

集団はたがいにぶつぶつと小声でささやきかわしていたが、中の、追い付いてきたばかりのものが、唐突に、耳障りな声で叫んだのだった。

「おんな……ですか？」

シンはあくまで穏やかに尋ねかえしながら、内心、ほんの少しだけ気が楽になった。女性を連れて来ていたら寄越せということだったのかもしれない。それが彼らの狙いであるのなら、ここには獲物はないということになる。欲しいものがないことがわかれば、無駄な争いはせず、立ち去ってくれるだろう。一族の娘や妻をこの失敬で野獣同然の習俗しか持っていなさそうなものどもから命懸けで守らなくてはならなくなるのは正直いって、願い下げだった。

「いいえ、女性は帯同しておりません。われわれは男ばかりですよ」

すると毛深い男たちはいきりたって、口々にわめいた。

「おんな、にげた」

「われらのもの！」

「さしだせ！」

ガチガチと歯を鳴らしたり、足を踏みならしたりする。まことに堪《こら》え性《しょう》がない。

「ですが、女性はここには……」

シンが言いかけた時、誰もが凍り付いた。右手前方の森の奥から、いきなり、金属同士を素早く打ち合わせるやかましい音がしたのだ。誰か争っている。剣で剣を叩く音は、蛮族どもの警告音であろうか。毛深い男たちはたちまち憤激し、なにやら意味不明な怒号をあげながら、競うように走り出した。

こちらへの関心は失ってしまったらしい。シンはルダを見た。ルダは目を眇《すが》めて首を振った。馬たちは前方ではなくむしろ後方に束ねられてあるはずだ。おそらくあまり危険はない。なんの騒動か知らないが、巻きこまれずにすむのならそれに越したことはない……

「グリム家の兄弟が」マリ・サンが気づかわしげな声で囁いた。「あちらにおります。樹上から、はやく戻れと合図をしたのですが」

なんてこった、とシンは思った。どうする。分散するか。みなで戦うか。こころをきめる間もなく、わあっ、うわああっ、と騒ぐ声がし、地響きがした。森のあちこちで馬が走りだした。何頭も。何十頭も。この星月夜に？　足場の悪い森で？　シンは舌が痺れるのを感じた。だめだ。もう遅い。もう巻きこまれてしまった。馬たちに怪我をされるのがもっとも困る。どうやったらとめられる？　被害を最小にできる？　いちばんましな手はなんだろう。と。いきなり闇が突き出してきた。いやちがう、アルタだ。今回の旅でグルのよき伴侶たることをさらにいっそう示してくれた頼れる漆黒の牝馬が、野営地めがけて疾駆してき、進路にあたってしまった焚き火を軽く飛び越し、わずかな空間をたくみに使い切って旋回ぎみに停止する。

「シンさま！」

憤怒に全身を震わせた女戦士のようなアルタの鞍から素早く滑りおりたのは、グリム兄弟の兄のムス、ぼろぎれのようなものを抱えている。さし出されて受け取ろうとしてはじめて、シンはぼろぎれに中身があり重さがあるのを知った。落としかけたせいで布の一部がはがれ、きらきらしたものが垂れ落ちた。仔馬の尾かと思った。ちがう。髪だ。女の髪だ。娘らしい。震えている。

そうか。これが、きゃつらの探していたものか。

「バスは？　ショーテは無事か？」

「戦ってます」ムスは短く答えた。「ルセリが、敵のひとりふたりを噛み殺し踏み殺したので」

呆れてアルタを見ると、牝馬は、だってしょうがないじゃない、当然じゃないの！　とばかりにまつげの長い目を剝いて短く不快そうにいなないた。そうだ。われらも女連れであった。われらが馬なる女戦士は、あのむさ苦しいものたちに捕えられまいと必死に逃げてきた他族の少女に、おそらく最初に気がついたのだろう。牝馬は群れを統括する。弱者を守る。そういう習性なのである。助力を必要とする同性を、むざむざ見捨てるアルタやルセリではない。

シンは黒光りするアルタの首筋にぼろきれ娘を押し上げると、鞍に飛び乗った。鞘から短剣を抜き、高々とかかげる。

「全員騎乗！　駒馬はバス、バシン、デノンで守れ。残りは俺と来い。きゃつらを」シンは一瞬だけ、迷った。「殲滅せよ」

「ウラー！」

グルは散った。月も細く星が頼りの暗い夜、勝手のわからない森の中だ。互いにさっぱり見えないが、短く鳥の声めいた口笛を鳴き交わして合図とする。ほどなく準備はとのった。

シンが許すと、アルタは得たりと駆けだした。周囲一帯にたちまちどろどろと太鼓のような蹄《ひづめ》の轟きが満ちる。アルタは道を覚えている。妹分であるルセリの無事を案じていたのだろう。あっという間に辿り着き、苛烈な戦闘の真っ只中に割ってはいった。

足場が悪く、樹の幹が無数の盾となって立ちはだかっていた。音の世界はすぐ満杯になって意味を失う。視界と匂い、風と温度が目まぐるしく交錯する。敵がこめかみの血管をふくらませ嚙みつかんばかりの顔をして突進してくる。アルタのばかでかい蹄が高々とあがり、叩きつけられる。悪臭、血飛沫《ちしぶき》、熱い鼓動。馬のいななき、打ちあいの衝撃に痺れる腕。見つけた、いまだ、と思ったとたんに、木々の間にちょろちょろっとしゃがんで隠れる敵。ものかげから突き出される槍。重たげな剣だか槌だかをふりまわして、馬の足を横なぎにしようとしてくるもの。森の中には空き地が無数に点在する。おもにそこが戦場となった。互いに飛び出して剣を交え、また隠れる。

戦いにくい。

騎馬隊と騎馬隊がぶつかりあい弓矢を射かけあい切り結ぶ草原の豪壮ないくさとは、あまりに勝手がちがいすぎる。

だが、この何十日もの気を張り通しだった行軍が知らずしらずのうちにグルの男たちにも、森の中での立ち居振る舞いを身につけさせていたのだろう。同じことは馬たちにもいえた。アルタはことにみごとに戦っていた。大きな蹄をなによりの武器に、むくつけき蛮族どもを次々にためらいなく蹴り殺し、踏みつぶした。アルタの自信満々な態度を見てか、ほかの乗馬たちも落ち着いて頼もしかった。あるいは、彼らなりに、ずっとじめじめした森を黙々とのろのろと歩かせられて来てたまりにたまっていた精力や鬱憤をここぞとばかりに晴らしてでもいたかもしれない。

　巨大な牝馬が蹴りつけ噛み千切り狂奔する背の反撞《はんどう》を、シンは膝と脛《すね》を軽くしめながら半ば楽しんだ。それはある意味で、音楽に耳や身体を乗っ取らせるのにも似た快楽である。鞍前に落とせない余分の荷物があるから、シン自身は戦況をつかみながらもっぱら守勢にまわる心づもりであったが、馬の跳躍にあわせてひょいと何気なく手を伸ばしてみると、うまうまと敵の槍を奪いとることができた。高いところで槍をふりまわせば、無敵である。

　毛深い男たちは豪壮で勇猛果敢ではあったがあまり賢くはないようだ。互いの息をあわせ、かばい生かす知恵を働かそうとしない。個々で、思いつきで、いきあたりばったり気炎ばかりをあげている。こんなもの恐れるに足らぬ。また、彼らはグルのものほど優秀な馬とその乗り手を相手にしたことがあまりないようだ。馬とひとの息をあわせた攻撃に、ことに、高みからのそれには、いたって他愛がなかった。せっかく奪った槍を、誰かの背板を刺し貫いたせいで折ってしまったシンは、こんどは、鞭で掬《すく》うようにして矢筒を奪った。弓のほうはなかったから、一本ずつ、そばにきたものにグサリと刺した。

　敵はしだいに戦意を失いはじめたかに見えた。怒声をあげなくなったし、待ち伏せているものがいなくなった。まだ動ける敵どもが退散を試みる。木の間に這いつくばり影をつたって逃げようとする。鞭や長剣をたずさえたグルたちは、無言のままこれを追いつめ、次々に始末した。

勝負がつくまで、そう長くはかからなかった。叫びや恫喝《どうかつ》、剣戟《けんげき》が、ひとつひとつ静まってゆき、やがていつしか、くつわのこすれ、ひとと馬の激しい息づかい、そして、グル族同士の鳥の声のような短く聞き違いようのない合図ばかりになった。星明りの中で、自在に動いてあたりを警戒しているのは、馬とその背にあるものばかりになった。

シンは、ルセリに跨がったショーテにそっと馬を寄せて、ごくろうさん、とばかりにうなずいた。

「すんだかな」

「おそらく」

「すまんが、急ぎ、戦果と被害とを確認してくれ。群れの馬たちは無事かな。騒いでいないか」

「はい。骸《むくろ》はどうしましょう」

「できれば集めて弔《とむら》いたいが」

隠したい。なまじ怪我人を取りこぼしなどすれば、グル族が――彼らの所謂《いわゆる》グルムやグラナムが――こんなことをしたのだということが、はっきり伝えられてしまうかもしれない。彼らのようなものたちに、憎まれ、血の復讐を誓われてはたまらない。とはいえ、ちょっと注意深ければ、われらがたくさんの馬を連れた珍しい旅人であったことを悟られずにはおかぬだろう。足跡、馬糞など、証拠はとうていすべて片づけるわけにいかぬほどある。いずれ起こってしまうだろう噂話をたどれば、ケイロニアとグルの取引のことも知られずにはすまぬだろう。

あの失礼で暴力的な髭面どもが鳴きりす程度《トゥルカリル》の知能しか持ち合わせておらず、恨みなどあまりにたくさん持ちすぎて端から忘れてしまうものであることを、シンは祈った。

「もしもまだ生きている敵を見つけたら確実に仕留めてくれ。その後、即刻撤収。先を急ごう。ドゥマのひとびとにも、この件は、急ぎ伝えたほうが良いかもしれぬ」

「村は」胸元でちいさな声がした。「村は、たぶん、もう……」

シンは半ば忘れていた鞍前のぼろぬのを見下ろした。触れると、それは、びくりとした。そっと抱き起こしてみた。隙間をみつけてはだけると、ひどく消耗した娘がげっそりとうつろな顔を涙で濡らし、さかんに空えずきをしている。

「吐きたいか？」

ぶしつけな質問に、娘は驚いたようにひたとシンを見て、それから、疲れ果てたしぐさでかぶりを振った。

あんなものどもから、よく逃げのびたものだ。震えがとまらない。まだ半ば放心している。いくさのさなかには、むしろそのほうが良かっただろう。

「あんたドゥマのひとか」

こたえはなかった。むすめは唇を舐めた。痛そうに。

シンが、鞍脇から革の水いれを出して口にあてがってやると、ぶたれるとでも思ったかのように我が身をかばいかけたが、すぐすまなそうに、水をすすった。飲みはじめると、やがて、すっかり渇いていたことを思い出したように、勢いづいた。水いれを両手でひっ摑み、さかさまにたててがぶがぶと飲んだ。その欲望の強さ、生命の輝きは、あきらかに若さゆえのものだった。あまり急いで飲むな、と、シンは、言わなかった。若いものには手綱を引いたほうがいい時とそうでない時がある。ひとしきり飲むと、案の定むすめは激しく吐き、けいれんするほど吐いた。空になった水筒のかわりを別の鞍からとってわたすと、また、浴びるように飲んで、また吐いて泣いた。

すまんな、アルタ。シンは乗馬の首をたたいた。あとでちゃんときれいにしてやるから。

「……みんな……あたしのせい……」

汚れた顔に水と涙がぐしゃぐしゃに伝った。娘はぼろ覆いの端をつかって、乱暴に顔を拭いた。

シンの胸をつかんだのは、彼女の瞳か、表情か。あるいは、むすめに、かつての妹——リー・オウ——を彷彿《ほうふつ》させるところがあったからかもしれない。ただの人間であることを半ば越えてしまったものにしか宿らないなにかが。

夜陰に乗じ、一行は道を急いだ。朝まだきにもろくな休息もとらず、不平を鳴らす馬たちを急かしながら、じわじわ進みつづけた。それでもドゥマの見張り櫓の側にたどりついたのはようやく翌日の昼近くのことである。

――無残、であった。

目になにかが見えてくる以前に異臭がした。ひどい被害があり、大火のあったことを知らせていた。怯《おび》えて躊躇う馬たちをはげましてなんとか進むうち、崖に出た。見張り櫓だったらしい建造物が柱を半ばで叩き折られてひきたおされている。その土台となった積み石の上に立てば、多少の藪や樹木が視界の邪魔にはなったものの、ほぼ一望のもとにあたりが見渡せ、遠くノルン海のきらめきも確認できた。こんもりとした森と、美しく整えられた耕地や牧草地は無事だ。が、ついきのうまで、ドゥマの村であっただろう一帯は、燃え尽きようとしていた。

全部で、二百戸というところだろうか。包《パオ》ではない、家だ。赤っぽい石を丹念に積んで低めの塀というか通路をなし、斜面側に重なりあわせるようにしてちいさな建物をちまちまとくっつけあって並べてあったらしい。豊かな森林から材木の恵みを得たとしても、ああいった家を一軒かまえるまでには、ずいぶんと時間や手間がかかるだろう。包《パオ》で移動して季節の営地をうつり暮らすグルなどからは想像もつかぬほどたくさんの財産やら家財道具やらが、そこには蓄えられ、たいせつに詰め込まれていたのだろう。家族の希望や睦《むつ》まじい暮らしの守りであり容《い》れものであっただろうその可愛らしくせせこましい材木積みの家々の大半は、無慈悲に無造作に破壊されていた。無事に残っているものはほとんど見当たらない。半壊の屋根から、すっかり黒こげになった焼け棒杭《ぼっくい》から、いがらっぽい煙や熱気がいまだぶすぶすとたちのぼっているところもある。まだちろちろと赤い舌をみせて燃えつづけているところも何ヵ所かあり、黒煙のあがる窓のひとつには矢の刺さったままのひとがうなだれている。ほどなく炎に飲み込まれるだろう。建物と建物の間にも、敵か味方か、動かない黒い塊がいくつも数えられた。ここからでは遠すぎてさいわい細部がわからないが、おそらく襲撃と血みどろの戦闘は、同時多発的にいっせいにあちこちで起こったのだろう。

吹き抜ける風の唸りは、激しい暴力にさらされたひとびとの苦悶の悲鳴のようだった。こうまでひどく蹂躙された場所にとっては、すべてを清浄な灰にかえて平らかに均《なら》してくれる炎は、むしろ清めの、鎮魂の、それとすらいえるかもしれない。

海風の吹きあげる岩まじりの牧草地の一角に、薄汚れた羊たちが怯えてひとかたまりになってもぞもぞ当惑しているのが、いかにも哀れであった。並の山賊なら、価値のある家畜たちを見逃しはすまい。襲撃が、ふつうの略奪を目的としたものでなかったことのなによりの証拠である。

狂気だ、とシンは思った。我を忘れ、奇妙な目的と、怒りと血に飢え狂ったものたち同士のぶつかりあいだ。嵐や飛蝗《ひこう》の大群や、伝染病に襲われたというのならまだ諦めもつく。じっくり落ち着いて話せば妥協点をみつけることだってできるかもしれないもの同士が、問答無用で武器を打ち合わすのは、なんと悲しいことだろう。憎悪や恐怖がひとたび弾み車をまわしはじめれば、諍《いさか》いは長引き、そう簡単には止まらない。

万事に抜け目ないショーテと身軽なグリム兄弟に早駆けさせ、村に入らせた。先に彼らが立ち寄った時にたいそう親切にしてくれたというひとびとが、ひとりでも多く無事に見つかることを祈った。生き残っている者があるなら、できれば手助けをしたいし、閉じ込められているひと、怪我をして動けなくなっているひとなどがいないかどうか、早急に探す必要がある。

が、油断はできない。どれほどの敵がやってきて去ったか、残党がいまどこにひそんでいるのか、なにもわからない。

それに……できれば、ほんとうは、あまり関わり合いになるべきではないのだ、とシンは思う。ここまでの経緯はしかたがなかったが、これ以上、自らすすんで巻きこまれるべきではない。これは、あくまでもドゥマ村と襲撃者との間の問題であって、グルのそれではない。我々はたんに偶然、悪いときにとおりかかっただけ、若い娘に助けをもとめられて思わず情けをかけずにいられなかっただけなのだ……だが、あのいかにも他人の言い分をきく耳をもっていなさそうな連中が、正しくそう受け取ってくれるだろうか。

百を越える大事な馬をそろそろと牧草地にむけて導きおろす道すがら、ファタハと名乗った娘の重い口から、おおよその事情を聞きとった。騎乗に慣れず、くだり道は怖く思うようなので、二人乗りのままである。アルタにとって、鞍上の重みが小柄な娘ひとり分増えたところで、どうということはない。

きゃつらは、やはり、ムラートと呼ばれる種族のものたちであるらしい。すべては蛮族の奇妙な祭りとおぞましい趣向のせいだということは理解したが、よくわからないのがムラートとドゥマの関係だ。長年いがみあいがあったのか、と尋ねると、そんなことはないという。自分たちはムラートのことは一応知っていたが、沼地か洞窟かなにかに住む、愚かで不潔な連中だとしか思っていなかった。関わり合いを持つことなどなく、実際の彼らの姿を目にしたのも、自分など、これが生まれてはじめてだった、とファタハは言った。

よくこどもに聞かせるおとぎ話の魔物のようなものかと思っていた。言うことをきかないとあれが来るよ、というための、なかば、空想の存在だと。しかし、想像していたよりもずっと、敵は恐ろしかった。数が多く、現実的で、執念深かった。

「あたしが、あきらめて、犠牲になっていれば」消え入りそうな声でファタハは言い、肩を震わせた。「いやがったりしちゃ、我《わ》が儘《まま》だって……あたしひとりのせいで村じゅうがひどい目にあったら、あんまり申し訳ないって、思ってたけど、でも、……まさか、……ここまで……こんなことになるなんて！　たとえ戦いになっても、ドゥマだって強い。かんたんに追い払えると思ってた。ムラートなんて、きっと、すぐあきらめて余所に行ってしまってくれると。誰か、ひとりふたり、怪我ぐらいするかもしれないけど、それですむはずって……まさか……まさか、こんな……ここまで酷いことに！……だって、だって、つい昨日まで、想像もしなかった。楽しく笑ってた。こんな日がくるかもしれないなんて、思ってみたこともなかった」

「余所に追いやっていたら、その余所でまた誰かが困ったろう」

　シンがつぶやくと、ファタハはなにか言い返したそうに激した目をして振り向き、ひびわれがやっと塞がった唇をひらきかけてまた血をにじませた。シンはしばらく待ってやったが、ファタハは、実際には何も口にせぬまましぼむように吐息を洩らし、しょんぼりともとの姿勢にもどった。そうしていると、いかにも肩が細く、背中が薄い。まだ幼い。彼女はいったい何歳なんだろう、とシンは考えた。

　一行は牧草地に達した。馬たちはおずおずと草をはみはじめた。空腹を満たすことで、せめてなんとか気を落ち着けようとしているかのように。周囲から丸見えである。もし残党が隠れているならば、いつ襲われても不思議はない。シンたちは、手分けしてあくまで油断なくあたりを歩き回り、見張りつづけた。

やがてショーテが戻ってきた。その顔つきを見て、シンは、ファタハをいったんマリ・サンにあずけようとした。彼女の耳に入れれば、後々悪夢の種となってしまうだろう話がなされるに違いないと思ったから。

「聞きたい」ファタハは言った。「いっしょに、聞かせて」

「後悔するぞ」

「あたしのせいだもの。せめて、聞きたい」

ショーテは、どうします？　というようにシンを見た。シンは、諦めた。

ショーテの報告は淡々と事実をあげるだけのものだったが、聞いているうちにファタハの目のまわりのどす黒い隈がますます濃くなっていくようだった。彼女は一度くらりと揺れ、そのまま馬から落ちるかに見えたが、シンに抱き留められたところでなんとか失神からさめ、立て直した。肩を強張らせ、硬直した姿勢ながら、ともかく、じっと聞いた。口をはさむこともなく。もう嗚咽《おえつ》することも、涙を流すこともなく。

話がまだ途中のうちに、警戒の鳥笛が鋭く飛んだ。新たな敵か、と急ぎ馬群を寄せて陣形を取り直しはじめているところへ、ルダが駆けてきた。

「蛮族ではありません。きちんと名乗りの旗を立てた騎馬隊です。わたしには見分けがつきませんが、たぶん、ケイロニア軍ではないでしょうか」

やがて整然と威圧的に隊列を組んであらわれたのは、見るからに訓練の行き届いた様子の五十騎ほどである。盛んにあがった黒煙に騒乱の気配を察して、様子見と鎮圧に駆けつけてきたらしい。

シンは仲間たちをその場にじっと待機させたまま、ファタハをショーテに預け、ただ一騎、彼らの進路の真ん前に進み出た。両手をゆっくりと差し出し、なんの武器も握っていないことを示しながら。勇みたたず、なんの恐れ気もなく。たとえもしも丸腰であったとしても――実際には、腰には三日月型の刀を携え、鞍や頭絡《とうらく》のあちこちに投刀や投げ矢が油断なく隠してあったが――女戦士アルタに騎乗している限り、ほとんどの敵は、確かにまったく恐れる必要がなかった。

突然の異国の男の出現に一瞬面食らった様子だったが、相手も、すぐに応じた。旗持ちのすぐ横にいた兜に一番立派な赤い房飾りをつけたたくましい男が進み出てきて、ラサールのムスタと名乗った。ショーテの読みのとおり、彼らはケイロニアの駐屯軍で、ヴォルフ城というところを根拠地に、国境を含むこの地域を守備しているものたちであるらしい。旗や、盾、剣などに、なるほど立派な紋章がある。向こうにとっては、シンたちの連れている多数の馬たちが、何よりの身元保証であったろう。

シンとムスタは互いの騎馬を間近に交差させて目と目をのぞきこみあい、挨拶を交わした。短い相談の後、いまはかの無頼な襲撃者どもを警戒する必要は薄いだろうと意見が一致、部下たちにも、物見を残して順に休憩をとるよう命じた。

ドゥマの村はずれに清澄なせせらぎがあった。丸太を並べて腰掛けにしてあり、さやかな緑に鈴なりの花穂をつけた大柳が居心地のよい木陰を成している。ここには爽《さわ》やかな風が流れ、えもいわれぬほど心地よい水音がした。さいわい惨劇の痕跡も目にはいらぬ方角で、いがらっぽい匂いもとどかない。ムスタは携えてきた道具で素早く湯を沸かし、茶を点《た》ててくれた。シンもとっておきの馬乳酒《クミス》を差し出した。

ムスタの言うことには、ここに辿り着くまでに、総計百人ほどのムラートどもに遭遇してたびたび戦闘になり、これを蹴散らし、また数十人ほどのドゥマの村人を――おもに年輩の女とこどもたちだったそうだが――無事保護したそうだ。シンの名乗りには当初当惑を隠さなかったが、金犬騎士団からの発注の事情を説明すると、あいや、なるほど、そういうことですか、と、納得がいってたちまち相好をくずした。

「それはまことに労《いた》わしい」

尚武をもって鳴る大国の軍人で、小なりとはいえひとつの部隊を束ねる役割を任された男であるにもかかわらず、ムスタは、いたって、気さくで、剽悍《ひょうかん》な人物であった。

「金犬騎士団といえば、申すも口幅《くちはば》ったいことながら、皇帝陛下のお側仕えをも任じられる栄えある大役、その栄誉を担うのは十二神将騎士団のうちでも粒選りに選って集めたまことの精鋭ばかりです。小生のような出世に縁のない田舎の小物からは、同僚同輩というよりは、むしろ、はるかに仰ぎ見る星のようなものですが、身内は身内。身内のためにご足労いただいたかたがたを、思わぬ災難におあわせしてしまって、面目次第もございません。しかし……そうですか、金犬騎士団が、草原のかたがたに、そのような提案をねぇ！　さすが金満太っ腹……いや……なんとも、面白いことを考えつきますなあ！　なるほどそういうことでしたか。確かに、連れていらした馬たちは、さきほど遠目ながら拝察するに、どれもいかにも歴然と美しく性の良さげな馬ばかりでした。小生など、あやうく涎をたらしそうになった具合。あのような軍馬を得べくんば、確かにますます金犬騎士団の威光も、戦の練度もあがりましょう。まったく羨ましいことこの上もありませんが……それにしても、ご在地からここまでは、たいそう、遠うございましょうに！　遠路はるばるここまで連れてこられるのに、いったい何日、いや、何十日かかりましたろう。それも、そのような少数で！　さぞかし、さぞかし、難儀な道中であられましたでしょうに、よくぞ、ご無事で。いやはや、グル族のかたがたというのは、こう申してはなんですが、まことにみなさま精悍で、伊達で、男前で……小生などの目から見ればまるで異国の、魔道師のようです！　おっと。……いやいや、すまぬ、これは誤解なさってくださるな！　けっしてけっして、腐《くさ》して揶揄《やゆ》して申すのではなく、ほんとうに感心のあまりうっかり口が滑りました」

「それほどでもありません」

シンは苦笑まじりに、ようやく口をはさんだ。

見た目には軍人というよりマハールの高級居酒屋の親父にでも居そうな愛嬌あふれる丸顔で、芝居人形のようにおおげさに目玉をまわしていちいちゆたかな表情をつくりながら実に滑らかによくしゃべる相手であるが、背筋骨柄はどっしりと胆力のある様子で、本人が遜《へりくだ》って言うほどには出世からはずれた田舎者とも思われぬ。また、包《パオ》ではなく石の町に住むある程度地位を持った男は、たいがい遊牧の民を……まして戦士というよりむしろ商人として行動しているものを……自らより明らかに価値の低い、蔑《さげす》んでよいものと見なしたがることが少なくないものだが、この男にはいっこうにその気配がない。存外尻腰《しっこし》のある、聡《さと》い男なのだろう。覇気にあふれた部下たちの様子、てきぱきとよく鍛練の行き届いた行いやふるまいをみてもそれがわかった。ケイロニアの軍人がみなこうだとするならば、舐めてかかってはいけないなとシンは思った。

「これよりは我等がご同道つかまつりましょう」ムスタは言い、とっさに固辞しようとするシンの気配を察して、いやいや、どうか、これは遠慮などけっしてしてくださるな、とさらに重ねた。

「偶然のこととはいいながら、こうしていったん相まみえながら、うっかりお別れし、お守りしそこなっては我等の名折れです。ヴォルフ守備隊の名誉にかかわる。失敗すれば間違いなく叱責されてしまいます。お約束のあるというアンテーヌまで、どうかどうか、いまよりしばし、みなさまがたを護衛させてくださいませ。いやいや、その必要がないことはもちろんじゅうじゅう承知しております。みなさまがたを侮《あなど》って言うのではなく、ただ、どうでもそうしていただきたく、伏してお願い奉ります。どうか、みなさまがたの御ためではなく、申し訳ありませんがむしろこれは我等の我がためだということをご理解いただきたい。なにせ考えてみてくださりませ、さようにいたせば、我等としては、仰ぎ見ることのみ多かりきかの金犬騎士団にたっぷり恩を売ってやれますし、わずかの旅路の間のみとはいいながら、一生目にすることができなかったかもしれないグル族の名馬たち、あるいは、馬術の名家たちの生の技術をおそばでとくと拝謁する貴重な機会を得、栄誉にも浴するのでございますからね。まったく、ずんと得にこそなれ、損になることは、ない、いっさいない、いやほんとに微塵もない、もういっさいないのでございます」

「そうまでおっしゃるならば」

シンがしかたなく肯《うべな》うと、ムスタはすっかり大喜びであった。

休憩を経、ケイロニア軍を加えた一行はアンテーヌに向け、進みだすこととなった。ヴォルフ城守備隊の何割かはドゥマ村の始末に残り、何割か斥候《せっこう》に散った。あとは、案内をしたり、馬群をまとめるグル族をその脇やら背後から護衛するというかたちである。ものものしいことこの上もなくて、シンはなにやら少し面はゆい気持ちがした。

ファタハは、ショーテと二人乗りのままである。保護された村人たちのところには行きたがらない。

しばらく行くと、ムスタが馬を並べ寄せて来た。

「あいにくです。どこにも居りません。ムラートどもを、見失いました」周囲を探索したものたちから報告があったのか、苦々しげに言う。「まったく、鳴きりすと針ねずみ《チクトルク》を厭らしく掛け合わせたような奴原《やつばら》で……時としてどこからともなく蝟集《いしゅう》して唖然とするほどの群れをなすのに、ちょっとすると、広範囲に散逸してそれぞれの塒に潜ってしまうらしいのです。あれには、我々も、困り果てています」

「群れをほどいたということは、神矢の射手を、もう得たのでしょうか」シンは尋ねた。

「願わしかったドゥマ村の少女を得るのは、もうあきらめたのでしょうか。予定の刻限に間に合わなくては大事な祭りができないことになります。二番めに思いさだめていたものででも、間に合わせたのでしょうか」

「そうかもしれません」ムスタは人好きのする顔をこどものようにしかめた。「あるいは、喫緊《きっきん》のことになって、どこか手近なところで手をうつことにしたのやも。……いや、わかりませんわかりません。あんな小鬼どもの考えなど、わかりたくもありません！」ぶるぶるぶる、とムスタは頭を振ってみせた。

「サジタリオを求める祭りは十数年ごとにあるとか」と、シン。「いつも恐れているには間隔が遠すぎ、忘れ果てるには近すぎますね。……犠牲となるひとや場所がそのたびごとに遠く隔たっているならなおのこと、関係ないと考えたがるのも……我がところには来るまい、自分にはあてはまるまいと、思ってしまうのも無理ないかもしれません」

「ひとは信じたいものを信じますから」ケイロニアの軍人はくちびるを突き出すようにしてだだっ子のような顔をした。「小生は、たいがいの場合は、楽観主義のほうを悲観よりも好むところでございますが、いずれ迫り来るかもしれない危険に関しての庶民のまるでわざと鈍麻たらんと欲しているかのごとく自らを怠惰に流してやまぬことには時おり、いささか苛立たしい思いがいたしますよ。恐ろしいものは、誰かがなんとかしてくれる、見ないでおればいまに通りすぎるはずと安易に願うのは、頭を巣穴につっこんで尻を振っている鳴きりすも同然ではないでしょうか。狐《ブルペ》に齧《かじ》られてあたりまえだ。……この前の祭りの折には、パロの、サラミスのほうで、誰か人さらいにあったそうです。あくまで噂ですが……こんどのそれが、我が国のどこかで、たとえばサイロンで、ないとは誰にも言えなかった」

ムスタは、ふう、とため息をついた。

「ドゥマのひとびとには、まことに、すまないことをいたしました」

ムラートは狙い先を間違えたのだ、とムスタは言った。石の町では、ひとがひとりふたり突然に消えてしまってもどうということはない。近所に住むものが互いに毎日かかわりあっているとは限らないし、その内実も、よく知っているとはかぎらない。ちいさな村ではそうではない。「小生がムラートであったなら」とムスタは言った。「なるべく大きな町の人間をこそ狙うでしょう。だが、きっと、やつらは町が嫌いなのでしょう。入りこみにくいのでしょう」

神矢の射手は見つかるうちでもっとも尊いものでなくてはならないとファタハが言っていたことを、シンは思いだした。

『尊いもの』――その言葉は、まさに彼女自身に当てはまった。

愛らしい顔だち。黄金の髪。こんな女がほんとうにいるのだ、と、あっけにとられてしまうよう。

ひとたび目にしてしまったからには、二度と忘れることはできない。ぜひとも欲しいと思われるのは、まったく無理からぬことだ。

戦った時にはもちろんなんらためらいなく殺したし、好きだと思えるような連中ではない。だが、ムラートにはムラートの生き方がある。長く続いてきた信仰がある。傍目に、野蛮だとか納得がいかぬとか裁いたり口出ししたりするのはどうなのだろう。狼は草を食んでは生きられぬ。

彼らは、今年、サジタリオを、できたのだろうか。そうではないのだろうか。

どっちであって欲しいと自分が考えているのか、シンにはよくわからなかった。石の町に住まうひとびとよりも、ムラートのほうが、少し自分に近いものであるように感じているのだった。たとえば、好きになれない親戚のように。

もし、今年、祭りを予定通りに行えなかったとしたら……欠けた神事のせいで禍事《まがごと》が……日照りや、飢えや、病に苦しんだら……彼らはそれを我等のせいだと思うのではないだろうか。

厭な予感がした。

グルは、ムラートから、血の復讐を誓われたかもしれない。干渉してはならないことに余所から首をつっこんだことに対して。彼らの求めた神である娘を、ひと扱いして庇《かば》ってしまったことに関して。彼らは、俺を、我等を、恨むのではないか。たとえば、このケイロニアの軍人のような地域の安全を守ることを職務として遂行するものに対してはけっして抱くことのない、直接的な憎悪や煩悶を感じるのではないだろうか。

なまじ遊牧の民同士であるゆえに。町でなく、草原に住むものゆえに。馬と、ひとと、強くかかわることを知るもの同士であるゆえに。

いまはどこへともなく散って隠れたというムラートがやがて力を蓄えておおきな黒いかたまりになって草原に押し寄せてくる禍々しい幻を、シンは見たような気がした。彼らと我等の間に、本格的な戦が起こるかもしれない。だとしたら、父やソン兄にはほんとうにすまないことになってしまった、とシンは思う。

「あの娘にもすまないことをしました」

ムスタが言う。

「ずいぶん怖い思いをさせた。しかも、あんなに小さいのに、友達や家族を多く失った。それを、自分のせいだと考えているようだ。彼女はこの後、小生が後見しようと思います。ラサールの我が家は貧乏でいたって質朴な暮らしぶりですが、妻も肝の据わった女ですし、娘のひとりふたり増えたところでたいして動転もしますまい。あれだけの器量だ、やがてはどこぞによい縁談でも見つけて……」

「いえ」

ファタハにその件についてまだ何も尋ねるにも、まして同意を得るにも至っていなかったが、シンは、とっさに、思い切って言った。

「あの娘は俺が――わたしが娶《めと》ります。草原の、わたしの包《パオ》に、連れ帰ります」

「御身《おんみ》が？」

あっけにとられたように問い返されて、確信が増した。

「神になるはずであったあれを、わたしが、ただの女にした」

朝に、夕に、いつも唱えるモスの詠唱が、ふと、耳の奥に蘇った。陽がのぼり沈むごとく、草原にいつも風が吹くごとく、さだめはしかるべき時におとずれ、逆らうすべはない。

「だからわたしが連れて帰りましょう。あれはわたしに子をくれるでしょう。わたしはすべてに報いましょう。してしまったことと、しなかったことと、これからするだろう、ことのすべてに」

☆　☆　☆

陽は昇り、また沈む。

大いなる永遠の内にあるモスの草原に、季節は巡る。それから五つの冬と夏を越え、いまひとたび春のやってきたある日のアルゴスの首都マハール――。陽王います白亜宮から民家や商家のごちゃごちゃと立ち並ぶ小さな谷を越えた先に、陽光に照り映えてことにまばゆい丘があった。ブードの丘と呼ばれ、草原から吹く風のよく通るここは、富豪や貴顕の好んで住まう地として知られていた。この地方特有のふっくらと丸みを帯びた屋根を持つ優美な邸宅の数々は、すべてが大理石でないとしても白玉髄や御影石《みかげいし》からできており、家々を繋ぐ壁や階段もたんぱく石や月長石をふんだんに飾った漆喰である。石畳には珪砂をしきつめ、ごく細い路地すら砕いた貝殻を突き固めてある。よって、丘がひとつまるごとさえざえと白い。対岸にある白亜宮と、まさに、対をなすように白い。

その白い丘の一角、白馬の勇み立つ姿をした噴水のある小公園に、時ならぬ人垣ができていた。ごく近隣に住まう貴婦人の館で、華やかな催し物がついさっきおひらきになったところである。彼女は王妃ヴァル・ネルラがこの地に嫁いでくる時にパロから伴われて来た随員であり、長年の盟友であり、腹心であった。四十歳になるのを記念して受勲し、顕彰された。この日感謝の午餐《ごさん》がささやかに設けられ、王妃自身やその息子である王太子スタックも含め、大勢のやんごとないひとびとが招待されたのであった。王家の馬車は重厚長大で、けっして貧しいものではないが壮大とはいえない住宅の玄関口にはとうてい寄せることができなかったため、環状の道路を持つ近場の公園に置かれることとなった。

安全のためには誉められたことでなかったが、誇らしい噂は洩《も》れるもの。出入りの商人や小間使いらの悪意のないおしゃべりによって、今日の催しの件はもともと、あたりじゅうに知れ渡っている。そうでなくても馬車から会場までは、仰々しく赤絨毯が敷きつめられ、両側を金色の綱で人止めしてあるのである。綱のところどころには衛士たちが立って、せっかくの絨毯を汚すなど不埒な真似をするものがないよう見張っている。当然のことながら、道筋やそばの家々の窓や塀や屋根やらには、物見高い見物人がこぼれおちんばかりであった。

浮かれてざわついていたそのひとびとが、ふと誰からともなく黙る。

しゃあん、しゃあん、と、鈴が鳴った。香が撒《ま》かれた。

黄金色の箱馬車の扉がぱたりとひらき、お仕着せ姿の美童小姓があらわれた。美童は素早く跪《ひざまず》いて、汚れてもいないあたりを小箒《こぼうき》で払った。鈴の音がゆっくりと近づいてくる。息をのむひとびとの向こうのほうから、どよめきが波になって寄せてくる。やがて、衛士たちに左右を守られながら歩いてきたのはスタック王子であった。十七歳、白地に金のトーガに透ける肩布をふわりとまとった略式礼装がよく似合う、すらりと細身の、この国の人間にしては色白の、王権の継承者にしてはずいぶんと穏やかで控えめな風情の若者である。衆人のらんらんたる凝視を浴びて、少々表情を強張らせ頬を赤らめながらも、指輪だらけの手をちょっとあげたり、微笑のまねごとをしてみせるなど、なかなかに謙虚で律儀なふるまいをした。見物の中には服の裾にでもさわろうと思わず手を伸べて衛士に軽くピシリと鞭打たれるものもあり、娘たちの何人かは、ああ、王子さま、太子さま！　と、感極まって失神した。

と。

「……あに！」

唐突に、居並ぶひとびとの肩や背を無理やりの速度と力ずくで乗り越えて、黒い大きな鳥のようなものがまろびでた。大柄な男の背中を巧みに踏み切り台にして空中に飛び上がり、漆黒の革衣をばさりと翻《ひるがえ》したかと思うと、猫がするように音もなく降り立った。くだんの立派な赤絨毯の上に。馬車とスタックの間に。少々埃がまい、あたりの何人かがコホコホと咳をした。踏まれた男の背には靴痕がくっきりだ。美童小姓は眉をしかめ、さっそく幟を掲げて突進せんとした。

くせものだ、であえ、お守りしろ、とばかりに、衛士たちが大慌てで呼ぶ子を吹き、仲間を集め、及び腰になりながら剣を抜き放ち、王子のまわりに密集して陣形を整えようとするのに、

「ああ、ああ、いいよ。なんでもない」スタックは、うんざりしたように言った。「あれはスカールだ。うちの弟だ」

あたり一面にどよめきが走った。

「ひさしいな、あに！」スカールは衆目の関心になどいっさいの注意をはらおうともせず、他意のない笑顔でスタックの肩を叩いた。「今日ここに来られる由、聞きおよんだものだから、ちょっと待ってみた。会えて良かった」

「うん」

「なあ」スカールは、ずんずんと近づくと、兄の耳に口を寄せた。「折り入って話がある。あにの馬車に一緒に乗せてくれないか」

「もちろんかまわないよ」スタックは優しく微笑んだ。

かくしてスカールは金襴《きんらん》馬車にまんまと乗りこんだのだった。さっそく遠慮なく備えつけの果実をほおばり、飲み物をあおった。クッションにどっかと座ると高く組んだ長靴の裏から田舎臭い泥塊《でいかい》が落ちてきたので、掃除係の例の美童は、思わずムッとして小箒を前面に押し立てながらにじり寄った。すると、悪いな、はずしてくれ、と真剣この上ない顔つきで言われたのである。美童はあっけにとられた。

草原の王子は、汗臭く馬臭かったが、間近に見れば、ひどく美しい、危険な夜の獣のような熱をはらんだ瞳をしているのだった。

美童がなにやら魔魅にでもあったような気でぼうっとしたまま無意識に馬車には存在しえない次の間にさがろうとしてうっかり扉を開け、すでに走り出していたそれからあやうく落ちそうになる一幕があったことも知るよしもなく、

「……暗殺者？」

スタックは、きょとんと目を見張った。

「ああ」スカールは干し肉の硬いところが歯にはさまったので、思い切り顔をしかめながら、うなずいた。「たぶん、それじゃあないかと思うのだ。なにやら、このところ殊にひどい。あにのところには、出ないかい？　……ああ、やっととれた」

「でないかいって……」スタックはそのへんにあった手布を素早くカラム水にひたして、渡してやった。「そんなもの出やしないよ。出るもんか。いったいどういうこと？　ち

ゃんと、はじめから、話してごらんよ」

「はじめか？　うーん、はじめと、言われてもなあ」スカールが布で顔をこすると、布が真っ黒になった。「ほんとうのところ一番最初がどうでなんだったのか、悪いが、俺にも判らない。何年か前かもしれない。アンサツ、って言葉を知ったのが、ごく最近でね。へえ、そういうもんがあるのかと考えてみて、ありゃりゃ、じゃあ、もしかしたら、これまでいろいろあったあれやこれってそういうことだったのかも知れないなと、やっと考えたような次第なのさ」

実際のところ、巧みに偽装された暗殺の試みと、たんなる偶然や、自分のようなわんぱくにありがちの事故は、区別なんかできないだろう、とスカールは言った。

「それにしても、このところ、どうも妙なことが多い気がしてさ。覚えてるのを数えたら、両手両足の指でも足りなかった」

「ずいぶん剣呑《けんのん》じゃないか。妙なことって、たとえばどんな？」

「たとえばか。そうだなあ。うーん……ああ、そうだ。せんだって暑い日に、俺がひとりでマハール湖で泳いでいると、何かがしつこく足に絡みついてきた。どうも溺れさせようとしていたような気がする。あの湖にはそんな悪さをする魚はいないはずだし、藻にからまったのかな、とも思ったんだが、蹴っても蹴っても離さない。やたら泥がまいあがってなにも見えないから、思い切って潜って、そこらをとにかく短刀で突っついてみた。そうこうしていると、なんとか逃げられたんだけれども、舟にはいあがってみたら、その舟にいつの間にか莫迦《ばか》でかい穴があいている。しかも、もやい綱がほどけてる」

「……それは……災難だったね。怖かったね」

「別に」スカールは肩をすくめた。「漕ぐのも泳ぐのも得意だもの。それより、すごい牙をした犬が血相かえて泡涎《あわよだれ》を吹きながら突進してきた時は、ちょっと本気で困ったな。死にたくないけど、犬は殺したくないし。調馬索もってたから、そこらの柱にからめて、高いとこに飛び移って、うまく逃げられて良かったんだけどね。あと、そうだなぁ、長靴の中に蠍《さそり》がいたこともあるし、敷布に毒蜘蛛が隠れてたこともあるし、天井から蛇がどさどさ降ってきたってのもあったなぁ。吹き矢とか投刀がいきなり飛んできたり、通りすがりの知らないやつに突きとばされたり、暗闇にひきずりこまれて首を絞められかけたこともあったな。寄り掛かったとたんに折れる柵とか、摑まったとたんに切れる綱とか……いや、全部が全部アンサツかどうかはわかんないよ。俺自身だって、ずっと、誰かふざけてからかってんだろって思ってたぐらいで。ほら、俺にはよろず指南役のせんせいが……訓練してくれてるひとたちがいるからね。油断しないように、注意を怠らないように、いろいろ試してみてくれてるのかなぁ、って、ありがたいなぁって、思ってたぐらいなんだけど。でも、俺のすぐ隣を歩いてた全然知らないよそのひとが、たまたま靴に石がはさまった俺がパッとしゃがんだとたん、ウッていったかと思ったらいきなり二つ折りになって倒れて、たぶんそのまま死んじまったこととか、あってね。発作でも起こしたのかと思ったけど、もしかして俺がよけたせいだったら、すまないことをしたもんだ。あのひとにだって、家族とか、いるんだろうに」

「……………」

「あっそうだ！　忘れてたわすれてた。いっこ、決定的なのがあったんだ。いつだったか、どこかの金持ちが、なんか珍しいいかにも高価そうな餡《あん》まんじゅうみたいなのを、是非俺にって、くれたんだ。悪いけど、ぜんぜん趣味じゃなくて、俺はいらないって下げ渡した。したら、食べた衛兵とか女官とか小姓とかが、みんなひどいことになった。口とか耳とか目とか、あと、尻とかから、血がふきだしてとまんないんだ。着てるものも床もあっという間に真っ赤っかでさ。すっげぇ痛そうで、苦しそうだった。治療師が必死に手当てしようとしていろいろやってもだめで、かえって、看病にあたったひととか、病人がいた場所を片づけようとした下働きの子にまで広がって、大勢、あっという間に死んだ」

「……その話は聞いた気がするよ」スタックはぼそぼそと言った。「未知の毒か、もしかすると黒魔道が用いられたんじゃないかって詮議があったよね。そのお菓子をつくったひとや、贈ったひと、つかまったんでしょう？」

「ああ。どんだけ拷問されてもなにも知らない、なにもわからないって、言ってたみたいだけど……こういう巻き添えは、ほんとうに、いやだ。胸が悪くなる。やめて欲しい」

スカールは、もっと小さなこどもなら他愛なく泣きだしただろう顔つきで、窓被いの紐の端をさかんにもてあそんでいたが、そっけなく放り出し、ひた、とまっすぐに、兄を見た。

「こういうのさ、草原では、ぜったい起こらないんだよ」

「………」

「ここと、草原を往復する旅の途中にも、まずない。そりゃ、草原でだって、けがはあるよ。落馬とか、けんかとか、剣術や格闘の稽古で打ち身になったり窒息しかけたりは、もちろん、ある。痛い目をみることがまったくなくはない。でも、それとこれは全然ちがう。ちがうだろ？」

スタックはどこでもないどこかをながめたまま、何も言わなかった。答えようとしなかった。しかし、ゆっくりと、じわじわと、へんな味のするものをほおばったような顔になった。

スカールは、その兄の顔をひたむきに見つめつづけた。長い長いこと、口にされない答えをもとめて、見つめつづけた。

結局、フッ、と破顔して、緊張をはらんだ空気を破ったのはスカールのほうだ。

「草原じゃみんな顔見知りだからな。あやしいやつが紛れこめるわけがない。けど、石の町は、そうじゃないから……あにも、気をつけろよ！」

まだ固まったままの兄の肩にちいさな手を思い切りよくドシンと乗せたかと思うと、スカールはいきなり白い石畳の坂道を疾走している馬車の扉を開け放った。びょう、と風が巻き、スタックは不意をくらい、よろけて、座席から転がり落ちてしまった。スタックは、振動を耐えようとすれば、はいつくばったまま、そこらにしがみつくほかない。スタックは、屈辱にゆがんだ顔をあげてスカールを見た。

「またな」

スカールは戸口にいとも気軽に片足をぶらぶらさせたまま、振り向いて、にやっとした。

「あにも、いちど、草原に来い。おもしろいぞ」

つかいこんで柔らかくなった黒い革衣をいきなりむささびのようにひろげて、スカールは飛び出した。スタックは驚いていざりよった。ばたばたする扉の合間から、たくましい黒鹿毛《くろかげ》の鞍に弟がおさまるところが見えた。いつ馬を呼んだやら、まるで手品のようだ。

「スカーーールーー！」

スタックは叫んだ。叫ぶ声が風にちぎれる。

鞍上の弟は一瞬だけ手を振ると、たちまち速度をあげて走り去っていった。

マリンカ　マリンカ　白い花よ
わたしは草原のマリンカよ
はやく見つけて　わたしを摘んで……

リー・ファは走る。愛馬ファン・ザンの鞍上で、小さなからだを毬のように弾ませながら、三つ編みに編まれた髪を二本の尻尾のように風になびかせながら。機嫌よく、調子よく、歌いながら走っている。

走らずにいられないのは、たぶん本能だ。仔馬と同じ。

歌いたがるのはひばりと同じ。

歌は好きだけど、マリンカはやだな。花になんかなりたくない。おとなしくじっと、摘まれるまで待ってるなんて、まっぴら！

走るのが好き。追いかけるのが、こちらから行くのが好きだ。

静かにしなさい、おとなしくしていなさいと言われるたびに、ふくれっ面になる。きちんと座ってかしこまって膝に手をあててじっと待ってるなんて、……無理！　せいいっぱい努力しても、一タルザンともたない。すぐにからだじゅうがむずむずしてくる。叱らないで！　動いてもいいっていって！　膝や背中や口の端が、わななきはじめる。こんな小さな自分の身体という牢獄に閉じ込められていることからは逃れられないとしても、せめて、身体ごと、牢獄ごと、どこか余所に行こう、ここではないところに急いで連れ出してくれと、激しく訴えはじめる。

走りたい。歌いたい。遊びたい。なんかやりたい。行きたい。どこかへ。どこへでも。行ったことないところ。まだ知らないところ。

することがないのには、もう飽き飽きだ。

リー・ファは走る。自分の脚でも、騎馬ででも。どこまでも広い草原を、若さの活力のままに、やみくもに走って遊ぶ。走れば、頭がからっぽになる。ぎゅうっと縮められてしょぼくれていた何かが草原いっぱいにひろがって、地平線にとどく。天にもとどく。

もっと小さな赤ん坊だったころ、世話をやいてくれたねえやたちが口をそろえて言ったものだ。リー・ファは走りません。飛ぶんです。いまここにいたかと思ったら、ちょっと目を離すともういない。ハイハイで、伝い歩きで、まさか嘘でしょうっていうぐらい、遠くまで行ってしまう。迷子のこの子を探すのはもうたくさんです。悪いけど、とうてい面倒みきれない。

赤子の腰には紐が繋がれた。短いと用をなさないし、長いものだとそのうちに自分でじぶんを縛り上げてしまう。やがて紐の先に、犬や、少し年上の面倒見のいい男児がくくりつけられた。良さげな計画も、繋がれた相手をあまりに疲弊させるので取りやめになった。紐を解いたり切ったりすることを覚えればどうせもう処置なしだった。

そんなに走るのが好きなのなら、跳ね回っていたいなら、いっそ、と、二つにもならないうちに分厚い座布団つきでとしより馬の鞍に押しあげられ、鐙《あぶみ》に足を、手綱に手をくくりつけられた。リー・ファよりも、馬のほうがずっと信用がおけた。無茶はしないし、腹が減ればなにか食べるし、夕暮れにはさだめられた場所に戻ってくるからである。

かくてリー・ファは馬という伴侶を得た。さらにはやく走れるようになった。

馬の扱いを覚えたころ、自分と同じ位元気の良いファン・ザンにであい、以来、ほとんど一心同体である。

おかげで、楽しくてしょうがない。

こんなに楽しいのに、おとなは、どうして、走らずにいられるんだろう。不思議だ。

忙しくて、用事がたくさんあって、いまではないことばかり心配して、先回りして準備して、いつもいつも何かに急かされて、追い立てられて。

ああ、もしかするとおとなは、こころで走っているのかも。そういう走り方は楽しくない。きっとすごく疲れる。だから、楽しみのためにちょっと走るひまがなくなってしまうのかもしれないな。

おとなたち――ことに女たち――は、包《パオ》や営地にほど近いどこかにひとたび自分の場所をさだめたら、まるで根でも生えたかのように、どっしりかまえて動かない。きのうもおとついもやったようなことを、きょうも、あしたも、くりかえす。変化は好まず、なんにつけ驚かされると悲鳴をあげる。ちょっとふざけただけなのに、笑ってくれるかわりに怒りだす。気難しく眉をしかめ、小言ばかりいう、姉たち、母たち、婆たち。

リー・ファは、彼女たちが苦手だ。嫌いというより、おりあいのつけ方がわからない。居心地が悪い。打ち解けられるのならそうしたいが、どうも、自分は彼女たちとは違う材料からできているような気がする。それがうまく説明できなくて、もどかしい。まどろっこしい。すまないとは思うが、期待に背いて、傷つけてしまう。不機嫌にさせてしまう。だから、なるべく一緒にいたくない。

女には女のつとめがある、と言われていて、ネナも、ティスも、もう、遊んでくれない。誘っても、楽しみのために馬に乗ろうとしない。だから、リー・ファには一族の同じ年頃の子に遊び相手がない。

でも、かまわない。

走ること、動くこと、流れるように踊りつづける喜びを――躍動し、発散し、めちゃくちゃにはじけて、世界を抱きしめる感覚を――失うぐらいなら、ともだちなんかいなくたってかまわない。その喜びを、リー・ファはなにより愛している。いや、なによりではなかった。自分と、両親と、モスの大地と、ハシクルの次に愛している。

父はそれほど口うるさいほうではないし、もともと仕事で不在がちだ。母のファタハにいたっては、おまえの人生はおまえひとりのものなのだから他の誰かれをあまり気にすることはない、と、子守歌にうたってきかせて育てたぐらいである。母は、遠い北のほうの、いまはもう滅んでしまった他族の娘なのだそうで、だから、グルからすると異邦人である。けっして越えられぬ壁の向こうにいる。父に嫁いで、グルの日常に慣れはしたものの、溶けこんでいない。母は時おり、あきらかに面食らう。わかっているべきことがわかっていなかったり、うまくできてあたりまえなことが少しもできなかったりして、困ってしまう。

他人に何と言われようと平気なような顔をしているが、他に語れる相手がいないからだろう、リー・ファには慨嘆する。幼い娘を相手に、母は、おりおり、胸のうちを明かす。人生にはきまったかたちなんてない。ここでふつうのことが、余所ではまったくちがう。その反対もたくさんある。なにが良いとか悪いとか誰にも決められない。好き嫌いをいうのは勝手だが、それはあくまでそのひと限りの我《わ》が儘《まま》だ。みんながやっていることができるにこしたことはない、それが集落で暮らしていく上での方便であり、平安というものだ、でも、どうしても譲れないことだって中にはあるのよ。

話はむずかしくて、リー・ファには正直いって、あまりよくわからない。けれど、静かに話す母の顔を見ていると、泣きたいのを我慢しているように見えることがある。そんな時、リー・ファは、大慌てで立ち上がり、母を抱きしめる。大好きな大好きなかあさん。いいよ。泣いていいよ。内緒にするよ。

ファタハは硬く編んで頭のまわりにぐるぐるとめつけた髪を、さらに、布を被って隠している。豊かに水が使える時期にだけ、週に一度ほど、これをほどいて、梳《と》かす。草原のよく陽の照っているところで。

梳《す》けばたちまち風にふわふわ舞いながら流れ出す黄金の滝のような母の髪を、リー・ファは、宝物だと思う。マハール宮殿の女王さまのマントよりも、きっときれいで豪華なのに違いないと思っている。

もっと幼い時には、悔しくて泣いた。自分もそっちがいい、かあさまみたいな髪にして、と。母は困った顔をして、リー・ファをあやし、その耳元に熱い唇をくっつけながら囁いた。ごめんね。きっと、かあさんが必死で祈ったからだ。生まれてくるのが娘なら、どうかとうさまに似ますよう、それは何度も祈ったんだよ。髪は、金色なんかじゃなく、夜闇のような黒にしてください、烏《ガーガー》の羽根のような色で、まっすぐで頑丈で美しい、グルの娘らしい豊かな髪の持ち主に、どうかどうか、なりますようにって。

母の愛情は疑わないが、少しばかり不満だ。グル族のみんなと違っていても、金色のほうが美しい。だいいち、ハシクルと並ぶのにふさわしい。

大好きなハシクルの妻になって、羊飼いになって、ふたりで、草原を自由に走り回って暮らしていく。それが、リー・ファの望みだ。いや、望んでいるのではなく、将来はきっとそうなるに違いないと信じていた。

退屈な営地にはいたくない。とうさまやかあさまに、たまに会いに戻ればいい。

リー・ファは愛馬をはげまして、一族の気配の色濃い場所からぐんぐん遠ざかった。東に走り、西を探し、大空から吹きおろして来る風の匂いに全身を研ぎ澄ます。干からびた渓谷を乗り越え、岩くれた低い丘のつらなりを見はるかす場所に出て羊たちをさがす。あたかも幼い雌狼になったかのように。やがて見つけた糞と足跡を、しばらく追いかけてみる。あのひとの羊かも知れない。そう思うだけで、もう胸が高鳴る。

ハシクルの羊だといい。

いつも会えるとは限らない。リー・ファがいくら探しても、呼んでも、ちっとも出てきてくれない時もある。はるかな遠くのほうに辛うじて見えることもある。必死に追いかけても、とどかない。草原では二日も三日もかかる場所までも見えることがあるからだ。都合が悪かったり、受け入れてくれる気分でなければ、ただ音もなく立ち去られるだけ。養っている大勢の羊の群れごと、低い丘を越え、そのまますい、と、かき消すように行方をくらましてしまう。それきり長いこと見つけられず、ずっと会えず、どこか遠くにいってもう二度と帰ってこないのではないかと思われるときもある。あまりに長いこと会えずにいると、なにか気にさわることでもして嫌われてしまったのだろうか、自分よりもっと好きになれる誰かを見つけてそのひとと手に手をとって行ってしまったのではないかと心配になる。こころが痛くてひりひりする。

だが、リー・ファは今日はあきらめるつもりはなかった。なにがなんでも会いたかった。きっと現れる。どこかほど近いところで待っていてくれる。根拠もないその思いを梃子《てこ》に、もっと走る。

草原でもこのあたりの草や大気には、あのひとの気配が満ち満ちていると感じる。この草はきっとあのひとの形の良い足がそっと踏んだもの、この風はあのひとのくちびるにそっと触れたものだ。リー・ファにはわかる。だから、嬉しくてくすくす笑いがこぼれてしまうし、こうして思い切り馬を飛ばしていくだけでも、こころの水桶が少しずつ潤って満たされていく。希望と勇気でいっぱいになり、どんなことでもできるような気がしてくる。

——そらいた！

長い美しい銀色のマントのような髪をした姿が、まぶしい日差しを跳ね返している。いつものようにゆったりとした青い衣をまとって。羊飼いの杖を持って。草原では貴重な、ハシバミの木でできた長い杖だ。先端をくたりと曲げてあるのは、羊の脚をひっかけるため。だから年寄りがすがって歩くのに使う杖にくらべるとずいぶんと軸が長い。

あのひとは古い古いその杖を養い親から引き継いだ。養い親はその師匠から継いだ。だから、あのひとは、その杖を、自分の生命よりもたいせつにしている。杖が見てきた物語に耳を傾けて、ときどき、それを語ってきかせてくれる。ひとのものではないことばで。音声ではないことばで。リー・ファと、羊たちと、いまはもういなくなった養い親にしかわからない、特別のことばで。

「ハーシークールー！」

すっかり嬉しくなったリー・ファがたまらず手を振って名を呼ぶと、銀色のひとは、かろく杖を持ちあげて、わかっている、と合図をした。今日は拒絶される日ではないらしい。もっと近づいていってもいいらしい。

リー・ファは歓声をあげながら坂道を駆け上った。愛するものの腕の中へ。草原にふんだんにある光が透過せんばかりに照らすので、彼女と愛馬の影はキュッと握りつぶしたように小さくなる。その縮んだ影そのものがまるで新しい生命を得たかのように機敏にはずみながら草の上を走っていく。

……と。気づいた。ハシクルが肩をきゅっとすぼめて、ある方向を見つめている。愁いがちな瞳で。

視線の先を、多数の馬がこっちに向かって駆けてくる。まるで禍の風のように。なんだろう？　土埃をまいあげる勢いで疾駆する六騎ほどの群れ。殺気だっている。競走しているんだろうか？　喧嘩か。戦争ごっこか。それとも……いやだな。もしかすると、また、ハシクルをからかいにきたんだろうか。リー・ファは鼻に皺を寄せた。きっとトリシやダンだ。走り自慢の、弱いものいじめの、愚連隊のやんちゃ坊主ども。

リー・ファはプッとふくれっ面になり、即座に鞍を飛び下りた。あたりじゅうから手頃な石をひろってては袋にいれる。痛い棘《とげ》の実のつく草をみつけたので、これもせっせと集めた。

充分に得物をひろうとまた素早くファン・ザンに跨がり、駆け上って、ハシクルの羊たちの群れに紛れ込んだ。草原では、見通せる範囲がわずかにうねって起伏したものにすぎない斜面ではあったが、草原では、見通せる範囲がぐんと大きくなる。リー・ファは馬を降り、放してやった。ファン・ザンはもちろん、自分で自分のめんどうぐらい見られる。

あぶらっこい毛をもしゃもしゃ生やした夏の羊たちの海にもぐると、膝立ちになり、手製の投石器《ヒュートン》を出してかまえて、待った。太陽の位置からして相手からこちらは見にくい。羊たちは薄汚れてはいてもみどりの中ではあきらかに白く、直視すればまぶしい。

いつの間にか傍らにやってきたハシクルが、リー・ファの小さな背に、骨ばった手をおずおずと置いた。震えがつたわってくる。こわがっている。お願い、やめて、喧嘩しないで、と言っている。でも、だめだ。耳をかすわけにいかない。

おとなの男の、指の長い、器用な、力強くどっしりとした手だ。いろんな道具を器用につくる手、ことばでないことばを饒舌《じょうぜつ》に語る手。その手がリー・ファの小さな背でこんなに震えるのは、争いごとが、乱暴なことが、どうしようもなく嫌いだからだ。ハシクルは、体格がいいし、俊敏だし、力も強い。本気で戦えばよほどの相手にでなければ、二回に一回は勝てると思う。だが、ハシクルは、けっして戦おうとしない。誰かにゴツンとやられても、反撃するかわりに、しゃがんで、縮まって、両手両足を自分にまきつけて、なにをされても辛抱するだけ。だから、餓鬼大将たちにからかわれるのだし、だから、リー・ファが、全力で守ってあげなくてはならないのだ。

投石器をかまえたまま、待つ。待つ。射程にはいらなければなんの意味もない。ハシクルがそっと肩をつかむ。揺する。本気で止めたがっている。リー・ファはハシクルの顔を横目で見た。止めてもむだだよ。目で語る。腕はけっして動かさない。狙った的からずらさない。しっかりと狙いをつけたまま、油断なく待つ。ハシクルはちいさくため息をついて、腕を引く。

よし。顔が見えてきた。あれ？　意外だ。村の悪童たちではない。思っていたよりもずっと年長のものたちではないか。見覚えのあるものがちっともいない。他部族なのか？　そういえば、どうりで、グルにしては乗り方がへたくそだ。ああ、待て、ひとりだけ、うまい。あの子なら、知ってる。年が違うし男子だから、遊んだことはないし、口をきいたこともないが、父の包《パオ》のあたりで何度か見たことがある。あの少年は、時々、石の町から遊びにくるのだった。馬乗りの練習をしたり、戦いごっこをしたり、しているのだった。

どうやら、その彼に、大勢のおとなたちが寄ってたかって襲いかかっているらしい。大変だ。

リー・ファは唇を噛んだ。今日、どうしてあんなに胸騒ぎがしたのか、なにがなんでもハシクルを探そうって気持ちになったのがなぜなのか、やっとわかった。これがあるからだ。そうに違いない。

敵の群れがいよいよ迫ってきた。なんとも失敬なやつらだ。羊たちを脅かさないよう迂回する礼儀など持ち合わせないらしい。どどどど、と、遠慮もなく近づいてくる。羊たちは怯えて走りまわり、当惑してメエメエ言う。敵はずかずかと羊の海に割ってはいり、邪魔なものを鞭でひっぱたいた。敵の馬も目玉をぎろぎろにして興奮し、あわれな羊たちを平気で蹴りとばす。まともに食べさせてもらっていないのか、萎《しぼ》んだように痩せた不気味な馬ばかりだ。

それでも、やつらも、少なくとも、そこそこの腕はある。いま、ひとりが網のようなものを投げつけた。あやうく捕まりそうになる寸前、少年は巧みに馬を翻して避け、まとわりつく布を剣で切って落とした。すると光の加減で顔がよく見えた。やはりあの子、だ。いつも黒ずくめのかっこうをして、ギグやギレンと戦争ごっこばかりしている子。ギグたちが何て呼んでいただろう？

こどもを追い詰めた大人たちの何人かは、短刀をふりかざしている。他のは、長槍を掲げ、取り囲んでしまおうとしている。

リー・ファは思い切り顔をしかめた。あの子は、グルだ。石の町の子でも、グルの大切なひと。見過ごしにするわけにはいかない。この草原が――ハシクルのたいせつな羊たちが――血に汚されるのはもっと厭だ！

カッと頭が発火した次の瞬間には、石礫《いしつぶて》を飛ばしていた。耳に石を打ちあてられた誰かが大声をあげてのけぞり、馬から落ちかかった。馬が仲間の馬とぶつかりあって、暴れかかる。よし。続いてもうひとつ。もうひとつ食らえ！

突然の援軍に、襲撃者たちはうろたえた。メエメエ言うばかりの羊の中から、石が飛んでくるのである。敵が伏せっていた、いや化け物だと、怯えたような声が飛んだ。ばかやろう、騒ぐな。威張りくさって怒鳴る大男の眉間、リー・ファは狙いすまして当ててやった。大男がいちだんと高い悲鳴をあげる。囲いの乱れたのを見逃さず、少年の馬が走り出る。あれはたしか、テ・ガリア。最高にいい馬。リー・ファはうっとりする。

羊たちは横向きになった鍵穴のような目で敵を睨み付け、あてもなくうろつきまわり、黙々と草を食む。分厚い毛布みたいな羊海に沈んで隠れながら、リー・ファは移動する。敵からは見えにくく、こちらから向こうがよく見える位置に。

襲撃者たちは、いまではすっかり面食らい、互いに互いを罵り合って、怒声を飛ばしあうばかりだ。テ・ガリアをいったん敵から手の届かない距離まで走らせ、全身どこにも怪我などないことを確認すると、少年は、黒鹿毛の向きを、ゆっくりと変えた。敵の群れに、まっすぐ向き合う方角に。

呼吸をととのえ、長剣を抜きはなつ。とても立派な重そうなそれを高々とかまえると、ウラー、と気合一閃、切り込んで行く。

羊たちの真ん中で、ハシクルが悲痛な声をあげる。両手を揉《も》み搾《しぼ》って硬直している。立て膝をついて地面低くしゃがんだからだが、ぶるぶる震えている。血を見たくない。ひとが傷つくのを、まして死んでいくのを見たがらない。けれど、こわいものから目が離せないのだ。

リー・ファは大急ぎで駆け寄ると、ターバンをはぐりとって、ハシクルの目を隠してやった。伸び上がって腕をまわし、たてがみのような頭髪に頰ずりをした。だいじょうぶだよ、こわくない。へいき。ハシクルは草原の匂いがする。旨く発酵した草と、大地と、陽光の匂いがする。打ち合いの音がし、誰かが絶叫した。死んでいくものの呪いが優しいものを汚さぬよう、リー・ファは、ハシクルの頭をもっと深く抱え込み、抱きしめた。

やがて、あたりがすっかり静かになる。

うなだれて耳をふさいでいたハシクルが、おずおずと顔をあげた。リー・ファがうなずくと、なきべそ顔を手で拭う。いまは落ちつきをとりもどし黙り込んだ羊たちの中から、ハシクルは、ゆっくりと立ち上がった。草原にいつも吹く風が、羊飼いのしるしの青い衣の端をなびかせた。

リー・ファも立った。強力投石器をさげたまま。

黒鹿毛の馬に乗った少年が、こちらに気づいてやってきた。きっと、思わぬ助力に感謝を言いにきたんだろうに、ハシクルをひとめ見たとたん、仰天して足をとめた。無理もない。はじめて見たなら、誰もが目が離せなくなる。

銀色で、美しくて、尻尾がある。わたしのハシクル。

「ハシクルだよ」リー・ファはハシクルを指さしながら、言った。「羊飼いなんだ」

ハシクルは羊飼いの杖をまっすぐ立てたまま、ゆったりと挨拶のしぐさをした。

「そうか」少年は、目をぱちくりさせながら、まじまじとハシクルをながめた。「彼は……彼でいいのか？　人間なのか？　ことばはわかるのか？」

「もちろん。でもしゃべらない」

リー・ファは説明したかった。

ハシクルは耳がきこえないわけではないし、人間のことばをまったく理解しないわけでもないが、たいがい面倒臭がって聞こうとしない。そして、ぜったいに話さない。笑い声はあげるし、口笛も吹くし、太鼓のように杖で岩をたたくのが上手だけれど、ひとのことばは口にしない。かわりに、目で、手で、しぐさで語る。ぴったり重ねた胸の鼓動で語る。ハシクルのことばは、雨が乾いた地面に降るようにやってきて、とどく。ゆっくりじわじわ静かに沁《し》みとおることもあるし、あまりに一どきにたくさん降りすぎて流れていってすぐにはつかまえられない時もあるが、やがては必ずしみこみ、吸収できる。

けれど、リー・ファもあまり口のまわるほうではない。思っていることをうまく伝える方法がわからなかった。

「優しい、賢い、たいせつな、ハシクル」

リー・ファの愛情のこもった告白を、少年は失礼にもちゃんと聞いていなかった。上の空で馬を降り、そのままポカンと魅せられて眺めている。じろじろ遠慮なく、好きなだけ眺めまわしている。

ハシクルは当惑ぎみのはにかんだような顔つきで、そっぽを向いた。羊たちをかまいながら、ゆるゆると背を向け、歩き出す。

羊飼いの長い杖をついて。風が吹くと旗のようにほっそりとしたからだにまきつく青い衣を着て。銀色の髪をなびかせて。

ハシクルは美しい。

リー・ファは、ふと不安を覚えた。これまで自分だけのものだったハシクルに、この少年が、目をつけてしまったら？

確か、彼は、そうとうに身分の高い子だったと思う。テ・ガリアみたいな特別な馬を使わせてもらっているぐらいだ。欲しいものはなんでも手にはいるのかもしれない。もし、ハシクルが欲しいと、石の町に連れて帰りたいとなど、我が儘なことを言いだしたら？……どうしよう！

リー・ファが睨みつけると、少年は、ようやく、遠ざかりつつあるハシクルから目をもぎはなした。射抜かんばかりの眼に出合って、はじめて、そこに彼女もいたことを思い出したようだった。怯《ひる》みもせず、負けぬ強さで見つめ返して、怪訝そうに大きく首をひねる。

「グルの子か。なんだか見覚えがあるな。そなたもしや、……マグ・ガンどのに近い家族の子か？」

「マグ・シンなら父だ」

「シン？　シンに息子がいたろうか」

「娘だ」

「……そなた女児《おなご》なのか！　驚いたな。さっきの石礫の技は、ぜんぜん女の子になんか見えな……待てよ。そうか！　わかった。そなたは、リー・ファだ」

「どうして」リー・ファは驚いた。「知ってるの？」

「以前に逢ったことがある」少年は笑い狼のような笑顔をつくった。「生まれてすぐだったから、そなたが知らなくても不思議はないが。実に忘れがたい赤ん坊だったぞ。かつて見たこともないほど怒りん坊で利かん坊で。あやしてやろうとしたら、火でもついたようにギャアギャア泣いて、尿《しと》を洩らした。……たしか、母が毎年贈り物をしているだろう。嫁入りまでに揃うよう、大粒の真珠を何個かずつ。ふつうは首飾りや耳飾りにするのだろうが……そなたの場合、どうやら、宝剣の鞘にでもしてもらったほうがよさそうだな！」

「心配いらない。ハシクルのお嫁になるから」誇らしく、でも、面はゆく、リー・ファは言った。「その時は、真珠の額環《サークレット》にあう絹紗《けんしゃ》のヴェールを贈ってくれる？」

「いいとも」少年はまだ産毛めいた無精髭顔でにやっとした。「そなたが居なければ、苦戦するところだった。まさか草原にまで来ると思わず、つい不覚をとった」

「あいつら、なに？」

　さっきの騒動を思い出して、リー・ファは尋ねた。

「刺客だ」

リー・ファが黙って目をぱちくりさせると、少年は言い足した。

「暗殺者だ。俺を殺しにきた」

「殺しに！　怖くない？」

「少しも。慣れてる」

「だから、あんなに簡単にやっつけちゃうんだ」

「ああ」

「すごいね。でも、ハシクルは争いごとが嫌いなんだ。血が流れるのを嫌がるんだよ」

「それはすまないことをした。骸はあとで始末しよう。……それでやつらの正体が判明すればいいのだが……まぁ無理だろうな」

「どうして生命を狙われているの」

「どうしてかな。目障りなんだろう」

「ひどいね」リー・ファは幼い正義に顔を赤くし、視線を足元に落とした。「モスはへだてをつけないのに。草原は、こんなに広い。誰が通ってもかまわないのに」

風が吹き、この低い丘じゅうの草を波うたせた。

ふたりは、しばらく無言のまま、ただ、並んで立って風に吹かれた。

「あれはそなたの馬か？」

ふと指さす先の遠くで、ファン・ザンが、テ・ガリアと匂いを嗅ぎあっている。

「そう。ファン・ザン。いい馬でしょう」

少年は改めて周囲を見回した。茫漠たるみどりの風景を再確認すると、呆れたように首を振った。

「まさか、……そなた、ひとりで、来たのか？　ここは営地から、ずいぶん遠くないか？」

「もう五歳だもの」リー・ファはつん、と鼻を上向けた。「へいきさ」

「送ろう」

少年は小さい子にするようにリー・ファの手をとって、斜面を降りだした。

「ここは危ないかもしれない。悪いやつが残っているといけない」

「へいきだってば。喧嘩を売られたら、買ってやる」

「さすがシンの子だ。実にたのもしい。……きっと乗馬もうまいんだろうな」

「まあまあ」

少年は夜の色の目を眇めた。それから、にやりと笑うと、風に掻き回されてくしゃくしゃになっていたリー・ファの頭に手を置き、遠慮なくぐしぐしっと撫でた。

「五歳だと？　ちゃんと飯を食わないと、大きくなれないぞ！」

「さわるな！」リー・ファは怒って手を振り払い、小さな拳でなぐりかかった。「勝手にさわるな！　さわっていいのは、ハシクルだけだ！」

少年は澄んだ笑い声をあげて降参し、駆け足になって逃げだした。本来天衣無縫の野性児も、幼い子は庇ってやらなくてはならないと知っている。七つも年下の、しかも女の子だ。ちゃんと加減をして、守ってやらねばならない。泣かせてはいけない。

笑って遠ざかっているうちに、スカールはふと真顔になった。奇妙な感覚が胸のどこかをかすめて通って行ったのだった。

それは一種の確信、あるいは、予感だった。このやんちゃ坊主めいた幼児を泣かすのでなく、この娘に自分のほうが泣かされることになる、という。ずっと先に起こることなのにすでに定まっているので、今から動かしようもなく、まるでもう経験したことのようにそれを知っている、というような。

——ばかな。

スカールはいらだった。

そんなことがあろうわけもない。第一、俺が泣くか。しかも、女のことで。

ふん、と笑いとばした顔には、もう何の屈託もない。

草原の風に、ごわごわと固い髪をなびかせながら、馬たちのほうへ走ってゆくスカール。リー・ファは大声で何かさかんに毒づきながら——それにしては楽しそうに——彼を追いかけて行くのだった。

第四話　星降る草原

二十頭の驢馬《イイヨ》が一列になって狭い尾根道を進んでいる。沿海州から草原に抜ける山の中の古道、巡礼街道と呼ばれる道のうら寂しい部分である。

早春、というより、まだ冬だ。温暖なこの地でも、草が枯れ朝晩に霜が降りる季節である。

「このあたりは昔、石切り場だったと聞く」

隊商の頭が言った。ちいさな馬車を操っている。声をかけた相手は、傍らを歩く、雇ったばかりの男である。

「そら、見ろ。あのへんの岩。ところどころ赤くなっているだろ。珪岩《けいがん》という。昔はもっと赤い塊があったんだろう。切り取って、例の赤い街道の敷石の一部にしたらしい」

「へえ、そうなんスか」

「掘削や運搬にひとが出て儲かったろうに、いまは痕もないな」

男は上の空だ。大きく振り返り、いま来たほうを見やって、眉をしかめている。

「なにをきょろきょろしている」

「いや、……なんでもないス」

アルカンドで拾った男は用心深い。カウロスで農夫をしていたが水利権争いで失業し、傭兵となってアルシス戦役で敗走し、さんざ辛酸を舐《な》めたそうな。顔やからだにいくつも傷や鞭の痕がある。

「そうびくつくことはない。このところ草原は平和だ。じきアルゴの流れにゆきあたる。そうしたら、休憩にするから」

すぐ前を行く驢馬が急にとまった。

「どうしたァ？」頭は声を張った。

「崖崩れです。通れるようにします」

先頭の何人かがさっそく驢馬を降り、道を塞いだ岩くれや樹木を動かそうとしはじめた。

「お頭」傭兵あがりの男が、ふと真顔になった。「どうもすみません」

なにが、と尋ねる間もなかった。たちまち襲い掛かってきた矢雨に、部下たちが次々に倒れたからである。うろたえた驢馬が足を踏み外して悲鳴をあげる。逃げ場を求めてさまよった頭の目が、道の両側からわらわらと湧きだして来る男たちを見た。斧や剣、棘のついた刺股《さすまた》などを手に獰猛《どうもう》な喜びを浮かべたものたちを。

　山賊だ。

　傭兵あがりは平然としている。それでようやくわけがわかった。雲の原のテヒトと名乗ったこの男が、ほんとうは何者なのか。

「どうか、どうか生命ばかりはお助けを！」頭は馬車を降り、がばと地面に手をついた。「荷はすべて差し上げます。アルカンドの我が家も、ほら、鍵がここに！　全財産をさしあげますから、ですから」

　言い終われなかった。相手のまなざしの冷たさに、これはとうてい説得できないと覚って、言葉がでなくなったので。

　斧のよく研がれた刃が、日差しにきらめいた。


　山賊たちは歓声をあげながら荷をあばいた。金目のものは懐につっこみ、糧食や酒はその場に腰をおろして食ったり飲んだりしはじめた。

「目論見《もくろみ》どおりだったな」テヒトは大岩に寄り掛かると、青林檎《シュナプ》に歯をたてた。「年寄りゃあ負け犬が大好きだ。説教と哀れみを好きなだけ垂れられるからな。おかげで楽しくて大儲け、ばんばんざい」

「あんなふうに殺すことはなかった」遠くを見やりながら、バンは言った。「屋敷の鍵まで差し出していた。彼はおまえを気にいったのだ。跡目をつがせてもいいようなことを言っていた」

「おいおい！　こっちゃ、顔も名前も割れたんだぜ？　生かして帰すわけにゃあいかなかっただろ」

「……そうだが」

「おいらが残酷だって？　凶暴だって？」テヒトはからから笑う。「すいませんね育ちが悪くって。グル族のおかたさまはいたって上品だからなぁ。……おっと、そんな顔をするな。そら、これだ。な、確かに龍乳石《ドランキンス》だろ？」

テヒトは、ちいさな桃色がかった薫香樹脂《くんこうじゅし》を掌に載せて差し出した。

「こんなもん、どこがいいんだか知らねぇが、有り難がるバカがいるんだなぁ。少なくとも二十ランがとこは積んであるぜ。おかげさまで向こう一年は食うにこまらねぇ！　わはははは、まったく、草原は平和だぜ」

「『死者の安息』と呼ぶ」バンは樹脂を受け取って眺めながら、低い声で言った。「アルゴスでは、王や長老の葬儀には必ず焚く習慣だ」

「へぇ？」テヒトの目が光った。「誰か、死んだっけ？」

「……パロがいい」バンは話をそらそうとした。「使いたがる神殿もあるだろう。きっと高く売れるだろう」

「スタイン王が危篤だたぁトンと聞かねぇな」テヒトは耳の穴をほじりながら、眇《すが》めた目でじっと長いことバンを見つめた。「……もしかすっと……かねて噂のあんたのクソ親父か？……」

バンはこちらに目を向けようとしない。

「ふうん」

雲の原のテヒトはにやにやと舌なめずりをした。

「ひょっとして、あんた、親父の死に目に会いたかねぇかい？」

☆　☆　☆

客があれば相応の供応をするのが王国の母たる正妃の大切な役目である。その客が、パロ聖王家よりの直々《じきじき》の使者ともなれば、万端怠りない周到な準備が必要になる。女官や小間使いはひと月も前からてんてこまいであったが、王妃ヴァル・ネルラ自身も前日から斎戒《さいかい》に入った。

高価な香料をたっぷりと溶かした湯で全身を清め、髪も丹念に濯《すす》ぎ、梳《くしけず》らせた。出迎えの儀式に着用する衣裳を三つまで選んだものの決めかねて、あわせる靴や帯や宝石飾りとともに衣裳台に並べておいた。

黒蓮の粉の助けを少々借りて一晩眠って目がさめて、もう一度軽い湯あみをすませたのち、支度部屋に腰を据えた。金縁の巨大な鏡の前の安楽椅子にずっしりと座る。素裸に化粧着を羽織っただけの無防備な姿である。むっちりとしたふたつの足はしどけなく伸ばされクッションの上に置かれ、きびきびよく動く手をした若い娘によって、揉みほぐされ爪を彩られようとしている。

小間使いが髪を粗く梳《と》かしなおして、ほどよく巻きをつけるためのリボンを細かく仕込んだところで引っ込むと、呼ばれて、美容の専門家が進み出た。

「——おはようございます。どうもお久しゅう、またのご指名をありがとうございます、王妃さまにおかれましては……」

ぎろり、と鋭く睨まれて、ヤーナというその化粧師は口をつぐんだ。気軽に続くはずだったお追従《ついしょう》は、つっかかったっきり、出てこなかった。

王妃の眼窩《がんか》はげっそりと窪んでどす黒く、目玉は血走って痛々しいほど赤かった。頬はたるんだ古革、不機嫌に結んだ色のない唇は、なにかの痛みをこらえているかのごとくぶるぶる震えている。気のせいか、ほかほかたちのぼる高価で清潔な湯気の芳香をさしおいて、病んで腐った肉の妙に甘ったるい悪臭が漂いだしてくるのを感じる。

ヤーナは壮年の男性だが、見た目は極端に派手な若作りをした中年女だ。眉を剃り、紅をさし、左右別々の虹色の目張りをいれ、つくりもののまつげを上下に貼りつけ、しかもそこに屑宝石の粒をきらきらと飾っている。自らを、手持ちの材料と技の見本としているのである。

ヤーナは鏡にうつる王妃の醜く不気味な顔をなるべく見ないようにし、心の中でひそかにヤーンの守りの印を結んだ。

「それで……パロの聖騎士侯は、なにをなさりにいらっしゃるんですの？」

王妃の荒れた肌に香りの良い精製水と油をしかるべき方向を心がけて塗りこめながら、化粧師は尋ねた。

「ああ。それ。それがねぇ……実は……ちょっと、ここだけの話よ？」

「もちろんですとも。あたくしには、何をおっしゃってくださったってかまやしません。この口から秘密が洩れるなんてこたぁ金輪際、ございませんからね」

「こ・ん・や・く」

「えッ」

「そうなの、婚約なの。いいなづけができるの」

クスクスクス、とネルラは肩まで震わせて笑ってみせ、顔じゅうに新しいたるみと皺《しわ》を作って化粧師の努力をだいなしにした。

「だめよ。まだ内証よ。今回が初めの正式なご挨拶なのだし、これから何度も何年も、お互いに使者を立てて、行ったり来たりして、日取りやらなにやら、延々と相談することになるんですから。でも婚約はもう成ったも同じ、決まったも同然だわ。ああ、こうしてアルゴスとパロの長き盟約が息子たちの代にもきちんと継承されていくのかと思うと、少しは安心してもいいような気がするわねぇ」

「あのう、それは、ひょっとして、スタック殿下のことですの？」

「そうですとも」ネルラは何をか言わんやという顔をした。「他に誰がいます」

「スタックさまとご婚約なさるおかたといったら……あっ、そうか。わかりましたよ。パロの聖王家のお姫さまなんですのね？」

「だからそうだとさっきから言ってるじゃないの。まったく鈍いわね。フフフ、ねぇ、誰なのか、知りたい？」

「知りたい、しりたい！」

化粧師が両手を揉みしだいて懇願すると、ネルラは猫のように手招きをした。腰をかがめる化粧師の耳に、唇をくっつけんばかりにして、囁《ささや》く。

「エマよ」

「………！」

「そう、アル・リースさま……いいえ、聖王アルドロス三世さまの妹。と言っても、イピゲネイアさまのお腹ではなくて、しかも、年もぐんと離れていちばん下だけど」

ヤーナは、道具を落としたふりをして時間をかせいだ。

誰もが知るとおり、第三十六代聖王アルドロス二世のふたりの王子――アル・リースとアルシス――には醜い諍《いさか》いがあった。勝って、聖王の名を継いだのは弟のほうである。破れてヤヌス神殿の祭司長となっていたアルシスが、落馬事故の傷がもとでなくなったのは、つい三年ほど前のことだ。

ヴァル・ネルラは、その悲運なアルシス殿下の義妹だ。彼の死後すぐに尼僧となってサリア神殿に引っ込んでしまったラーナ・アル・ジェーニアが、実の姉である。

「たしか……」うっかり勘気《かんき》を被《こうむ》るようなことを言ってはならないと薄氷を踏む思いで、化粧師はつぶやいた。「そのエマさまじゃあござあせんでした？　青き血筋のパロ聖王家でもことに霊的なお力が強くて、当代きっての占いの名手と言われるお姫さまは？」

「その通りよ」ネルラは剃ってしまってほとんどない眉を高々とかかげた。「よく知ってるわね！　だから、わたし、ほんとうはちょっと心配していたの」

「とおっしゃいますと？」

「だってね……占いをする人間は、けっして自分で自分のことを占ってはならないんだけれど……婚約者になるかもしれない相手のことぐらいは、ふつう、占うんじゃゃない？わたしだって、そうしたわ。一番いい占い師に相談した」

遥か過ぎた時を思い出してか、ネルラは苦しげに胸を押さえた。

「……ならば、よ。そういう力を持つひとがスタックに嫁ぐのを承知してくれたってことは、つまり、あの子の将来は安泰ってことだと思わない？　アルゴスという国も、この先々、良いことに恵まれる運命なのでは」

「さようでございますとも！」ヤーナは思い入れたっぷりにうなずいた。「あらまあ、ほんとうにそうですよ。良うございましたわねぇ！」

「はやく安心したいところだけれど」ネルラは、はしゃぎすぎたのを恥じるかのように目を伏せた。「実際、結婚するのは、まだとうぶん先だと思うわ。話が出たばかりだし、ふたりとも若くて健康だから、急ぐ理由はひとつもない……少なくとももう五年がとこはかかるんじゃないかしら。……エマは骨牌《かるた》を使って占うんですって。わたしも一度みてもらいたいものだわ！　もうこの先なんてどうせ知れてますけど」

「まずは、おめでとうございます」化粧師は、両手をそろえてお辞儀をした。「占いの名手が皇太子妃になられれば、我が国も、王妃さまの将来もまちがいなく、順風満帆でございましょうとも！」

「……そう思う？」

王妃のすがりつくようなまなざしに、つくり笑顔でなんとか答えて、化粧師は、彼女の両方のこめかみの横の髪をごく少しずつとった。これを摑みあげて後ろに引っ張って結び、髱《かもじ》に隠してしまえば、少しは頬や目の下のたるみをごまかしてさしあげられる。

化粧師の指が頬を撫でているうちに、げっそり窶《やつ》れた顔がみるみる明るく和らいでいくのを、ヴァル・ネルラは嬉しく思った。これでパロの使者に、ひどい顔を見せずにすむ。

面窶《おもやつ》れしてしまったのは間違いなく、あの女のせいである。夜毎、夢に出る。繰り言を言って苛《さいな》む。だから、ぐっすり眠って安らぐことができない。ひょっとするとただの悪夢ではないのかもしれない。馬や羊と交わって生きてきた野蛮な女だ、生霊を飛ばす方法ぐらい知っているのかもしれない。夢の回廊を使って禍事《まがごと》を囁いたり、暖炉から毒霧を吹き込んだりする手管を持っているのかもしれない。きっとそうに違いない。

もしも問い詰めたなら、たぶん、あの女は言うだろう。仕返しだよ、と。おまえのほうがはじめたことではないか、と。おまえがわたしの可愛い息子を暗殺しようとなどするから悪い、と。

夜毎、安眠の効果があるはずの乳茶に混ぜたり、寝所に焚きしめる香に忍ばせたりする黒蓮の量が、どんどん増える。

——ああ、スタックの婚礼を、わたしは見ることができるのだろうか。

ネルラは思う。

エマ姫の婚礼衣裳を、華々しい祝典を、国民たちの歓呼の声を、この身に浴びるように味わいつくすことができるのだろうか。それとも、それよりはるかにずっと前に、死んでなにもわからなくなっているか。あの憎い女に呪い殺されてしまって。

しかし、時には、もうそうならそれでいいような気がする。生きていたからといって、楽しいことばかりではない。それどころか、ゆったり安らいでしみじみ充足していられる時間などごく僅かで、不安でたまらないことや、煮え湯を飲まされた気分なこと、冷や汗をかいてハラハラしていること、辛いことや苦しいこと、悲しいことばかりやってくる。

ああ、でも。でも、できることなら、せめてあの女よりは長生きをしたいものだ。憎いあいつの墓に唾を吐きかけて大声で笑ってやるために。

☆　☆　☆

包《パオ》の闇の中に黄金色の靄《もや》がたゆたっている。シンの目には、小さな獣脂の灯明がぼうっと滲《にじ》んで見えた。まぼろしのようなその灯を、ふと影が過《よぎ》る。臥所《ふしど》に仰向けになった父が何かを摑もうとするかのように片手をあげているのだった。傷ついた獣のように唸り、苦し気な息をひとつ吐いた。手が落ちる。

シンは隣を見た。長兄のソンがうなずいて立ち上がり、父の顔の前、鼻のあたりに掌をかざす。首の脈に指をおく。困ったような顔でちょっと笑う。首を振った。シンも、くしゃくしゃの眉をよりいっそう下げて、微笑みかえす。父を挟んで反対側の弟のギレンも、かすかに腰を浮かしかけたのをため息まじりに座りなおす。

兄弟三人は死にゆく父を見守っているのだった。偉大なる族長マグ・ガンは、いまもってその逞しさの片鱗を宿しており、治療師にそろそろ覚悟を、と言われてからこれでもう三日長らえている。

寒がるので、炉には途切れることなく火が焚きつづけられている。鍋が盛んに湯気をあげる。長患いのむっとした匂いをかき消すべく、香り草も幾度も投じられた。

包《パオ》の周囲に多くのグルが集っていた。別れの挨拶にと駆けつけたまま、戻るにもどれないのである。重々しく、だが、ひめやかに、モスの英傑を讃える詠唱は止むことがない。

シンはそっと額の汗を拭った。

けっして、はやく、と願うのではないが、もう充分なのではないかと心が言う。

マグ・ガンはずいぶん前から意識がない。時おり、さっきのように唸ったり、どこかを少し動かしたりすることもある。が、引き攣《つ》っているようなものだろう、とシンは思う。疾走した馬がすぐには止まれないように、身体という容れものが生命を手放すのに暇がかかっているのだ。父の魂はもうとうにここにはなかろう。

あまり時を引きずるようならば、我等の手で安らがせてやったほうがいいのではないか。

シンは両手を膝の間で握りしめる。

決断をすべきは自分ではなく、跡継ぎを任されている長兄のソンだと思いながら、ではそのソンに何か告げるべきかどうか、考えずにいられない。

危篤になってこのかた、交代でまどろみはしたが、誰もきちんと休息してはいない。疲労も緊張もそろそろ限界だ。別の場所で控えている女たちだって待ちくたびれたろう。ここまで付き合ってきて最期のひと息を吐くところをあえて見逃すも業腹《ごうはら》だ。いっそ……

そこへ、見張りの叩く警鐘が聞こえてきた。

時間が急に沸騰しはじめる。

床を撓《たわ》ませるほどの地響きは、数知れぬ馬が寄せ来る音と知れた。武器を打ち合わせる禍々しい気配もする。敵襲だ。

兄弟はみな静かに剣を取って立ち、横たわる父を背にかばって囲んだ。剽《ひょう》げた叫びと共に天幕が裂け、敵のひとりが躍り込んできた。この場の異様に濃密で暑い湿気に、きょとんとする。長の包《パオ》とは知らずに来たらしい。相手が三人もいて、しまったと思っただろう。まだ若い。ほんのこどもだ。暴力と略奪の予感に酔ったように真っ赤な顔をしている。実際、酒でもあおらされたのかもしれない。恐怖を抑え、気持ちを奮い立たせるために。

シンは悲しく痛ましく思った。この子にも親兄弟があろうに、大切におもう誰かがいように。

敵のこどもは何かわけのわからないことを喚きながら鈍重そうな斧を大きく振りかぶった。丸あきになった懐に、ギレンが、す、と入った。肋骨の間から心臓をまっすぐ刺したのだろう。たちまち静かになった敵の骸《むくろ》を半ば抱き支えながら床におろす。敵自身の着衣ですばやく包む。父の末期《まつご》の包《パオ》を禍物《まがもの》で穢《けが》すわけにいかない。

「臨終の床を狙ってきたのだろうか？」

ソンが梱《こうり》をあけ、刀子《とうす》、短剣、投げ矢などを探しだし、素早く渡して寄越す。

「かもしれない」

「非道な」

「確かに。だが、あえて卑劣に堕し、汚名を着ようとも、なにより勝つことが肝心と考えるものたちなのかもしれぬ」

「あるいはそれほどまでに執拗に我らを滅することを望むのか」

「でも、なぜ？　誰がそのような？」

兄弟が緊張した顔を見合わせた時、ちょうど外のどこかで、鬨《とき》の声があがった。イシャー！　フイシャー！　と聞こえる。

「……あの声は」

「カウロスだな」

「わからん。カウロスが何故？」

弓矢や投げ矢、刀、薬袋などなどをそれぞれ手早く身につけながら、早口にことばを交わした。火矢が刺さって天幕が燃えだした。たちまち燃えひろがり、星月夜がのぞく。消している間はない。躍る火影に頬をなぶられながら、兄弟は目を合わせた。

「父上を」

「わかった」

素早く歩み出たソンが、すぐ、おや、というように唇をまげた。

「旅立たれたようだ」

「いつの間に」

シンもギレンも、あっけにとられた。三人が同時に吹きだした。大声で笑う。

「あれだけ焦らしておいてか！」

「みなの裏をかいたな。父上らしいことよ」

「まったくだ」

三人は笑いすぎて涙の出てきた目を豪快に拭いながら間近に距離を詰めた。誰からともなく、ふと真顔になった。互いの腕を拳で叩き、どん、と、胸をぶつけるようにして抱き合う。

「よし」
「いくぞ」
「ウラー！」
「ウラー！」

リー・ファは草原にいた。

臨終の空気がいやで、逃げ出して来たのである。

話しかけても返事をしなくなった祖父からは、いやな匂いがしはじめている。魂はとっくにモスの牧に、先祖たちと同じところに行ってしまったろう。

もともと、リー・ファは、じっとしていることが苦手だ。近く葬祭とかいうやつがあるはずだ。その席には居なければまずいが、その時はその時だ。いつ始まるかわからないのに、ずっと神妙におとなしくしていたのでは、もたない。

だから、逃げた。家族を傷つけぬように。無用な対立を避けるために。

さびしい時心細い時いつもそうするように、羊たちのところに出かけてきた。ハシクルはすぐに見つかった。きっと祖父のことを知って、待っていてくれたのだろう。そのまま、誰か呼びにくるまでは知らん顔を決めておくことにした。草の実をつまんだり、空芯草《クーシン》をつないで笛を作って吹いたり、花冠を編んで自分とハシクルの頭に飾ったりして遊べば、気が晴れた。

空は青いし、草は柔らかい。くわえてつきだす葉を揺らして、風はどこまでも爽やかに吹き抜ける。夜は甘く、しっとり優しい。

と、あの騒ぎだ。

営地の方角にいきなりもくもく立ち上がった黒煙に、ハシクルは震え上がり、苦痛の声をあげた。風の加減で、禍々しい物音や、誰かの悲鳴とおぼしきものまで聞こえてきた。

どこかでのんびり草を食《は》んでいたファン・ザンが、灰色の体を揺らして戻ってくる。

「戦だ！」リー・ファは言った。「包《パオ》が襲われてるんだ！　どうしよう？」

ハシクルはリー・ファの手をとり、両手でギュッと握った。だめ、というように、必死に首を振る。

「わかってる。行かないよ。足手まといになるだけだもん……でも、なにかしたい！　誰かに連絡したほうがいい？　誰に？　どうしよう、ねぇ、どうすれば……」

暗すぎ遠すぎてよく見えないほうを背伸びして眺めているうちに、なにかがじわじわ近づいて来るような気がした。もうもうと凄まじく埃《ほこり》が立っているし、火も燃えている、煙も巻いている。風も吹く。草が揺れる。月や星の灯りではよく見えない。しかし、草原で育ったこどもは特別目がいいのだ。

「……馬かな？」

　すました耳にいななきが聞こえる。

「やっぱりそうだ。馬だよ。ひとは、乗ってないみたい。敵じゃないよ。あれ、グルの馬たちだ！」

　リー・ファは顔を輝かせた。

「逃げてきたんだ！　わたしたちの足跡を見つけて追いかけて来たんだ……ちょっと行ってくる！」

　ファン・ザンに飛び乗って、迎えに出る。

　不安げな顔つきの馬たちが、みるみる集まってきた。うんと遠くのほうからも、仲間の動きと、リー・ファとファン・ザンを見分けて、必死に走って来る。気がつけば、沸騰するような馬たちの渦の真ん中だった。鹿毛《かげ》も栗毛も仔馬も年寄りも混ざりあい、みるみる膨れ上がり何十頭の群れとなった。

「アルタ？　アルタはどこ？　いないの？」リー・ファはファン・ザンを回した。「ルセリも。ホドラクもいないのか」

　強いものたちほどいない。軍馬になる訓練をはじめたものや、長《おさ》たちの乗り馬が見当たらない。

「そうか。きっと、戦ってるんだ」リー・ファの両目に、わずかに涙がにじんだ。

人間たちの諍いから尻尾を巻いて逃げ出してきたのは、戦の経験のない馬たちだ。繁殖にだけ使われるもの、まだあまりひとを乗せたことのない若駒、そして、すでに現役を引退してひさしい年寄り馬などである。ふだんは、ひとであれ馬であれ自分よりものわかった誰かのあとに従っている連中だ。

たくさんの馬がみな興奮しているので、騒々しい。いななきたり、小突きあったり、やたらに走り出したり、ぐるぐるまわったり。座り込んだり、ゴロゴロしてみたり。馬たちが、順列のうちに自分の居場所をみつけ、群れとして、落ち着くまで、しばらくかかった。

「だめ、喧嘩しないで！　騒いでると敵にみつかっちゃうんだから……いい子にしてったら！」

ようやくなんとか馬たちが鎮まった。やれやれと見回すと、ハシクルも羊たちもいない。青い衣は、消えてしまった。

そりゃあ、気の立った馬群が押しかけてくれば、大切な羊たちが踏まれたり蹴られたりもする。急いで避けるほうが理に適っているのだろう。でも、そばにいて欲しかった。どうしたらいいのか、できれば教えて欲しかった。リー・ファはふうっ、と肩から息を吐いた。

マハール白亜宮の北棟、フテスの塔とカニアスの塔にはさまれ、パーティル薔薇庭園に面して、水晶《クリスタル》の間はあった。その名はむろん、パロ王宮の同名の部屋にちなんでいる。どちらも、宮殿内でもっとも広く、もっとも豪奢《ごうしゃ》な大広間だ。パロの首都のそれには及びもつかぬが、こちらも、何百人を招いての宴会や舞踏会が可能な規模である。

この日、ここでは、パロの使者の歓迎会が行われていた。列席数十名のごくささやかな宴席で、巨大な部屋の大半が無駄となったわけだが、あまりに大事な客のこととて、他の選択は考えられなかった。この国としては最高に洗練された、最高に格の高いもてなしをする必要があった。

主賓はむろんその大事な遠来のお客がた、クリスタルの聖騎士侯のうち最長老であるイラス侯ダルカン、その長年の盟友であるサラエム侯ダーヴァルス、そして、ケーミ侯ボーハムの三名である。もっとも年若いボーハム卿すら、耳にかかるあたりに白髪がちらほら見える年頃である。

エマ姫の将来を託すべく、聖王家もことに篤実《とくじつ》なものたちを使者にたてたのだった。あるいはむしろ、この時点ならば、まだ話を崩し、なかったことにするのも不可能ではないからかもしれない。ほんとうに引き返せなくなる前に、年輪を重ねた眼力で、嫁ぎ先の内情——婿の人品骨柄、家庭の雰囲気、臣下や使用人たちの心持ちなどなど——を、さりげなく観察し、見抜いて来よ、という思惑なのやもしれない。

もてなし側の中央玉座にはスタイン王が座し、その両隣にネルラ妃と太子スタックが居並んだ。そこからわずかに距離をあけて左右に、主立った貴族やら高級官僚やらがずらずらと連なる。その中にさりげなく、王子スカールが紛れ込まされている。

どこを探しても第二夫人リー・オウの姿はない。

義母はきっと自分も除け者にしておきたかっただろうに、とスカールは思う。家庭の円満さや、国の安泰を強調するためには、ふたりきりの兄弟のかたわれを欠席させるわけにもいかなかったのに違いない。

卓子《たくし》はひどく長大で、これでもかとばかりに飾りたてられてある。彩りゆたかな馳走、山海の珍味や酒は、百人前も用意されたようだ。最上等の仔羊や鹿のあぶり肉、豆や木の実を詰めた鳩や雷鳥、煮込んだ臓物やハーブをまぶした魚介のマリネ、薬効の高い人参や葱のスープ、無花果《いちじく》や柘榴《ざくろ》や棗《なつめ》の菓子などなど、料理人たちはそれぞれ自慢の腕をふるった。食卓に隙間が生ずるのは面目が立たぬとでも考えたか、花も果物もあふれんばかりにふんだんにある。王室専用の氷室から運んできた氷塊で作った鳥の彫刻まであった。いままさに飛び立たんとする姿をしている。

その鳥のくちばしの先のほうが部屋の人いきれでしだいに弛《ゆる》んで溶けてきて、ごくたまにぽつりとしたたるのが、スカールからするとすぐ目の前である。しずくは、まるで水時計のように時を計った。あきれるほど、ゆっくりと。

　この愉快な宴会がはじまってから、かれこれ二刻《ザン》かそのぐらいは過ぎただろうか。大勢の給仕たちが真剣このうえない顔つきで無言のままひっきりなしに行ったり来たりして、新しい料理と皿を運び、口がつけられたかあるいは手もつけられぬままになった皿をせっせと奥に引っ込めつづけている。厨房《ちゅうぼう》ではそれに輪をかけた大奮闘と混乱がまさに進行しているところであろう。大広間のあちらの隅では、三十名からなる楽人が会話の邪魔にならない音量で妙なる調べをかきならしている。

（はやく終わらないか）

　スカールはうんざりしている。

　社交とかそつのなさとは縁のないスカールである。案内された席に腰をおろした瞬間から不愉快だ。ただひとり気のおけぬ兄は遥か上座にいて、大声でわめいても声も届きそうにない。右も左も、見覚えがあるが普段ほとんどつきあいのない爺や年寄りばかり。頑迷そうに口を結んだ貴族や、しかつめらしく堅苦しげな面持ちの役人ばかりで、おもしろくない。

　たぶん、大事なパロのお客から、なるべく遠ざけておくためなのだろうな、とスカールは考えた。何をしでかすか言い出すか予測のつかないこの自分と、遠来の客たちとのあいだに、信用のおける連中でひとの垣根をつくったのだろう。

上席のほうでは心得た誰かれが華やかなご歓談やら軽妙な話題やらで客をもてなしているようだ。兄も晴れやかに笑っており、父王も義母もご機嫌うるわしく、まことにめでたい。

こうなったら、退席してもかまわなくなるまで、せいぜい旨いものを食べ、珍しい酒に浮かれてやりすごす他ない、とスカールは諦めぎみに考えたのだが、育ちざかりの少年の食欲を持ってしても馳走はあまりにも多すぎたし、酒にはまださほど強くない。やたら飲めば頭痛がするだけである。次第にますます気が滅入ってきたのは、さしも強靭な胃がもたれてきたのもさることながら、いつ果てるともなく続く宴の退屈が、居たたまれなくなってきたからだ。虚栄とか茶番といった語彙《ごい》を彼は持たなかったが、肌で感じていたのはそれだ。

パロの客がどれほどお偉くて有り難いのか知らないが、これはちょっとはしゃぎすぎ、気取りすぎなのではないか？

客を大切にするのはいい。草原の民だってそうする。遠来の友は精一杯もてなす。持っているかぎりなんでも鷹揚《おうよう》に差し出す。だが、こんなふうに変にぎらぎらと飾ったり、妙に卑屈になったりしない。

だいたいグルは、いつだって、自分を、そうであるもの以上にも以下にもしない。実際より太っ腹なものに見せたがったり、裕福なふりをしたがったりなど、けっしてしないのである。

まだ年若い少年ではあったが、スカールとて生まれついての王族だ。嫡男《ちゃくなん》でなく、兄を持つ弟であるからこそ、見えてくるものもある。

こういう浅ましい真似をしたがるのは父王ではない。義母とその取り巻きの采配だろう。彼女の見栄や、アルゴス王家よりもパロの聖王家のほうを高く見る気持ちが、こんなくだらないことに張り切って大盤振る舞いをさせているのである。しかも、それを、夫に恥をかかせぬためと周囲にも言い、たぶん本人も信じている。

(ばかめ。食い物を無駄にすると罰があたるんだぞ)

スカールはむっつりとした顔つきで、骨つき肉をねぶりつづけた。出されたものは残らずたいらげたいところだが、そうもいかない。自分よりずっと食の細い兄など、きっととっくに降参しただろう。もういらない、頼むからこれ以上つぐな、よそうなといくら言っても、給仕たちはどんどん新しいものを運んで来て、まだ残っている食べ物の皿をかっさらっていく。

見知った顔の給仕をみつけたので、スカールがしかめ面をしてみせると、ハッとしたように飛んできて、耳もとにしゃがんだ。

「どうか、スカールさま、お心をいためられませぬように。これは、来るべき宴のための貴重な予行でございます。それに、お下がりは、みなでいただきます。珍しい美味しいものがこんなにたくさんありますので、下働きのものたちまでも、味見できそうです。こんな機会はそうございません」

「おお、そうか」

それでとたんに胸のつかえがとれた。

「なんだ。それならいいんだ。もっとやれ。どんどんやれ」

「はい」給仕は笑った。

「じゃあ酒をくれ。……うんと冷たくして……薄いのを、な」

「ただいま」

安心して気が楽になったスカールが、さすが若さの賜物《たまもの》、たちまち旺盛な食欲を取り戻し、どれ、ちょっとこちらも一口齧《かじ》ってみるかと何かの揚げたのに手を伸ばした、その時である。

気配が、した。腕の産毛《うぶげ》がちりちりとたちあがるような、ごくかすかな違和感、警戒を招く何かを鋭く捉えて、スカールはぴたと動作をとめた。ひとつ大きく息を吐いておいて、ゆっくり視線をあげ、見回す。

小姓が侍従長に耳打ちしている。上役を飛ばしての越権だが、急ぎの時にはままあることで、それだけならどうということはないが、巻き毛の少年の顔が、ひどく歪んでいる。侍従もまた、たちまち息を飲み、顔色を失った。

(どうした？　何があった？)

開け放たれている窓ごし、大理石の円柱の並んだ外廊を大股に来る者が見える。マントをはためかせる勢いで急いでやってくるのは、宮廷警備隊の分隊長ロン・サンだ。

スカールは上席に目をやった。さっきの侍従長が王のかたわらに跪《ひざまず》いている。なにか聞いて、王が眉を寄せ、かすかに首を振った。

(分隊長と、ここで会うか、別室にするかだな)

この頃には誰からともなく、手をとめ、ことばを切っていた。楽団も演奏をとめたので、広間は急にシンとしずまりかえり、張りつめた空気に包まれた。

「おそれながら！」

分隊長が大広間の入り口で片膝をついて呼ばわった。

「グル族より急使が参り、お目どおりを願っております。宴の途中まことに失礼つかまつりますが、火急のようで」

「ならぬ！」正妃ヴァル・ネルラが、こてこてに化粧した顔を真っ赤に染めて立ち上がり、一喝した。「なにをたわけたことを。そんなもの待たせておけ。後回しにせよ！」

「ネルラ」スタイン王が低く言い、咎《とが》めるような視線を向けた。

「おお陛下！　わたくしめはいつでもあなたさまの思し召しにしたがいます……が」王妃は顔をしかめ、小声の早口になった。「でも、どうせあのマグ・ガンのことですわ。

いよいよ亡くなったのでしょう。長く寝ついていましたもの。よりによって何もこの祝いの席を邪魔しなくたっていいのに……」

王は最後まで言わせなかった。

「大事なのだな、ロン・サン分隊長？」

「は！」

「我らは、ご遠慮いたしましょう」イラス侯が、ふたりの輩《ともがら》をうながして、立ち上がろうとする。

「そのほうがよいか？」王は分隊長に尋ねた。

「いいえ」分隊長は首を振った。「遠からず公になることでございますれば」

王は得たりとうなずき、そのまま、と手で、ダルカンたちを留めた。

「私も同じ考えだ。マハールはクリスタルになんら隠し事をせぬ。通せ」

「陛下！」ネルラが両手を頬にあてると、両腕につけた大量の腕輪がじゃらじゃらいった。「陛下……せっかくの慶賀の席をッ！」

王が耳を貸さないので、ネルラはせいいっぱい媚《こび》をふくんで援護を頼んだが、ダルカン、ダーヴァルス、ボーハム、三人の聖騎士侯の誰とも目を交えることすらできなかった。

そのころにはもう、戸口のあたりにざわめきが走っている。小姓や給仕らがあわてて道をあけるところへ、ひとりの若者が入ってきた。敵と刃を交えてきたもの特有の、金属味のするような熱と気配を発しながら。

　宴会の華やかに浮かれた空気が、たちまち一掃された。

　若者はしばし色を失って立っていた。門衛に肩を借りてやっと顔を起こしている。黒とも灰色とも緑ともつかぬ質素で実用的な服は、血と煤《すす》でぼろぼろだった。細い腰を締めた真紅の帯、騎乗向きの長靴。髪がびしょ濡れなのは、しとど汗をかいたからか。凄まじい勢いで駆けたことを示して胸はおろか顔にも多量に泥が撥ねかかっている。左の頰は殴打の痕が膨れてつぶれかかり、眼がろくにあいていない。

　ネルラは手布を出して、眉をひそめ、鼻を覆った。

　草原の若者は昏倒しかかるのを、奥歯を食いしばって耐え、何かを必死に探す目をした。王族に目通りするというのに跪かず、帯には剣鞘をさげたままだ。気づいた小姓があわてて叱りつけに駆け寄る間もなく、若者は、スカールの顔を見つけてぱぁっと安堵破顔した。

　その顔に、スカールも気づいた。幼いころ、共に馬をかって草原を駆け泥んこになって遊んだ仲間のひとりだ。たしか名前は。

「申し上げます！」

　さっとその場に膝をつき、玉座の王のほうに顔を向けて、気迫をこめたことばを発した。

「伝令申しつかりました、ハン・ミエンの息子、ハン・イー！　昨晩、イリスの二点鐘の刻、さきの長マグ・ガンが身罷《みまか》ってございます。これと相前後し、居住地およびその周辺の包《パオ》が何者かに襲撃され、応戦、北の方角に退けましたが、被害甚大」

「なんだと」スカールは思わず立ち上がった。

「今の長グル・ソンはじめ十数名が戦死、タダ、トールなど数名が行方知れず、ギレンはじめ二十余名が負傷。流れ矢や放火で女や乳飲み子にも被害がでています。敵は旗指物《はたさしもの》、名乗りなど一切なし。軽装のもの、鎧のもの、騎馬徒《かち》合わせて約二百名。鬨の声や振る舞いから、カウロス窮民の山賊化したものと推定……ただ」

若者は、ここで、スカールを見やった。

「バンさまを見たというものがありました」

「バンとは？」王が尋ねた。

若者はことばに窮して瞳を泳がせた。

「伯父です」スカールが言った。「そのひとりです。俺の生まれたころの話ですが、昔、いさかいがあって一族を捨てたと聞いたことが」

「陛下」

声がしたのは、巨大な部屋の奥まった部分、今日はつかっていなかった扉のほうである。警備のものたちに囲まれてリー・オウがいた。宴に似合わぬ簡素な服装である。報せを聞いて、駆けつけてきたのだ。

「バンのことは、わたくしからお話し申し上げましょう」

「子細があるか」王はかすかにうなずいた。「よろしい判った。リー・オウ、おまえの宮でその者を休ませ世話してやれ。スカール、ハン・イーに付き添い、より詳しく話を聞け。使者よ、その前にいま少し近う。酒杯を取らせように」

「は」

やめて汚らわしいそんな下世話なとんでもないもったいないとネルラが喚いていたが、スカールは、耳にいれもしなかった。感謝と安堵の微笑みを浮かべた若者が、立ち上がることもできず、そのままぶたをとじ、前のめりに倒れかかったので、あわてて膝と肩をこじいれ、床にぶつかる前に、なんとか抱き留めた。

ぼとりと重たいものが頬にそれから腿に当たって落ちた。思わず受け止めると丸めた布だ。転がりほどける先が赤い尾を引く。スカールの指も濡れた。鉄の匂いの赤く粘るもので。押えを失った傷口から熱いものがさらにどくどくとこぼれだしてくる。

驚いて見ると、ずっと若者に肩を添えていた門衛が片膝をつき、無骨で平らな顔を幼児のようにくしゃくしゃに歪めている。

「どうせ助からぬ、声が出るうちにご報告を、と、手当てを断ったのです」

給仕たちが気づいてばたばたと走り、治療者を呼び、湯を、薬をと、うろたえ騒ぐ中、スカールは若者のからだから急速に熱がそして生命が奪われていくのを感じた。少しでもぬくめてやりたくて、思わず抱いた。ひしと、力をこめて。

「感謝する、ハン・イー。早駆けの、韋駄天《いだてん》のハン・イー」

小姓がそばに跪き酒杯を差し出した。謝意を示して受け取る。青ざめた唇にあてがってやると、若者はうっすら目をあけた。あまりに間近にスカールを見て、つぶれた目を見開いて驚いた顔をした。

「そうだ、俺だ」スカールは力づけるように言った。「スカールだ。ここにいるぞ」

「はい……スカ……ル……さま」

若者の目尻からこぼれてきたものがスカールの指に熱くかかった。

「よく来た。よく耐えた。俺は、そなたを忘れない。俺の馬にその名をもらおう。そうだ。死んだら、馬になって生まれかわってこい。聞こえたか？　次は一緒だ。スカールが一緒に戦うぞ。わかったか。いいなハン・イー！」

若者は皓《しろ》い歯を見せた。ぶるっとひとつ震えて目を瞑《つむ》る。その勢いでまた涙がこぼれた。

スカールはじっと動かなかった。強く抱いていた。彼の最期の息がすべて吐き出されてしまうまで。ハン・イーの魂が、モスのもとに還るまで。

そして、それから、亡骸《なきがら》をそっと床に横たえた。

立ち上がったスカールの顔や着衣は赤く染まっていた。大股に歩いて、父王のすぐそばの床に膝をつく。足跡が粘る血糊を引いた。ネルラが喉の奥で声をあげ、ドレスの裾を遠ざけた。

「ご覧の通りです。陛下、どうぞご命令を！」

「なにを勘違いする！」ネルラは非難がましく遮《さえぎ》った。「でしゃばるな。兄を差し置いて。いくさ遊びではないのだぞ。陛下の兵は玩具ではないぞ。そなたはまだ十二、おとなしゅう引っ込んで」

「せんに十三歳になりました」

スカールはキッと義母を睨んだ。女が口出しするな、と、喉まで出かかった。

「行かせてください、どうかご下命を！」

「控えよスカール！」ネルラがわめいた。「さがれ！　ほどを知れ！」

スタイン王が無言のまま片手をあげたので、王妃もスカールも口をつぐんだ。王は、若者の亡骸を運ばせるべく指示を出しているリー・オウのほうをゆっくりと見やり、静かに言った。

「心痛のところ相済まぬ。親族の因縁など聞くは、後ほどにせずばなるまい」

リー・オウはそっとまぶたを伏せてうなずいた。

「テン・ヤム将軍を、これへ」

　腰の大剣をがちゃがちゃ鳴らして将軍が進み出た。宴に列していた将官、高官らも側に控える。たちまち居並んだ屈強な背中に遮られて、スカールからは王が見えなくなった。

　スカールは苛立ちを顔に出すまいとした。もし父が許さないのなら、ひとりでも、顔を隠しても行こうと考えていた。父王の命に背くことになる。だが、じっとしてなどいられない。どうしても我慢ならなかった。祖父の、伯父の、グル族の敵討ちを、他人任せにできはしない。

　と、人垣が割れ、王が見えた。

「アルゴスは」スタインは言った。「我が同胞を襲撃したものを討伐する。アルゴス王は、卑劣を憎み悪逆を許さぬ。モスのみ心のままに！」

　王の宣言に、一同は短く応じ、刮目《かつもく》した。

「明朝、風紋騎士団八百名、北に向け出立。匪賊を討伐せよ。ダゴル将軍、主将としてこれを指揮せよ。イル将軍、副将としてダゴルを補佐せよ。キラ将軍、輜重《しちょう》を司《つかさど》れ。スタック」

「は、ハイッ？」

　急に呼ばれ、兄があわてて姿勢をただした。

「キラ将軍に従って動員準備を学べ！」

「はい」

「将来に備えてな」王はわずかに目を細めた。

「はい！」

ネルラが感激に滂沱《ぼうだ》と涙をながし両手をよじりながら駆け寄って、兄の肩を抱き、何か言っている。兄は頬を紅潮させ、うなずいている。

（……俺は？）

スカールは、胸がひどく高鳴り、視野が点のように狭まるのを感じた。胃のなかみが喉のあたりまでこみあげる。

（俺は、俺は何をすればいい、父上？）

その火のような視線を感じたかのように、父王がまっすぐスカールを見た。

「我が子スカールよ。そなた自身の警衛より三十名を抽出し独立討伐部隊を編制、先遣隊として即刻、グルの営地へ赴け！」

スカールの胸は歓喜に震えたが、厳重に自制し、ただ、ハイ、と答えた。

「編成は総員乗馬、替え馬を伴え。親衛隊ロン・ナル将軍、自身の隊員二百名と輜重を連れ、同行せよ。以後、将軍は、副将としてスカールを補佐！　グルの馬は速いぞ。しかるべき馬を用いよ」

「はっ！」

「両隊合流後は、スカール、そなたが主将を務めよ。ただし、自らの若年を忘れず、ダゴルの献策を重く受け止めよ！――ダゴル、諸事飲みこみ、このグルの黒馬の手綱を離すことなきよう頼むぞ」

「ウラー！」

大勢のひとの向こうにいる母リー・オウと一瞬、目があった。母はそっと一瞬まつげを伏せた。美しい顔だった。気品高く、落ち着きはらった様子だった。ただの穏やかな日にごく普通のことが起こっているだけと言わんばかりに。

息子のスカールにはそれがなんとも好もしく頼もしく、嬉しかった。

首都の大門がせわしなく開かれる。十人が掛かってようやく引き開けることができる重たく巨大な扉の中央にわずかな隙間ができるかできないかのうちに、黒鹿毛の愛馬テ・ガリアに打ち跨がったスカールが突っ切って行く。続けて、二騎、三騎、銀色の鎧に身をつつんだ兵士たちが飛び出していった。独立討伐隊である。勢いがついて大きく開いていく門から、我さきにとドッと人馬が走り出す。ウラー、ウラーの声も頼もしく、アルゴスの旗、スカール王子の旗を掲げ、警衛のしるしの黄色い首巾《しゅきん》をたなびかせながらの行軍である。替え馬合わせて五百騎弱、軍勢とはとうてい言えないが、狭いところから一気に噴出していくさまには凄まじい迫力がある。

赤い街道の石畳に蹄鉄が響く。驟雨《しゅうう》めいた音をたてる。前触れをきいて出立を知っていた近在のひとびとが家々から走り出て、声を嗄《か》らした。

大門から北西に出れば、農村、畑、村落などが点在する。市街に住み得ない貧しい者たちの集合地も見えた。これを駆け抜ければ、あとは、アルゴーへ延びる街道の一筋をのぞき、見わたすかぎりどこまでも続くモスの大海だ。草原に夕暮れの風が吹き、柔らかなみどりがいっせいに倒れひるがえる。波頭のように次から次へと白く押し寄せるかに見える。

沈みゆくルアーの投げかける熟したヴァシャ色の光と、そのもたらすくっきりと長細い影。夕映えの黄金に染まってそよぐ草を蹄にかけながら、独立討伐隊は紡錘形の陣形をとって進んでいった。

警衛隊はそもそも、スカール王子やその母リー・オウが営地とマハール宮を往復する折りに帯同されてきた者たちである。名誉な地位であるから初めの頃は高位の軍人や貴族の子弟が多かったが、十年を越える任務の間に次第にひとが入れ代わった。いまいるものたちは、ほとんどが自らすすんで志願したか、あるいはスカールや他の警衛隊員に見込まれて引き抜かれたものたちである。彼らはアルゴスの国と王家に養われているが、草原の民におおいに馴染み、強い親しみを感じていた。石の都につくねんとしていることよりも、馬と太陽と草原を愛し、みどりの原を自由に駆けているほうが気分が良いと思うようになったものたちなのだ。彼らの馬はみなグルの駿馬《しゅんめ》であったし、グルの娘といい仲になったものも少なくない。もともと軍属の調馬師、馬丁などには、グルのものが大勢含まれる。彼らと気のあう者が集まり、残り、そうでないものは辞めるか、別の任務に去っていったのである。

だからいま、グル族の奇禍に憤っているのはひとりスカールのみではなかった。ふだんは朗らかで礼儀正しい者ばかりの警衛隊であったが、敵の非道な所業を聞いて憤っていた。逸《はや》る馬を抑えてイリスのない夜を駆けた。幾度か小休止をいれながらも、こころは煮えていた。営地にたどりついたのは翌日の昼近くである。

多数の騎馬の近づいてくるのに気づかぬグルではない。それが敵ではなく、スカール王子を守護する身内のものであると悟らぬグルでもない。馬たちにとっても同じことである。

独立討伐隊が近づいていくと、何十頭というグルの馬たちが様子を見にやってきた。敵ならば今度こそ蹴殺してくれんとばかりに鼻息をあらげて突進してくる逞しい牝馬《ひんば》に見覚えがあって、スカールは思わず破顔した。

「おまえか！　無事だったのか、アルタ！」

牝馬は、もちろん、といわんばかりに嬉しげに鼻を鳴らして答えた。

敵はグルから馬を奪うことはできなかったのだ。何頭かは殺されたかもしれない。怪我をしたかもしれない。間の抜けたのが少々盗まれたりもしたかもしれない。だが、グルの至宝、この世の選良、他族の垂涎《すいぜん》の的《まと》である何百頭という貴重な財産をまとめて掻っさらっていくことは、できなかったのである。

憤慨と絶望に真っ黒に染まりかけていたスカールのこころが、僅かながら明るんだ。卑劣な奇襲を受けようとも、うかうかやられるグルではなかった。一番大切なものは、ちゃんと守ったのだ。

自分に流れる血の誇りが——おのれがその一員であるグルの一族にたいする深い愛情が——スカールの心臓を熱く高鳴らせた。

営地の周辺にも大量の馬たちがあてどなくうろついていた。災厄の際にはすばやく散って逃げ、敵が居なくなったことを確認してから戻ってきたのであろう。馬たちはみな、どこかもの悲しげであった。身内に起きた悲劇を嘆き、今後を案じているのだろう。

慰めをもとめて擦り寄ってくる馬たちの鼻面や耳を愛撫し、甘やかし、時に声をかけながら、営地のとばぐちまですすんだ。恭《うやうや》しく迎えに出て立っている白髪の老人にかろく会釈をしてさらに奥へ向かおうとしかけて、スカールは、ハッと馬を止め、からだを回した。

「シン伯父？……まさかシン伯父ですか……！」

シンにはもともと年齢不詳な雰囲気があったが、いっぺんに、二十も三十も老けてしまったようだった。

テ・ガリアは部族の若者があずかってくれた。

シンに連れられ、泥足で踏みにじられた営地を、スカールは無言で横切った。打ち倒された天幕の跡から欠けた角杯を拾い上げ、美しい刺繡の模様帯の燃え残りを見つけては首を振った。

マグ・ガンの包《パオ》であったところの周辺はまっさきに片づけられ、跡地にもう別の包《パオ》がたてられている。ふだん設ける円形の大きなものはふたつのみで、あとは、移動中や羊追いの野営に使う簡素で小型な円錐形の天幕である。それらがいくつもいくつも、南をあけることすらできずに肩を接するようにずらりと並んでいるのは、明らかに非常時の景色であった。

あちこちからさかんに煙があがっている。火災ではない。煮炊きのそれである。美味そうな匂いがし、馬乳酒の独特な芳香もした。辛抱強いグル族のひとびとは、ひどい災難の直後であろうとも、いや、だからこそ、淡々と、黙々と、ふだんどおりの日常を営んでいるのであった。

黒房を持つ緑の三角旗のついた天幕は傷病者のものだ。

シンが入り口の垂れ布をめくった。スカールが入ってゆくと、横たわっていたギレンはあわててからだを起こそうとし、苦痛のために顔をしかめた。

頭に、胸に、からだじゅうに布が巻かれている。そのところどころは、茶色く汚れ、こわばっている。左手は肘のすぐ下ですぱりと断ち切れており、頭の右側は目を含めて厳重に覆ってあった。

スカールはすぐ傍らの床に立て膝をつくと、黙って若い伯父の手をとった。冷たい。ギレンは残ったひとつ目を涙でいっぱいにしながら、人好きのする笑顔をつくった。

「死ぬかと思ったら、モスに追い返されたよ」

「よかった。日頃の不信心の賜物ですね」

ギグが馬乳酒の革袋と、ちいさな翡翠《ひすい》の杯を四つ運んできた。

男たちは車座になって、無事の再会を祝い、亡くなったひと、喪失したものを悼む酒を口にした。一口ふくんで、セツの馬乳酒ではない、とスカールは知った。ソンの包《パオ》はまっさきに襲撃にあったひとつだ。家財道具のすべてが破壊され、盗まれ、燃え尽きたのだろう。彼の蔵書はどうなったのだろう。セツはどうしたろう。こどもたちは？

「雲の原のテヒトという若者の率いる一味でした」白髪のシンは、低い声で言った。

「捕虜が、ようよう、白状しました」

「雲の原？」スカールは言った。「小さなオアシスがいくつも集まった地方か。そんなところのものが、なぜ？」

「カウロスはモンゴールと同盟を結んでる」ギレンが考え考え言った。「新興モンゴールは人材が不足がちだから、盛んに若者を徴発する。血気にはやって親元を飛び出したものが、厳しい軍規や訓練に落伍することもあるだろう。近年アルゴの水利権をめぐって内乱めいた騒ぎもあった。なんだかんだで、居場所を失って食うに困ったものが、落ちぶれてならず者になっているんだ。そういうのが、徒党を組んで、夜盗や山賊をする。縄張り争いの果てに融合して、より大きな集団になる……ってとこかな」

「一理ある」ギグがうなずいた。「そういう輩《やから》なら、礼節を守るどころではない。葬儀の場に乱入すれば不意打ちができる、グルの駿馬が手にはいる、と、浅はかにも考えたのかもしれませんね」

「若すぎるんだねぇ、きっと」シンが言う。「不幸な境遇と若さが、血を滾《たぎ》らせずにおかぬのだろう。捕虜らも、殺気だって、まるで飢狼のようだった……幼いこどもまで巻きこむのは、いかがなものかと思うが」

「待ちくたびれたんでしょう。父さんがなかなか死なないから」ギレンは先のない左腕をあげて、自嘲的に笑ってみせた。「いくら待っても葬式が始まらないんで、敵さん腹減らしたんでしょうよ」

「襲撃してきた者の中にバン伯父の姿があったという話を聞きました」スカールは伯父

たちの顔をじゅんぐりに見回した。「もし事実なら、たんなる略奪じゃあないのでは？　跡目はどうなっているんです？　バンというひとは、グルの長の座を欲しがっているんじゃないんですか」

狭い包《パオ》に居並んだものたちはみな黙り込んだ。すぐふざけて茶々をいれるギレンすら、重々しい表情を浮かべている。

「バンは」やがて、シンがしずかに、ゆっくりと話しだした。「昔、自分も家族も一族も侮辱するようなことを口にして、ここを出ていきました。家になど、戻れるはずがない。当人も肯《がえ》んじえますまいし、許すものもないでしょう。バンがグルの長になる日など、けっしてきません。草原のすべての草の数の年月が流れても、そんな日はこない」

「さきの長は、お跡継ぎに、ソンさまを指名なさいましたが」ギグがスカールの問いのひとつに答えた。「ソンさまはまだ、ご自身が亡くなられた場合の後継者についてなにもおっしゃっておられませんでした」

「シン兄しかいないだろ！」と、片頰に笑窪を刻むギレン。「この場合、謙遜は美徳なんかじゃないよ、シン兄。覚悟を決めてもらいたい。ソン兄は死に、ぼくはこうだ。リー・オウは、……リー・オウは、無理だ。王宮を放り出してはこれまい」

「ラム・バフは？　モト翁には頼めないかな」シンがもぐもぐと言った。「長を、引き受けてはくれないだろうか」

「だめだよ。マグ家には責任がある、そうだろう、シン兄！　バンがぼくたちを恨んで仕掛けてきたのだとすれば、我らの不和が部族ぜんたいを巻きこんでしまったことになる。みなにあわせる顔がない。他家の誰かに将来部族を任せることにするとしても、少なくとも、まず復讐を遂げ、復興を果たしてからでなければ」

「もうグルは結を解こうか」とあくまで低い穏やかな声でシン。「俺などは、とうてい長の器ではないのだから……二、三家族ごとに、どこか、よその平和な集落に縁付けよう。むろん、家畜や家財をたっぷり持参させて。駿馬を連れて行くなら、きっと厚遇してもらえよう。グルの名はその馬たちに残るだろう。そして、我らはバンと、敵の始末に専念して……」

「ばかな」

唐突に、スカールは言った。

「なにを言う。グルを終わらせるものか。誰もいないだと？　冗談じゃない。だったら俺がやる！　引き受ける」

「スカールさま……」

「グル族二千名は、俺が束ねる。貴様らは、今日ただいまより、この俺の部《べ》の民だ！」

ぽかんと口をあけたシンを、スカールは、傲慢といっていいほど強いまなざしで見つめた。どうだ、と。文句があるか、と。あるなら言ってみろ、と。

いったんくしゃくしゃに歪んで、やがて無理に微笑んで、うなずくシンの瞳が、かすかに濡れて光っていた。

スカールは、続けてギレンとギグを見た。瞳の力で射抜こうとするように。心のそこまで覗きこんで、絆を確かめるかのように。

「いやならそう言え。かまわんからはっきり言ってくれ。いますぐ。どうだ。よいか？」

「はい、無論」

「ようございますとも！」

ふたりがうなずくと、スカールは、よおし、と僅かに顔を紅潮させ、吠えるように笑った。

「とはいえ、俺はあまりに年若だ。経験もない。この先、マハール宮に居らねばならぬこともあろうし、父や兄の命に従わねばならぬ事態もあろう。だから、シン、表向き、長はそなただ。そなたが務めよ」

シンは、年かさの伯父である自分をずけずけと遠慮もなく指さしたスカールの手をとり、頭をさげた。水に潜る時のようなしぐさで、スカールの手の下にはいり、その手を額におしつけた。敬愛と、従順の誓いをしめすしぐさだった。

傷ついて横たわったままのギレンが、つづいて、ギグが――ついこの間まではこの若き王太子の師範であったギグが——すぐに同じことをした。

「おお、モスよ……」シンが言った。「無窮なるもの。永劫よ。一葉に宿る朝露から、英霊の名を戴いて輝く天の星々まで、我らが遥けき草原にあることごとくすべてはあなたのもの。あなたの僕《しもべ》グルは、ただいま、新しき王を戴きました。我らが王スカールに、惜しみなき恵みを賜らんことを！」

「ウラー！」

「ウラー！」

玉座もない、王笏《おうしゃく》もマントも宝石もない、美麗な金屏風も仰々しい儀式もなにもなくても、それは戴冠であった。スカールは、この日この時から、グル族のあるじに、魂の支柱に、モスの草原の唯ひとりの王に、なったのである。

「よし」スカールは浅黒い顔に歯を光らせて、狼のように笑った。「では……反撃だ！」


どうしようという考えがあったわけではない。

リー・ファはまだたった六歳だ。乗馬には慣れていたが、何十頭もの群れをひきいて行動などしたことがない。

それでも、敵に見つかってはいけないと思ったし、じっとしていると危険なような気がした。だから、うろうろ歩き続けた。

「ずいぶん遠くまで来ちゃったな」ファン・ザンに言ってみる。「わたしは、おなかがすいてきたよ。あんたたちはいいよね。そこらじゅうに食べられるものがあって」

ぶるっと震える。

「なんだか寒くもなってきた。もう日が暮れる。今日はどこで寝られるだろう……あんたに乗ったままうとうとするしかないかな……悪いやつに見つかっちゃうと困るし……あれっ？」

リー・ファは黙った。手綱を引いて、ファン・ザンを止める。ちょっと肩を怒らせて背を張ってみせると、そばの馬たちがそれを見て動作を止め、後続も順に停止した。

不意に気づいたのだった。音に。というより音の欠如に。振動の欠如に。ファン・ザンの脚に、草があたらない。目を落とすと、そういえば足元の草はひどく平らに薙《な》ぎ倒されている。ずいぶんたくさんの馬が踏んでとおった痕のようだ。

馬という動物は賢くて、臆病であり、ある意味狡《ずる》い。他の馬が踏んで草が倒れた「道」があれば、必ずなぞるとはかぎらないが、同じところを通りやすい。

いつの間にか、別の馬群が通過した痕を追う形になっていたらしかった。

そういえば、馬たちがなんとなく嬉しそうだ。耳が前を向いている。しずかに呼吸してみると、風の中に、かすかに火の……煮炊きの……匂いがするような気がする。

耳をすます。気配に気をこらす。

やはり。

なにかいる。近くに。

リー・ファは手綱を大きくゆるめ、垂らした。鞍から地面に、音をたてずにすべりおりる。しぃっ、と指をたて、ファン・ザンに顔を寄せ、聞こえるぎりぎりの声で言う。

「ちょっと見てくる。ここを動かないで。みんなもじっとさせといて。すぐ戻るから。頼むよ」

心得た、とばかりに、ファン・ザンが耳をひくつかせる。

下馬したので視点が低くなり、見える範囲が急に狭まった。他方で、馬蹄の響きに邪魔されることはなくなった。耳をそばだてながら、踏み分け道を少し行くと、急峻《きゅうしゅん》なくだり坂につながった。横にそれ、背の高い叢《くさむら》に踏み込んだ。小さなリー・ファの顔のあたりまで鬱蒼と繁るくさむらを、なるべく音をたてぬよう、草を大きく揺らしてしまうことがないよう、そっと掻き分けながら進んだ。やがて草が唐突に途切れた。崖だ。

慎重に腹這いになって、ぎりぎりまでにじりよった。

崖の端に近づいたと知ったので、からだを伏せ、上着の紐をほどいてゆるめ、頭からかぶった。まだかすかに明るい空にひとのかたちが抜けて見えないよう、用心したのだ。そういうことは父や伯父からなんとなく学んでいる。

のぞいてみる。

高さ十タールほどあるだろうか。

すぐ眼下に思いがけぬほどの大群がいた。

身につけた武器や馬具をがちゃがちゃとならす、猛々しくむさくるしい男たち。ざわざわ興奮さめやらぬ馬たち。ひとも馬もひどく汚なかった。美味しそうな食べ物の匂いと共に、胸がむかむかするような不潔な匂いがした。リー・ファは首をすくめ、手で鼻をおさえて、顔をしかめた。

崖が日ざしを遮るので、彼らのいるあたりのほうが上のくさむらよりも暗い。焚き火がたかれ、たいまつがさしてあるから、そのすぐ傍ら以外の闇がいっそう濃い。強い火影に彩られて、男たちのいかつい顔が余計に恐ろしげにみえた。せわしなく食事の準備がすすんでいる。武装をとかぬ男たちは、威張って命令ばかりしている。ものを運んだり、片づけたり、働かされているのは、背中が曲がった老人やがりがりに痩せた女だ。両手両足をなにかでつながれて、歩くだけで苦労しているものもある。もしやと思って目をこらしたが、グルのひとびとではないようだ。乱暴な男たちは、気の毒なひとたちを気ままに足蹴にしたり、鞭でひっぱたいたりしている。たばこの火があちこちでぼうっと灯る。野卑な笑い声、下品な罵《ののし》りことば。殴打の音。くぐもった悲鳴。リー・ファは唇を噛んだ。

どうやら崖の途中から水が湧いているらしい。崖の下端の重なった岩に、火影にきらきら光ってみえる一筋がある。

ここなら何日も野営できる。彼らは、たぶんここを拠点にしている。包《パオ》に襲撃をしかけてきた者たちなのかどうか確信は持てなかったが、悪いやつらには違いない。悪いやつらが、この辺りを知り尽くしているはずのグル族の目を免れて二つも忍び寄って来ているなんてことがあるだろうか？

……敵かもしれない。そうでもないかもしれない。

迷っていると、ふと、男たちが何人か、大きな袋をさかさまにして中身を検分しはじめた。戦利品を分配しようというらしい。ひとりが怪訝《けげん》そうに火灯りのほうに差しあげたものを見て、リー・ファは心臓を握られたように思った。木彫りの馬だ。とうさまがはじめてケイロニアに行って帰ってきたときの土産。草原では木は珍しい。みながさわるから、木肌がすべすべになった。赤ん坊の自分に、それが玩具として与えられた。あの馬の尻尾のあたりには、赤子の自分の歯形がついているはずだ。簒奪者《さんだつしゃ》はつまらなさそうに舌打ちをして、たいせつな木彫りの馬を焚き火の炎の中に投げ込んだ。

ぎりっと音がするほど奥歯を噛んだ時、銀色のものに気づいた。たいまつの光の届きにくいあたりの低いほうで、地べたに座っている。打ち込んだ杭に後ろ手に縛りつけられているようだ。ぼろぼろの青い衣。長いたてがみ。通りすがりの悪者が面白半分に蹴ったから、顔が見えた。

——ハシクル！

リー・ファは身をひるがえした。

震えをおさえて後ずさりをし、崖から充分離れると立ち上がり、もときた道を駆け戻った。ファン・ザンの首にしがみついた時には、泣いてしまいそうな気持ちは鎮まっていた。

「知らせにゆかなくちゃ」

リー・ファはサッと鞍に登った。四、五十頭あまりのぽかんとした馬たちがみなこちらを見た。リー・ファは口をへの字にした。それから、自棄《やけ》っぱちのように笑った。

モスよ！　わたしが走れば、この子らはみんなついてくるだろう。母馬のあとを追う仔馬のように！

「走るからね」リー・ファは、言った。「うんと急ぐから、みんな頑張るんだよ！」

ハイッとひと声するどく合図をすると、ファン・ザンは心得顔でさっそく走り出した。あたりの馬たちが、すわこそといっせいに向きを変え、走り出した。

黄昏の草原を、グルの娘と馬たちはひとつの群れになって一路マハールをめざした。さきほどまでのたどたどしく、目的地もない、ぽくぽくとした彷徨とは違う。必死の、気合のこもった、矢のような、一心不乱の走りである。走れる馬は力のかぎり走り、遅れてしまう馬たちはくやしげに遅れながらも、食い下がった。もし誰かこの馬群を空から見ていたなら、それはゆっくりと垂れかかる粘っこい液体のしずくのようなかたちとなっただろう。

夜はなかなか訪れなかったが、来れば溶暗である。いつしか頭上に満天の星がかがやき、空気は耳に切りつけるように冷たくなった。星影の草原を、風をきり、風とひとつになって、十モータッドほども駆け抜けたろうか。ふと、予測にない、草原には本来あるはずがない灯《ひ》が見えた。リー・ファは緊張した。手綱をひいてファン・ザンをとまらせる。あとに続いてきていた馬たちも、いまや、リー・ファの挙動に鋭く注意をはらっている。すぐに立ち止まった。

灯《あか》りは、信じられないほどたくさん、数限りなくあった。じっと目をこらしていると、やがて、慣れて、遠い距離に焦点をあわせることができるようになった。見えたのは、夜目遠目にもいかにも豪華な、ぴかぴか輝く兜や鎧だ。草原のど真ん中で野営をしている。見はるかすモスの大地に、その存在を隠そうともせず、むしろ誇示して。

炎が、武器が防具が、ひとの手のつくりだしたものたちが、賑やかにさんざめいている。遥か星降る草原に、定命《じょうみょう》の儚《はかな》き運命を燃えたたせ、うたかたの輝きを放つように。

敵じゃない。リー・ファは考えた。ありえない。あんな立派なのが、夜盗や山賊なはずはない。軍隊だ。もしかすると。

心して探すと、見つかった。遠すぎ暗すぎて紋章のこまかなところまではわからないが、確かに旗のようだ。軍勢は、旗をなびかせている。堂々と。もしかすると王家の旗ではないか。金の縫い取りがあるように見える。

「アルゴス軍だ！　王さまの軍勢だ！　あそこには、きっとスカールさまがいる！」

囁く声でひとりごちるリー・ファの周囲にも、遠っ走りで息荒いファン・ザンの周囲にも、いくつもいくつも丸く白い息がうかんだ。

「行くよ！」

不安に押しつぶされそうだった気持ちが、少しばかり明るんだ。リー・ファは声をかぎりに叫んだ。鳥の鳴き声に似た鋭く甲高い音で。手綱を解き放ってやると、ファン・ザンも勇み走った。喜び勇んで。力の限り。

まだ、大人たちのようにうまく正確には鳴らせなかったけれども、グルや、グルとつきあいのあるものにはなら、わかるはずの合図であった。馬たちに通じる命令でもあった。大勢の馬たちも、許され、緊張から解放され、嬉しくなって、たちまち群れをなして走り出す。

風紋騎士団の陣営では、日暮れをもって大休止とし、軽食をとり終わり、明日の行軍にそなえて仮眠を取るべく命じられたところであった。見張り当番にあたって警戒していた兵の何人かがハッと顔を見合わせる。するうちに夜の底に突然どろどろと戦太鼓のような馬の足音が轟《とどろ》きだした。重たく響き、どんどん強くなり近づいてくる。

「なにか？」

「馬か？」

「接近してくるぞ」

地面に耳をつけて音を確認するもの、仮拵《ごしら》えの見張り楼によじのぼって目を凝らすもの。やがて、伝令が飛び、たいまつと旗が振られ、太鼓が激しく打ち鳴らされた。休息にはいったばかりの兵たちが飛び起き、繋がれた馬たちも、血気にはやって胴震いした。

「出たか」

副将イル将軍は、身支度を整えながら、大股に歩いてきた。

「賊ども、夜陰に乗じてきおったな。……攻撃準備！」

「攻撃準備！」

復唱の声が次々に飛び、合図の旗が高く振り上げられた。

「弓矢隊、備え。……三列横隊に並び、跪いて号令を待て！」

「お待ちを！　しばし！」

楼から声を飛ばした兵は、闇を凝視している。

「敵ではありません」

「なに？」

「馬です！　馬だけのようなんです。ひとを乗せているようには見えません！」

イル将軍はじめ、一同、怪訝そうに顔をしかめる。騎馬のものは、鐙《あぶみ》の上に立ち上がって、できるかぎり遠くを窺った。

轟く蹄の響きがさらに耳障りになってくると共に、星灯りでも、馬たちのからだや長い顔がところどころきらめいて見えるまでに近づいてきた。

「曲乗りをして隠れているのではないか？」

「全軍がですか？　ありえますまい」

「グルです」楼のものが断言した。「グル族の馬の、生き残りと思われます！」

「なるほど。難を避けて逃げていた馬どもが、保護を求めてきたか。聡《さと》いことだ！」

「弓おろせ！　待機、たいき！」

馬がきた。闇を払い、打ち破るかのように。波のように、後ろのものから押される力で、次から次へ駆けてくる。

先頭に、一騎いる。ほの白く光る馬体をしたたくましい馬が、馬群を率いている。美しくも恐ろしい戦神のようにひた走ってくる。その背に、ふと、翼が生えた。

「……天馬？」

最前線でこれを目にした若い兵士たちは、みな畏敬の念に打たれ、肌という肌に粟粒をたてた。

リー・ファはからだを縮め、ファン・ザンの背に低く伏せていた。馬の首の高いところが邪魔になるので、左側にへばりつくかっこうだ。これがいちばん速い。走りつづけて汗をかきそうになったので脱いでからだに結びつけた上着が、向かい風に激しくたなびいている。ばたばたはためいて、油断すると飛ばしてしまいそうだ。

これが翼に見えたなどということに思い至る由もない。

上着を摑むのに気をとられていて、大部隊に迫ったことに気づくのが遅れた。

「だめ、とまって、とまって！」

あわてて手綱をひいたものの、後から後から押し寄せてくる馬たちのせいで、充分に速度を落としきれなかった。歩哨たちに激突しかかり、逃げる人の間をぎりぎり走り抜け、巧みにくるりと旋回する。

つき従ってきた馬たちも、あわてて左右に散開してゆく。軍隊のほうから見れば、十や二十ではない馬が、魔法のように押し寄せてくるように見えただろう。何頭も何頭もいくらでも際限なく生まれ出てくるように。あまりのことに、近くの兵は右往左往し、安全な距離のものたちはあんぐり口をあけて見とれてしまった。

「アルゴスの王さまの軍ですか？」まだ停まれないファン・ザンをその場で小さく輪乗りしながら、リー・ファは尋ねた。「スカールさまは、いますか？」

少女の編み目が乱れた黒髪と馬のたてがみがともになびき、野営の炎に照り映えた。ただ者とは思われぬ。さっきまで、乗ってなど居ないように見えたのが急に現れたし、まだごく幼い娘のようなのに、恐ろしく馬術が巧みだ。

鬼神か？　魔物か？　誰も口をきこうとしないところへ、ようやく部下を四人ほどつれて将軍が乗り付けてきた。

「そなたは何者であるか？」イル将軍が尋ねた。「まずは名乗られよ！」

「あ、ごめんなさい。マグ・シンの娘、リー・ファです」

近習《きんじゅう》が押えようとして手を伸ばし、あやうくファン・ザンの巨大な前歯で噛みつかれそうになった。

「グルの娘か。いやはや、驚いた。たいしたものだな、グルの子は！」イル将軍はいかつい髭面《ひげづら》にひきつったような笑みを浮かべた。「ようやった。貴重な馬を守り、届けてくれたか。多謝である。腹はへっておらぬか。こちらに来るがよい。何か食べさせよう」

食事のことを言われて、背中にくっつきそうな腹がたちまちグウと鳴った。疲れと緊張がいちどきに解けてしまいそうになる。めまいもする。リー・ファは唇を湿した。

周囲では、何十頭もの馬たちが、ようやく保護されはじめている。馬の息がたいまつに浮かぶ。すぐに落ち着いておとなしく引かれてゆくものもあり、興奮醒めやらず、何人かをひきずり倒し引き回して、鬼ごっこを楽しんでいるものもある。

でも——馬をかまってくれている兵隊たちを見回しても、見知りの顔がひとつも見当たらない。グルはどこ？　グル族がいない。

リー・ファはぶるんと首を振った。

「一族のものは……誰か……グルは、いませんか？」

心細げな少女の瞳に、イル将軍は同情した。

「おらぬな。あいにくだが。我らはアルゴス風紋騎士団である。正規軍には、グル族も、グル出身の者もおらん」

「……そうなんだ……」

「警衛隊にならば、そなたの一族も同行していよう。顔見知りのものもあるかもしれない、殿下の護衛を仰せつかって営地と首都を往来しておるよって。なに、そんな顔をするな。独立討伐隊とは明日早々に合流する予定だ。ここは安全だ。いましばし、休息をとれ」

リー・ファは泣きたくなってきた。このおじさんの話は難しくてよくわからない。だが、どうやら、リー・ファのことを、助けを求めてきた甘ったれの弱虫と思っているようだ。そうじゃないんだと言い張りたいが、なにか喋ると、ほんとうに泣いてしまいそうだ。

どうしよう。考えたいが、無理だ。追い詰められすぎ、疲れすぎて、頭がくらくらする。

「通せ。場をあけよ。おお、……その娘か？」

奥まったほうから馬を進めてきたのはダゴル将軍であった。道をゆずるイル将軍や兵隊たちの態度から、うんと偉い地位にある将らしいということはリー・ファにも漠然と判った。

「なんと。そんな幼児が、しかも女児が、馬たちを守ってこの夜闇をついて疾駆してきたというのか？　すさまじきことよの！……おお、妃殿下、こちらにございますぞ」

「妃殿下？」イル将軍が驚愕した。「同道されておられたのか」

「うむ。内密に頼む」ダゴル将軍がうなずいた。「お父上を弔《とむら》いたい、一族のものたちに会いたい、できれば仇《かたき》をこの目で見たいとおっしゃって……陛下が許されてな」

（どうしよう、もっと偉いひとが来ちゃうみたい）

リー・ファがドギマギしていると、恭しく引き下がって道を開ける男たちの間から、騎乗の女性が進み出た。ひと目でグルのものとわかる誰か若い女性のおつきをつれている。

「グルの娘。わたしも、このメネもそうよ」

かろやかな、それでいて艶やかな、少しもあわてたところのない声で、そのひとは言った。

「スカールのことを聞いたそうだけど、彼を知っているの？」

平装の女だ。鎧も兜もつけていないから兵隊ではないだろうが、馬の乗り方はかなりうまい。グル族の女たちが営地を移動する時にまとうものに似た動きやすそうな服に、風避けなのか頭から肩にかけて絹らしく透ける美しいヴェールで覆っていた。ヴェールの端にずらりと飾られた小さな金貨が、きらきらした。

ひとめで親近感が持てた。

「はい、もちろん」リー・ファはやっと元気が出て、つんと鼻を上向けた。「何度も遊んであげました」

「まあ、そう」

女は柔らかく微笑むと、ヴェールをすとんと肩に落とし、顔をあらわにした。うわ、なんてきれいなひと！　リー・ファはびっくりした。

「ありがとう。あなた、もしかして……リー・ファ？」

「そうだけど。あんたは？」

「わたしはリー・オウ」女性は言った。「スカールの母。あなたからすると、叔母にあたるわね」

「あ」リー・ファは思わず指さしてしまった。「真珠くれるおばさん！」

そうそう、とリー・オウは破顔した。

このひとなら大丈夫だ！　リー・ファは安堵と嬉しさでいっぱいになった。

「おばさん、あたし、敵を見つけた！」急《せ》き込んでいう。「ピュルナの渡りの先、ガンゴエンの岩の濡れた崖。いっぱいいた！」

「なに？」

ダゴル将軍は、辺境務めの長い実直な男である。聞き捨てならない話の流れに、思わず割ってはいった。

「まことか？　娘、塒《ねぐら》を見つけたと？」

「うん」

「ここから近いのか？」

「早駆けで、三ザンぐらい」リー・ファは鼻に皺をよせた。「すぐ出られますか。助けに行きたい。ハシクルが捕まってる。他にも、知らないひとたちだけど、縛られて働かされてるのが大勢いた」

「むう」

「案内します。でも、ファン・ザンは可哀相だから、まぐさをやって、世話をしてやって。別の馬を貸して」

「伝令!」ダゴル将軍は叫んだ。「レン・パ支隊の中隊長を呼べ!　特に速い二十騎を用意!　将校斥候《せっこう》に出よ!」

ハッ、と短くいらえがあって、誰か駆けだしていく。

「あなたは残るの」リー・オウがリー・ファの手を握った。「馬たちの踏み跡をたどれば行ける。あなたの馬同様、あなただって疲れてる。戦いは兵隊さんたちに任せて、やすみなさい」

「でも……!」

「そうして。これは、わたしのお願い」

「あいつら、ほんとひどいんだ」思い出すと、恐怖と怒りと悔しさがたがいにたがいを追い越そうとしながら胸いっぱいにこみあげてきた。「とうさんの馬を焼いた。ひとをぶっていた。ハシクルだって、なにをされるか」

「ハシクル?　って、誰?」

「捕虜にされたの。……ハシクルは、戦いなんて大嫌いなのに……!」

わっと泣きだしたリー・ファを優しく抱き支えてやりながら、リー・オウは闇の彼方を見た。馬たちの来たほうを。敵のいるはずの方角を。

薄い乳のように流れる銀河を、流れ星がひとつ鋭く貫いていく。

――同じ夜、スカール独立討伐隊の陣営――

初陣、である。

どんなに勇猛果敢でも、戦意が猛く滾ろうとも、それだけで戦いに勝てるものではないとスカールにもわかっている。将が愚かで浅はかであれば、率いる兵たちに辛く苦しい思いをさせることになる。戦の場に居たことのない自分はしろうとだ。知らぬことだらけ、やってみなければわからないことだらけだ。だが、戦場では、立ち止まってよく考えたり、誰かにじっくり相談をしたりする暇はない。

十三歳のスカールには、かつてのような楽天的な全能感はない。

王者の血とグルの血、受けた教育と経験してきたさまざまなことがらが、彼を、若輩といえど一騎当千の武人に鍛え上げている。彼は冷静で、思慮深く、それでいて熱い思いを抱くものであった。頭領たる器、他人をして彼についてゆきたいと望ましむる器量の持ち主であった。それでも、自分の手はまだ小さい、とスカール自身は感じている。不器用で、経験不足だと。

営地のグル族の生き残りと独立討伐隊の精鋭たちを束ね、凶悪な敵を確実に叩きつぶす鉄槌となすための利便方策を、彼は、必要とした。それは、行き当たりばったりのものであってはならなかったし、みなが信じて従えるものでなくてはならなかった。

主立ったものたちで食事をしている際、雑談のように、ふと言い出した。

「明日、ダゴル隊と合流したら軍議を開かねばなるまい。俺はどういう心づもりでいればよいだろうか」

自ら新たな長に任じたシン伯父と、大怪我を負ってこの場に残らざるを得ぬギレン伯父、そして、長年さまざまな分野の師範であったギグと、討伐隊、ロン・ナル隊のうち隊長級のもの十名ほどが居合わせている。何人かが口を開きかけて、目交《めま》ぜをした。

「言いたいことはなんでも言ってくれ。時間が惜しい。遠慮はいらん。包み隠さずに頼む」

ロン・ナルは無言を保ったが、その部下たるアルゴス軍人には、拙速よりも巧遅を、と、言うものが多かった。

敵は奇襲に成功して引いた。陣営を立て直すまでは再び攻めてはこぬだろう。追討するには、圧倒的な戦力を得てからのほうがいい。つまり、風紋騎士団と合流するを待って行動するべきだ。

打ってでるより、いまは万が一に備えてここで防備を構え、敵の出方を待つしかあるまいと断言するものもあった。

草原は広い。夜はともかく、真昼には、全力で走っても二日も三日もかかる先までもあからさまに見えてしまうのだ。身のかくしどころがない。兵の伏せどころがない。ぶつかる前に、軍勢の規模や、血気にはやっているのかそうでないのかなどが丸見えになる。

たぶん敵はもうこないだろう、とギレンは言った。欲しいものは奪ってしまったのだから。草原に名高いグル族を充分愚弄し、食料など欲しかったものを略奪した。もう自尊心が満足したはずだ。きっと戻ってこない。

「気にいらん」

スカールはつけつけと言った。

「許しがたい。そんなやつらを、このまま逃がしたくない」

「されど——なんと申せ、殿下には初陣、であられますから」ター・フォンという、古参の警衛隊士のひとりが進言した。「もし戦うことになりましたら、必ずや勝利せねばなりません。それも栄誉に満ちた、華々しい大勝利でなくてはならない。さもなくば、殿下の経歴の一の一に消せぬ汚点をつけてしまいます」

「くだらん。俺のことなどどうでもいい」

「いいえ」ター・フォンは食い下がった。「急造の独立討伐隊はともあれ、明日にはアルゴス正規軍と合流します。これを指揮されんとなれば、殿下は、スタイン王の名代であられる。こう申してはなんですが、御兄上であられるスタックさまがいまだなし遂げられておられぬことを、なし遂げられなくてはなりませぬ！　我らは殿下の御名が高まることを望みます。別の言い方をすれば、やるからには、ぜったいに負けたくない。華々しく、美しく勝ちたいのです」

（こやつらは、いわば、兄ではなく、俺を選んだわけだから）スカールは心中でうなずいた。（武名が高まれば快哉だが、万一にも、俺が死んでしまったり、大怪我をして先の目がなくなったりしたら期待はずれ、かなり困るわけだ）

「まあ、戦いっていうのは」包帯だらけのギレンが、低く言った。「そうそう、思い通りにいくもんじゃない。何があっても不思議はない」

「おいつめられればトルクもミャオを噛みます」ギグがうなずく。「力に奢《おご》れば、反撃をくらう」

「おそれながら」ロン・ナル将軍が目を伏せ気味にして言った。「ご心配、なさいますな。このたびの戦、いや、戦といえるほどのものでないやもしれませぬが、勝利は間違いなく我が方のものにございます。なにせ殿下には、アルゴス軍がついておりますからな。ちっぽけな山賊一味ごとき、問答無用でございます。ただ、負けてならぬことには無論同意もうしますが、それは、一にかかって、王陛下と我ら正規軍、風紋騎士団の名誉のためと、思し召しいただきたく」

「いやいや、王子は、なにごとも、御心のままに振る舞われよ」と、シン。「たとえその御判断が誤りで我ら一族ことごとく滅ぶとも、なんの憂いが、悔いがございましょう。

グルは、既に、殿下のものにございますれば」

「滅ぶ？」ロン・ナル隊長はわざと驚いてみせ、笑うのを堪《こら》えるような顔をした。「この程度の敵に、まさか」

「いやいや、甘くみないほうがいいです」と、喧嘩にならぬよう、柔らかな顔のまま、ギレン。「この敵は、舐めてかからないほうがいいと思います」

「なぜでしょう」

「愚官もご教示いただきたい」

「ただの下賤な山賊ではありませぬか。恐るるに足らず！」

気色ばんで口々に言う軍人たちを静かな目で見回すと、ギレンは包帯をまわした肩をすくめた。

「連中には、守らなきゃならないものがなにひとつないんですよ。そこがぼくらとの決定的な違いです。さっきター・フォンが申しましたように、ぼくらはスカールを守らなきゃならないし、アルゴスの名誉も守らなきゃならない。守らなきゃならないものだらけだ！」

軍人たちは黙った。

「やつらには、きっと、遊びの一種なんですよ」ギレンは続けた。「叩いて、奪って、逃げる。それが楽しい、生命がけのぎりぎりで擦り抜ける肌合いが快感なんです。それさえあれば良くて、いや、なんならそれすら、不要なのかもしれない」

「つまりは、下らぬちんぴらどもだ」ロン・ナル隊長が吐き捨てるように言う。「何十人いるか知らんが、訓練も軍規も統率もない。どうしてそんな野良犬のような連中に、グル族ともあろうものが如何に奇襲とはいえ……おっと……」

殺気だって抜刀しかけたギグが、ギレンにまなざしで窘《たしな》められて大きく息を吐く。

「まこと、油断でございました」シンが眠たげな目でゆっくりとつぶやくように言いながら、誰にともなく、頭をさげた。「面目次第もございませぬ」

「まぁ、とにかく、叩ける時に、叩いておきましょうよ」ギレンは穏やかに言った。

「そんな野良犬のような、寄生虫のようなものを、いい気にさせてはいけない。このまま増長すれば、グルのみならず、アルゴスにとっても脅威となる。ひいては、草原の、いや、中原の平和にかかわります」

「ですから」と、ター・フォン。「繰り返し申します。我らと彼らでは、戦いの意味が違うのだということをどうかお考えください。これは戦ではなく、鎮圧です。掃討です。たとえ全滅させたとて、我らには特に得るものはない。しかし、もし、その過程で、他ならぬスカール殿下の玉体を損傷するようなことがあったなら、こちらはひどい損害なのです」

「なんと！」スカールは皮肉っぽい笑顔を浮かべた。「では、俺は、なまじ出陣せずにどこか奥まったところに閉じこもって我が身を大事にしているのが、いちばんみなのためになる理屈か」

「そのとおりです」ター・フォンは食い下がった。「まさにそうなのです。殿下の御身をお守りすることを、どうか我らに、お許しくださいますように。けっして、けっして、先陣をきって突進などしていただきたくない。そのことを、さきほどより、どのようにして判っていただこうかと……！」

「なるほど」

スカールは返事に困った。相談を持ちかけた時には、こうまではっきり言われてしまうとは思いもかけなかった。

ひとを束ね、率いるのは難しいことだ、とスカールは思った。

（将はただ、「突撃」と怒鳴ればいいというものではないな）

（同じ側の兵といっても一様ではない。みなその所属、立場によって望みを違える。あちらとこちらが並び立たぬ望みである場合も生ずる）

（グルだけならば話は単純なのだが……一国の正規軍、騎士団の将軍たちともなると、さぞや、心労だろう）

考えこんでいたところに、駆けこんでくる者がある。

「伝令！　伝令がまいりました！」

「おお。寄越せ」

スカールは思わず身軽に立ち上がりかけたが、他が座ったままなのに気づいて、すぐ腰を落ち着けた。伝令はすぐに案内されてきて、さっと膝をついた。

「御苦労。聞こう。なんだ」

「レン・パ支隊スタン中隊長です。敵、発見！」

「なに！」

グルたちはみな思わず白い歯をみせたが、アルゴス軍の男たちは無言のままだ。

「フドケの泉より北西に十二モータッドあまり、ガンゴエンと呼ばれる崖に、本拠地あり。二百名余の山賊と、同数程度の捕虜らしき人民を確認。以上の最新情報をもとに、風紋騎士団ダゴル将軍よりスカール殿下にご英断を乞う。このまま先の計画通り夜明けを待つか、あるいは急ぎ合流すべきか、当方が先行すべきか。あるいは王子さま直率隊と連携し分進合撃を狙うか。何らかの御立案ありや。殿下にご判断を願わしう、と」

（アルゴス正規軍が、俺の作戦で動くか！　ここで資質を計られるわけだな）

敵の居場所が知れたなら、一刻もはやくその場に駆けつけ、仇どもに剣を叩きつけたくてたまらず武者震いするほどであったが、スカールはギュッと拳を握ってこれを押し殺した。

「地図をこれへ！」

持ってこられた地図上で、地形と場所を確認する。

「ガンゴエン……ピュルナの渡りが近いな。クデスの丘が僅かに盾にできるか。この地図の縮尺は？」


「六タルゴルで一モータッドです。ちなみに、我らがいまあるはここ」ギグが一点を示した。「伝令どの、そちらの支隊はいずこにおられる？　何名あるのだ？」

「二十騎です。ここからすぐの場所にて馬を休ませつつ、ご命令を待っております。ちなみに、まもなく……おそらくいまより半ザンほどで……モテム隊百四十騎が我らに合流する予定です」

「本陣は？　ダゴル将軍の大隊はどこか」

「地図でいうと、このあたりでしょうか」

「馬で四ザンというところか……」

　ギグとギレンが額を寄せて短く話し、やがて、結論を出した。

「伝令を帰す間がかかりますが、充分に余裕あり。明日、刻を示し合わせて、大隊と合撃するを進言いたします」

「ただ勝てば良いのではないぞ」スカールは言った。「ただのひとりも逃さず屠《ほふ》るか捕えるのだ。蹴散らして退けてはいけない」

「では」と、ギグ。「遠巻きにする必要があります。何重も網を張りましょう。取りこぼさぬように」

「さきほど、敵には捕虜がある、と、いわれたような」シンが口を挟んだ。「これを、人質、と考えますか。それとも」

「見殺しにはしたくない」スカールは地図を見たまま唸った。「だが、きゃつらのひそんでいる崖をのぞけば、辺りはほとんど平らだ。朝日がさせばどこまでも見える。地の利は敵にあると言わざるを得ん。問題は速度だ」

「我らには数もあります」ター・フォンが言った。「これほどの大軍で囲んでいるとは敵はよもや思いますまい。殿下の討伐隊と、ダゴル隊の三分の一、二個中隊を、その捕虜の救出に割きましょう。残りでも、網を張るには充分です」

「うむ」

スカールはしばし考えこんだ。地図をながめている目が、ふと、ある地点でとまる。

「……待てよ……確かここは」

スカールが目をやると、ギグが応えた。

「サガヤの窪地です。見えない大蛇の」

グルは一様にうなずいたが、アルゴス軍人は途方にくれるばかりだ。

ロン・ナル将軍がいまいましげに尋ねる。「なんですかな、それは」

グルたちはどうすべきか考える間をとるように互いに目配せをし、やがて、ギレンが口を開いた。

「瘴気溜まりです。色もなく悪臭もしませんが、毒です。馬もひとも迷い込めば昏倒する。我らの先祖は見えない蛇がとぐろをまいていると伝えた。うっかり尾を踏むものに、大蛇が死の抱擁をするのだと」

「草原にはいつも風が吹いていますが」ギグが補足した。「ここには吹かない。ここでは風がとまる。それで、モスの恵みが届かないのです」

「なるほど」ロン・ナル隊長は口髭を捻った。「そのようなところがあったとは、寡聞にして存じませんでしたな……恐ろしや」

「……使わない手はないな……」スカールは言った。「よし。我ら三十騎が先鋒となり、正面から急襲。レン・パ隊とモテム隊には、援護を頼む。崖の上と、その対面の二手に分かれ、矢や槍で威嚇しろ。なるべく捕虜たちと切り離し、敵の主力を誘導、追い詰める先は」

　と、地図の中の一点、サガヤの窪地に指を押した。

「ここだ」

「承知」

「心得ました」

「了解！　さっそく伝令を！」

「待て。俺がいま手紙を書く。グルに持参させるものを」

「グルに？」

「そうだ。グルのうちには、ギレンはじめ、馬には乗れるが戦闘には向かぬ軽傷者がいる。これらを伝令とし、別動各部隊に派遣する。グルはサガヤを知っている。モスの大海を知っている。網を張るべき場所や、どう絞るかなど進言し、道案内もできよう」

「グルは必ずや信頼に応えましょう」ギレンは怪我をしていないほうの手をさしだし、スカールと固く握りあわせ、のこった片目もつぶってみせた。「ご武運を」

「やれやれ。やはりそうなりましたか」ター・フォンはため息をついてみせた。「御自ら先頭にたっての突撃だけはやめていただきたかったのですがねぇ。……そうと決まったなら、しかたありません。殿下の尻に鼻をつっこみかねない位置でお守りすることぐらいは、お許しいただきますからね」

　空に雲が流れ、星々を遮って漂った。眠り蛇座、狩長靴座、母犬と仔犬座……イリスの居ない夜冴えざえ輝く大小の星の描き出す天の世界は、今宵もなべてこともない。

山賊の野営地は寝静まっていた。たいまつは大半燃え尽き、煮炊きの名残の焚き火がちろちろところどころに火を躍らせている。そこらじゅうの地べたに大勢が毛布などをひっかぶって直接手枕でごろ寝をしている。いびきをかくもの、歯ぎしりをするもの、どこぞをボリボリ引っ掻くもの。いずれもいぎたなく眠りこけている。見張り役を言いつかったものたちも、剣や槍を抱えたまま、居眠りをしていた。久々にたらふく腹がくち、襲撃の緊張が解けて、睡魔に身をゆだねる心地よさにたまらず陥落していたのである。

そんな中、影がひとつ、むくりと音もなく起き上がった。

雑魚寝する仲間の間をうっかり踏まぬよう慎重に歩いていって、やがてもっとも暗いほうにからだを沈め、見えなくなった。しばらくの間、あたりには、何の動きもなかった。眠るものたちの誰もこの動きに気づいた様子はなく、ただ、さっきまでと同じようにいびきをかいたり寝返りをうったりしている。虫がすだき、一瞬鳴き止んではまた歌いはじめる。遠く、夜鳴く鳥の声もした。そこまで確認してから、影は、ようやく、また立ち上がった。ごく僅かになってしまった焚き火の照り返しを受けて、闇濃い夜の中、そのものの目の白い部分だけがきらりと浮かんだ。

ハシクルは目をさましていた。静かに、ただじっと様子をうかがっていた。肉の薄い肩が骨のかたちを透かして上下する。影が、やがて、こちらに向かってやってきた。

近づく男が持ち上げた剣が月の光にきらりとする。

ハシクルは眼差しを動かさなかった。地面に打ち込まれた杭に縛られて半日、血の気のひいた顔は、銀色のたてがみに彩られ、星の光にほの白く浮かび上がっている。

影の男は口元をゆるめ、低く、言った。

「助けにきた。そのまま静かにしていてくれ。いま、放してやる」

ハシクルは長い睫《まつげ》をぱちりと瞬いた。

男は杭の背中側にまわり、縛られている縄をひっぱったり、杭を揺らしたりしてみた。

「ちくしょう……硬いな……待ってろ。なんとか切ってみせるから……ウ！」

手が引き攣り、縄にこじいれようとした短刀が落ちた。影の男のからだが、急にグイッと後ろに引っ張られた。ハシクルは声にならぬ声をあげ、振り向こうとしたがあまり動けない上暗いので、なにが起きたのか判然としない。

「どういう料簡だ、バン」

雲が流れる。すると、雲の原のテヒトの顔が見えた。バンの首にからげた鞭を絞め、背中に膝をあてて体重をかけてぐいぐいと引く。

「俺を裏切るのか？」

絞められているバンの顔は真っ赤だ。食い込む革紐をなんとか緩めようとし、背中の敵を肘うちしようとするが、動作は力なく、のろのろしている。

「いい仲間だったのによ」テヒトは歌うように言った。「ガエンバの交換市のこと、覚えてるか？　あそこで出会ったんだっけ。楽しかった。賑やかだった。みんな浮足立って、油断しててよ。清く貧しいやつらにとって、ちょっとしたぜいたくができるのは、祭りの時ぐらいだもんな」

　バンの顔は赤を越えて紫になり、さらに青黒くなって膨れてきた。

「一張羅着て、集まって、ご馳走食べて。家畜を交換して、酒を飲む。交易市の、この一日めの晩が狙い目なんだって、教えてくれたのはあんただった。塩とか鍋とか薬とか、市が立ってるうちに手にいれなきゃいけないから、翌朝になればさっさと使う、けど、最初の晩だけはみんなが金を持って集まってくる。一族が稼いだ金を全部まとめて積みあげて、今年も無事に過ごせたねって、宴会やって浮かれ騒ぐんだ、って」

　バンの手が自暴自棄に打ちつけてくるのをひょいとかわして、テヒトは酷薄に笑った。

「どのテントが金持ちのとこか、どの村でいつどんな行事があるか。どの山羊飼いが賭け事に弱いか、どの商人が女癖が悪いか。あんたは何でもよく知っていた。うまい手をいくらでも思いついた。けど、実際手を下すのは得意じゃなかった」

　テヒトは急に鞭をはずした。ようやく息ができるようになって、ひゅうひゅう喉を鳴らして苦しむバンを、あえなくうつぶせにする。そのまま乱暴に背中を踏みつけ、膝に肘をつき、顎を支えて見下ろす。

「結局、汚れ仕事はおいらの分担！　嫌いなほうじゃないから構わないって思ってたけど、なんかときどき、損してるみたいな気がしてくることもあってねぇ。だいたいあんたは付き合いにくいよ。言うことと思ってることが違い過ぎてさ」

バンはまだむせている。

「飲むたび酔って、酔うと愚痴るからさ。憎いとか恨むとか殺すとかいうから、ほんじゃあ、って。これでも恩返しのつもりでやったんだよ。なのに、なんだよ。反対じゃん。ほんとは家族のとこに帰りたかったんだろ」

うなだれるバンに唾を吐いて、

「坊ちゃんが、強がるんじゃねぇや」

テヒトは暗い情念を含んだ笑顔をそらした。

血色の鞭を片手に打ちつけながら、ハシクルのもとまで歩いていく。間近に見下ろす。銀のたてがみを持つものは、ただじっと焚き火の燃え残りのほうを眺めている。

「おもしれえな、おまえ」

しばらくじっと見下ろしてから、手近なたいまつをとってきて近くの地面にさしなおす。日の高さをあわせて座り、無骨な手でハシクルの顎をつかみ、顔を、あちらに向けたりこちらに向けたりして、しげしげ眺める。

「きれいだなぁ。その顔で、なんで羊飼いなんかやってんだ？」あきれたようにいう。「色街か、見せ物市か、ランダーギアにでもいって商売すりゃあ一財産できたろうに。あっちのほうはどうだ。男の役目は果たせるのか」

テヒトの手が犬でも撫でるように銀色の毛をあちこち撫でた。尾の先までも触れられて、ハシクルの背筋がむずむずっと震えた。テヒトは、青い衣の合わせ目から乳のあたりに手をさしいれた。口づけでもするように顔を寄せていって、顎から喉へたどり、衣の布の端を嚙み千切り、そこから大きく裂いていく。あらわになったあばらや鎖骨に、星々の光が淡い影をつける。

「やめろ……やめてくれ」

　バンがしゃがれ声で言う。

「その子は……俺の家族だ……甥なんだ！」

「へえぇ」テヒトはすっとんきょうな声をあげた。「ホントに？　てことは、グルの偉いさんの子……まさか……えっ、王子さんの兄さん……？」

　長年の修羅場づきあいで、テヒトはバンの顔色を読むのにすっかり慣れている。当てずっぽうに言ったことに明らかな反応があったので、有頂天になった。

「うわー。山賊なんかやってる場合じゃないぜ。そりゃ、王さまんとこに、連れてかなくちゃ」

「だめだ」バンは言った。「それだけは！……そんなことをするなら……おまえを殺す！」

「どうだか」

　テヒトが軽蔑まじりの口調で言った、その時である。

「……おかしら！」

　暗がりのどこかで、誰かが叫んだ。

「馬だ。馬がくる。敵だ！」


　草原の道なき道を、さんざめく星が見守る夜を、スカールの討伐隊は疾走した。グルの駿馬に跨がった警衛、血族の復讐を誓ったグルのものたちが追走する。気配をひそめた進軍の途中、合図をうけて、援護役のレン・パ隊、モテム隊の約六十騎が、左右に散開した。クデスの丘に立って全員停止させたスカールは、伝令を発し、帰りを待った。

　行く手、ガンゴエンの崖に、薄く煙がたなびいている。スカールは、テ・ガリアの首をまわし、独立討伐隊の面々に向き直った。

「みな、ありがとう。こんな若い俺についてきてくれて。頼りにしている」

　スカールはひとりひとりの目を見つめながら、話した。

「これは戦争ではない。ただの山賊討伐だ。勝ったからといって自慢にもならん。歴史に残らないし、吟遊詩人も歌にしないだろう」

　戦士たちは笑った。

「だが、負ければ論外だ。生命がけの危険だ。だから言う、無理はするな。俺にはこの先も貴様らが必要なんだ。そのことを覚えておいてくれ」

兵士たちは真顔になって、うなずいた。

初陣らしい華々しい飾りたては皆無である。スカールは黒いターバンを巻き、ふだんどおり黒い遊牧民の衣を着ているだけだ。警衛のひとりが、金属片を縫い付けた胸甲をさしだしたが、いらん、そんな重いもの、と笑って断った。

「第一、見ろ、俺にはぶかぶかだろう」

それでまた笑いが出た。

ほどなく、ダゴル将軍より、すべて順調、ご出陣あれ、と報告が入った。

ター・フォンが王子旗をサッと翻すと、みなの顔がひきしまった。

スカールはふたたびテ・ガリアの向きを変えた。腰の剣を抜き、高々と掲げた。

「突撃――ッ！」

スカールはまっすぐ敵に立ち向かっていった。刃物が布を断つように、一直線に駆け抜ける。矢が頭上を飛び交い、あわてふためいた敵が右往左往する。襲い掛かってくるものは左右に避け、あるいは切り払う。

血も凍る鬨の声、カチンカチンと武器のぶつかる音。まいあがる砂ぼこり。血となにか他のものの匂い。断末魔の悲鳴、ゆるしを乞う声。痛がって飛び上がり地面を転がるものの死の舞踏。

不思議な境地だ、とスカールは思った。もっと興奮したり、ゾッとしたり、恐怖したりするかもしれないと事前には考えていたのだが、落ちついていられるようだ。普段どおりの心境で、なんら気負もない。ただし、感覚は鋭敏だ。走り抜ける場、目に見える範囲の、あちこちで起こっていることがら――たとえば、起き抜けでまだ寝ぼけて暢気《のんき》にあくびをしている山賊の意外にひとのよさそうな表情など――がみょうにくっきり見える。それを誰かの矢が射抜いて、そいつが倒れるところが逐一見え、同時に別の場所でなにか対応すべきことがらがないか慎重にさぐってもいる。

たくさんのことを感じながら、備えている。まだ自らを律している。跳ねる前に屈伸するときのように、力が蓄えられ撓《たわ》めてあった。

テヒトは鞭をふるった。それしか持っていなかったので。杭からはがしてきたハシクルをひきずりながら、馬用の長鞭をめちゃくちゃに振り回して敵も味方も無差別になぎ倒しながら、必死に血路を開き、なんとか武器置き場にたどりついた。矢筒と弓を肩にかけ、剣と毒矢と槍と斧とどれにしようか瞬間逡巡したところに、槍が飛んできた。やられた、と思った瞬間、からだが横様に引っ張られた。おかげで致命傷はまぬかれたが、右の脛の肉がごっそりもっていかれ、骨まで削がれた。テヒトは呻いた。ハシクルは青ざめた顔をせいいっぱいそむけた。テヒトの服をつかんだまま。

「なにをしてる、逃げろ！」

バンに怒鳴りつけられるまで、テヒトは呆然と腰を抜かしていた。

しばらく惑乱させたところで、戦太鼓が鳴り、ター・フォンが旗を斜め二方に振った。作戦は次段階に移った。スカールの独立討伐隊のあけた突破口をモテム隊、レン・パ隊がさらに押し広げながら突撃し、敵を誘導するのである。踏みつけ、蹴散らし、追い立てる。ひどい面相の山賊が両手で剣と手斧をふりあげて叫びながらスカール目掛けて飛び出してきたが、たちまち何本もの矢に射抜かれた。捕虜を盾に短剣を振り回して抵抗していた巨漢は、巧みに近づいたグルの若者に足の腱を切られてひっくり返る。

援護の二隊を合流させて増員したスカール隊はなおもじわじわ敵を押していった。サガヤの窪地の方向に。一族の復讐を果たす方向に。

山賊の野営地には、モテム隊の騎馬兵数十人が残った。乗馬のまま見張りと追討に備えるものの他、降りてあちこち叩いたりめくったりしてまわるもの、下馬した仲間の馬をまとめてあずかるものなどが役目を分担する。

「よーし、貴様らはここに座れ。死にたくなければ、妙な真似はするな」

ひっとらえた山賊どもを縄につなぎ終え、小隊長モテムは兜を脱いで額の汗を拭った。

「殿下がたは、もう例の場所に行かれたろうか？」

「はい。おそらく」

「真っ向、進んでおられたなあ」モテムは思い出して頬髯をにやつかせた。「全軍の最前列でなあ。いやはや、あれは、まこと、やんちゃな王子であられる」

「……閣下、危ない！」

極悪な顔つきの盗賊が、乱杭歯に刃物をくわえ、高いところから飛びついてきた。間一髪、兵士らの槍に貫かれてどうっと落ちる。

「いかんいかん」モテムは兜をかぶりなおした。「つまらんことで生命を落としては、後代までの名折れだ。みな、なおも、油断すまいぞ！」


生き残った山賊たちは、夜陰に乗じて逃げていた。

「ちきしょう、軍隊のおでましたぁな！」

「どのぐらい引き離した？　追手はどこだ？」

背後に、左右に、たいまつがちらついている。それが罠とは知らず、山賊どもは、わざと設けられた攻撃の手薄な部分に逃げ込んでいった。

血まみれの足をひきずって痛みと失血の恐怖に喚きつづけるテヒトにハシクルが肩を貸している。そんなやつはおいて行け、そばでバンが怒鳴っているが耳を貸さない。

と。ハシクルが、足をとめた。美しく整った横顔が、くっきりと浮かぶ。

「なんだ？」

男たちはハシクルの視線を追った。空だ。

「なにを見てる？」

「星？　星か？　星がどうかしたのか？」

ハシクルはそのまま黙ってじっと夜空を見上げている。

ひと筋、星が流れた。もう一筋。あまたの星が、流れはじめる。流星雨だ。ハシクルの頬に、かすかな微笑が浮かぶ。

「ああ」

バンは顎をあげた。降る星に見とれた。星は瞬き、星は光り、いくつもいくつも続けて流れていく。そばを通りすぎるものに邪魔にされ突き飛ばされそうになりながら、バンは空を見ていた。いまがどんな時で、自分がどんな立場なのか、すべて忘れて。

きれいだな、と声をかけようとした時、ハシクルがいなくなっているのに気づいた。

支えを失って地面に転がされたテヒトが、獣のようにうなっている。

「行ったか……」

テヒトを抱き起こし、降る星の中、また歩きだそうとした、その時である。

行く手の仲間たちから呻き声があがった。おかしい。誰からともなく、急に膝を折る。

きりきり舞いをして、倒れる。列は止まろうとしたが、あとからあとから押し寄せてくる仲間のせいで、無理やり前に押し出される。

「ちくしょう、痛ぇ！」テヒトがしゃがれ声でさけんだ。「酒かなんかくれ」

「酒なんかない」

「なんだ。どうした。なんで動かないんだ？」

「……風が……」

バンはあたりを見回した。

「風がない。……そうか……ここは……見えない大蛇の……」

「なにわかんないこといってんだよ」傷の痛みに癇性《かんしょう》な声で、テヒトが聞く。「くそ、押すなよ！　こっちゃ怪我人だ、優しくしろってんだよ！」

テヒトの肩にみずからの肩をこじいれて、バンは杖がわりになってやろうとしたが、もう力がはいらない。意識がかすみはじめている。

「大丈夫だ。じき、楽になる」

ぶつぶつ言うテヒトを抱えたまま、バンはゆるゆるとしゃがみこむ。しゃがんでいることもできず、地面に仰向けになる。

「見ろ、テヒト。星がきれいだな」

テヒトはもう口をきかない。意識を失ったようだ。

東の空がぼんやり明るんできた。朝がくる。

「草原に、また新しい一日がはじまるんだ」

バンは言った。それが、最期のことばになった。


ハシクルは羊たちに囲まれて、小高い丘にたっている。破られたところを雑に繕いなおした青い衣を着て、羊飼いの杖を持っている。眼下を、大勢の軍人が行く。倒れているものたちをひきずっていって、検分したり、埋葬してやったりしている。中に、黒いターバン姿のまだ年若い少年がいる。ひときわ立派な馬に跨がっている。年かさのものたちにてきぱきと指示をしているかと思うと、誰かに親しげにやや乱暴に背中を叩かれたりしている。

しばらくの間眺めていると、後ろから視線を感じた。

リー・オウが立っている。

ふたりは向かい合い、見つめ合った。

よく似た面ざしであった。妖しいほど美しく、人の心を波立たせずにおかぬみめかたちであった。

血なまぐさい戦の庭に立ちながら、脅かされず、巻きこまれず、まるでそこに居ながら居ないような、この世の者ではないような。

早暁の、しんと青く静まりかえった空気の中、ふたりは、ふと出会った二匹の獣のようにしげしげと相手の様子をうかがった。

母はその子の顔はおろか、その子が生まれ出ていたことすら知らなかった。それでも、何かを感じたのだった。ある瞬間突然にハッと息を呑み、やがて、ほろほろと涙をこぼしたのである。

ハシクルは地面に杖をさすと、リー・オウのほうにそっと手を伸ばした。

白いたおやかな手がその手に重なる。

「月毛の馬」母は言った。「月毛の馬の話をしましょう」

そして、ふたりは、どこへともなく去っていったのである。

☆　☆　☆

アルゴス、カウロス国境を根城に近隣の村々を脅かし続けていた山賊は、ここに退治された。囚われて奴隷のごとく使役されていたもののうち、生命ながらえたものは解放され、ある者は故郷に戻り、身寄りのない者は自由開拓民となった。戦闘に巻きこまれて死んだものもあったはずだが、正確な数はわからない。

混乱のさなか、スカールの母、スタイン王の第二妃リー・オウは、行方知れずとなった。軍に同行していたことがそもそも極秘であったから、王宮はこれを秘匿した。王妃が亡くなったとなれば国葬だが、それも行われなかった。最愛の妃を失ってスタイン王はさぞかし苦しんだろうが、その心情を吐露することはなかった。ただし、最後まで、彼女の帰りを待ちわびていたと言われている。

スタイン王が腹の潰瘍がもとで崩御したのはスカール二十一歳の年のことである。ほどなくスタックが即位し、スカールは立太子した。

愛息を王にし、エマ女王と結婚させ、スカールに王位継承権を行使しないことを誓わせると、ヴァル・ネルラ正妃は自死した。宮廷すずめは愛する夫に殉じたけなげな賢夫人と褒め讃えたが、実際のところ衰弱しきっていたのである。死に顔はけっして誰にも見せてはならぬと厳命したから、数年間は、王妃は生きている、死を装って蟄居《ちっきょ》しているとの噂も絶えなかった。

ともあれ、スカールは、それでようよう自由になった。

☆　☆　☆

夕暮れ、見渡す限りの草原を、スカールが行く。

初陣からかれこれ八年、ほっそりとしてはいるがすでにたいていの男より丈高く逞しい。身を包んだ衣裳は黒く、肌は浅黒く、こわい黒髪をおさめたターバンも黒く、馬まで黒い。まっすぐどこまでも突き進む姿は、黒い風のようだ。

長い影を描きながら黄金の太陽が地平線に沈み、ほどなく草原に夜の帳《とばり》が降りはじめる。疾駆はとまらない。

二刻、三刻、駆けたろうか。かすかな盛り上がりに馬を進めると、そこに、座っているものがあった。星灯りのみの闇の中、膝をかかえて。

そこには、雨晒《あまざら》しの杖がある。ハシバミの杖である。地面にさされて、誰も引きぬかぬまま、歳月だけが通りすぎていったのだ。

「そろそろ諦めてはどうだ。もう戻っては来るまい。おまえの、いいなづけは」

リー・ファは、膝の間にうなだれる。

その日、草原には、柔らかな桃《エロル》の毛のような雨が降っていた。

スカールは、となりに腰をおろして、はじめて気づいた。リー・ファの目から涙があふれているのに。

「教えて、太子さま」

「うん？」

「この広い草原を、どこまでもどこまでも行くと、どうなるの」

「ああ」スカールは答えた。「草原ではないところに出る」

「草原に、終わりがあるの？」

「ある」

「……そう」

「俺は行ったことがある。海を見た。山も見た。……町も」

「草原より、いいところ？」

「いや、そんなことはない。草原よりいいところなんて、世界のどこにもないだろう」

「なら、なぜよそに出かけて行くの」

「……ほんとうだ。なぜだろう」スカールは耳を掻いた。「行かないわけにいかないんだ」

「太子さまは、ばかだね」リー・ファは寒そうに震えた。「男はみんなばかだけど」

スカールはマントをはずして、リー・ファの、ずいぶん娘らしくなったちいさな肩をくるんでやった。背後から抱いてやると、リー・ファはおとなしく首をかたむけ、スカールの胸にもたれた。

大地にささった古びた杖の、数々の手に磨かれてすべらかになった曲がりの部分が、星灯りに照り映えている。

びろうどのような空は今日も数多の星を宿し、さんざめかせている。

陽は昇り、また沈む。

道なき草原の、果てなく続くみどりのつらなりに。

人は来て去る。生まれ、そして死ぬ。

須臾《しゅゆ》にして消える運命であろうとも、めぐりあい、関わりあい、えにしを結んで――もう会えないひとの名を呼びながら――ただおのれにできること、するべく定められたことをなす。そしてくりかえすのだ。モスの海の永遠を。一夜かぎりの一幕の舞台を。

今日も風の吹く草原で。

いつもいつまでも変わらぬ草原で。

あとがき

草原、楽しかったです。あそこは空気がおいしくて、行くと、からだじゅうに酸素がゆきわたりました。スカールや他の連中に混じって馬を走らせれば（リアルには乗れないのに）、風や大地とひとつになりました。まるで世界を所有したような気分でした。モスの草原って、ほんとに、いいところなんです（笑）。もう、あそこにいけない、あんなふうに走れないと思うと、とてもせつないです。

シェアードワールド作品は原典の主要なプロットや登場人物には関わりあわないほうがいい、最初はそう考えていました。主に馬の話にしよう。草原観光案内兼グル族のおたく拝見みたいなのに。ついでに、あのリー・ファの若いころをちょっと紹介する。そういう感じなら、きっとできる。あんまりオオゴトにならないはず、と。

正伝百三十巻、外伝二十二巻、『ハンドブック』など関連書籍、アニメ版のＤＶＤ……膨大な「既存のグイン・サーガ」の海におそるおそる踏みこんで、勇気を出して泳ぎはじめ……溺れました。なんとか息をつこうと手足をバタつかせているうちに、……ある日、気がついたら、恐れ多くもスカール誕生秘話のプロットをたてていたのでした。

そもそも、みっちり計算コツコツ達成派ではなく、「小説の神さま降りてきて！」派である私めは、執筆において、たてた計画が無事に遂行されることはまずありません。当初の目論見どおりに行くことがめったにありません。予定はくつがえすためにあり、行く先は行ってみないとわからない。

でも、今回ばかりは勢いまかせの出たとこ勝負はできません。大グインの看板に傷をつけるようなものを、世間に出すわけにはいきませんからね。

そこからは、グイン・サーガの鉄人であられる田中勝義さんと八巻大樹さんに、すっかり頼りきりでした。「こんな設定ゆるされますか」「これはグイン世界ではなんといいますか」細かなことまで、いちいち問い合わせて確認し、指導していただきました。それだけでは、なにかと齟齬をきたし、洩れが出るに決まっているので、せいいっぱい早めに書きあげた「第一」原稿をおずおず差し出しては「どおですか？　ダメですか？　ありですか？」とお沙汰を待ちました。時間がそんなにない中、ていねいに精密に読んでいただくのは、たいへんなお手間だったと思います。どうもありがとうございました。

いま振り返っても、いったいどうやってやってきたのか、よくわかりません。一回めは肩にチカラがはいりまくっていましたし、二話め三話めは散漫に枝葉が広がりかけ、あわてて引き戻すなど、あせりっぱなしで、ぜーぜーいってました。最終話のときは、「ああっ、うそっ、もう枚数がない！　これもあれもまだ書いてないのに〜！」とパニックでした。ちなみにこの最終話は、刊行版までにたしか四回書き直しました。 これを書いているいま、まだ、文庫版用の加筆訂正最終調整終了「前」です。このあと、シメキリぎりぎりまでねばって、できるかぎり最善の状態にしたいと思っております。五回めかな。……いっそキリがいいかも！

ていうか。ああ。中島さん（栗本先生）だったら、こんなことしないよ。必要ない。一発必中の一撃必殺で、一日二百ページ、書いたら仕上がってた。あああ。くくく。そんな超人の、代替なんかぜったいどこにもいるはずがないかたの、素晴らしい作品の、ともかく「つづきの一種」であるという恐れ多くも光栄な仕事に、なんとかくらいつき戦い抜けたのは、多くのかたの、支えと、はげましがあればこそでした。

鉄人おふたり、また、同時期に、別のシェアードワールド作品をお書きだった牧野さんと宵野さん、編集担当者の阿部さん、そして、今岡さん。今回のこの企画には、「伴走者」が大勢あり、みなさん、とても素敵な優しいかたがたで、最強のチームでした。夫と娘にも力添えをもらいました。ありがとう。

長年の熱狂的ファンである読者のみなさまには、ただもう、深々とおじぎをします。この作品が、大グインの「外伝の23」になることを、許しがたいと思われるかたが、きっと大勢おられると思います。「最後」のグイン・サーガである『ヒプノスの回廊』の「つづき」だなんて、ぜったい認めないからな！　と怒っておられるかたもあるでしょう。お気持ちよーくわかります。ごめんなさい。僭越で申し訳ない。

私だって、もっと、チカラや賢さがほしかったです。膨大なグイン世界を深く広くきちんと理解してから、書きたかったです（理解なんて、及ばなかったかもしれないけど。もしかするとほんとうに理解したら、したで、もっと恐れ多くなって、すくんでしまって、何もできなくなったかもしれないけど）。私などではなく、栗本薫先生自身に、もっともっと生きていて元気でいて、とことん書いてほしかったです。

けれど、とても幸福にも思います。チャンスをいただけたことに、感謝します。

草原の風雲児のスカールさんは、放射能障害に苦しむひとでした。

現実の世にいま起こる混乱や、責任を持つべき立場のひとびとの不誠実不適格からかえりみると、グイン世界の英雄や豪傑の、なんと頼もしく愛らしくすがすがしいことか。

第二期もはじまりました。グイン・サーガの永遠で不滅であらんことを！　そして矛盾しますが、すべての謎が解きあかされますように！　私も楽しみに待っています。

著者略歴　上智大学文学部卒，作家　著書『あけめやみ　とじめやみ』『真珠たち』『夜にひらく窓』『竜飼いの紋章』『竜騎手の誇り』（以上早川書房刊）他多数

HM=Hayakawa Mystery
SF=Science Fiction
JA=Japanese Author
NV=Novel
NF=Nonfiction
FT=Fantasy

グイン・サーガ外伝㉓

星降《ほしふ》る草原《そうげん》

〈JA1083〉

二〇一二年九月十五日　発行
二〇一五年十一月十五日　二刷
（定価はカバーに表示してあります）

著者　久《く》美《み》沙《さ》織《おり》
監修者　天狼《てんろう》プロダクション
発行者　早川浩
発行所　株式会社早川書房
郵便番号　一〇一 - 〇〇四六
東京都千代田区神田多町二ノ二
電話　〇三 - 三二五二 - 三一一一（大代表）
振替　〇〇一六〇 - 三 - 四七七九九
http://www.hayakawa-online.co.jp

乱丁・落丁本は小社制作部宛お送り下さい。
送料小社負担にてお取りかえいたします。

印刷・株式会社亨有堂印刷所　製本・大口製本印刷株式会社

ISBN978-4-15-031083-7 C0193